Kampf gegen König Topas 2

Die Suche nach Hartmut

AF236485

Prolog

Seitdem die tapferen Krieger die Magiekugel des bösen Zauberers in der Topasburg zerstört haben, herrscht wieder Frieden im Land des Königs. Wie von Alex gewünscht, wurde Flo auf dem Ehrenhügel nahe der Burg beigesetzt. Nach der Beerdigung übergibt der König allen die besten Pferde, damit alle schnell und unbeschadet zu Ihren Wohnorten zurückkommen. Zusätzlich hat jeder einen Brief mit dem königlichen Siegel erhalten, der die kostenlose Verpflegung und Unterkunft im gesamten Königreich gewährt. Damit Alex nicht alleine nach Hause gehen muss, ging Daniel auf ihn zu. „Weißt du Alex. Wir haben beschlossen, dass du gerne in unsere Wohngemeinschaft kannst. Flo wäre bestimmt damit einverstanden gewesen." Alex freut sich auf diese nette Geste und stimmt diesem sehr gerne zu.

Hartmut teilt allen nochmals mit, dass in vier Monaten und vier Tagen zu Ehren von ihnen ein großes Fest auf der Topasburg stattfindet. Darauf freut sich natürlich jeder aus dem Team.

Bevor die Reise nach Hause geht, haben alle miteinander ausgemacht, wer wen zu diesem Ereignis abholt. Sie drücken sich noch einmal und die Heimfahrt beginnt. Als sie wieder daheim angekommen sind, konnten sie Ihren Freunden von Ihrem großen Abenteuer erzählen. Besonders freut sich die Kriegergruppe auf das Fest von König Topas.

Eine neue Geschichte beginnt....

An einem herrlichen Samstagmorgen steht Alex als erster auf. Nach der Morgentoilette geht er Richtung Bäcker und zum Metzger. Er muss den anderen ein Frühstück machen, weil er sich gestern nicht an die Hausordnung seiner Freunde gehalten hat. Auf dem Weg zum Bäcker grummelt er: „Auch wenn ich schon so lange bei denen wohne, finde ich diese Regeln bescheuert. Bloß weil ich gestern beim Schachspielen verloren habe und die Figuren gegen die Wand geworfen habe." Er kickt aus Frust die Steine, die auf dem Weg liegen, in sämtliche Gärten der Nachbarn.

In der Zwischenzeit sind auch Silvi, Tanja und Daniel aufgestanden. Sie sind bereits beim Aufstehen von Alex wach gewesen. Sie haben gemeinerweise gewartet, bis er aus dem Haus gewesen ist und Richtung Bäcker unterwegs ist. „Eigentlich sind wir gemein" meint Daniel. „Wir nutzen diese Hausregeln erst wieder, seitdem Alex bei uns wohnt.

Die haben wir doch davor seit über fünf Jahre nicht mehr durchgeführt." Tanja gähnt und streckt sich. Unterwegs zum Bad sagt sie schmunzelnd: „Dafür haben wir schon oft ein gutes Frühstück von Ihm bekommen und wir mussten nicht aufstehen." Silvi reibt sich die Augen „Ich finde, Daniel hat recht. Wir sollten die Regeln abhängen. Alex hat schon so viel mitmachen müssen. Erst den Tod seiner Schwester und dann kommen wir noch mit diesen bekloppten Regeln. Ich finde, wir sollten damit aufhören." Alle sind damit einverstanden und Daniel meldet sich freiwillig, Alex mit dem Frühstück zu helfen.

Als Alex mit halbwegs guter Laune zurück ist, teilt ihm Daniel die frohe Botschaft mit der Nichtigkeit der Regeln mit. Alex reißt die Arme in die Höhe, wodurch die Taschen mit Brot und Wurst durch den Raum fliegen und ruft: „Gott sei Dank. Meine Bitten sind erhört worden" und bereitet freudestrahlend mit Daniel das Frühstück vor. Nachdem die Damen aus dem Bad gekommen sind, setzen sich alle an den Tisch und genießen das schöne Frühstück. In dem Moment, wo Daniel in sein Brötchen beißt, blickt er auf den Kalender, wo in einer Woche ein dickes Kreuz vermerkt ist. Er spukt einen Teil von den Brötchen direkt auf den Tisch und ruft „Scheiße! In sieben Tagen ist das große Fest in der Topasburg und wir sind immer noch hier."

Vor Schreck drehen alle den Kopf zum Kalender. Von allen kommt fast synchron: „So eine Scheiße" aus dem Mund. Tanja springt mit ihrem Brot auf, kramt die großen Taschen aus dem Schrank und schmeißt jedem eine zu. „Vergesst nicht, eure Waffen mitzunehmen. Hartmut will uns in voller Montur sehen, damit eine Statue von uns errichtet werden kann.

Alle gehorchen und jeder packt seine leicht verstaubte Waffe ein. „Wenigstens sind sie geputzt und sauber" meint Silvi „Ich kann mich noch gut daran erinnern, wo die Fleischfetzen an Alex seiner Axt gewesen waren. Da er sie nicht putzen wollte, ist der Gestank echt übel gewesen." Alex lächelt und packt seine Axt ein. „Sowas nennt man auch ein Souvenir des Kampfs, Silvi. Aber jetzt müssen wir langsam los. Bestimmt machen sich schon alle Gedanken, wo wir bleiben." Während manche dabei sind, die Pferde aus dem Stall zu holen, nimmt Daniel Flos Dolch von der Wand, den sie dort zu seinen Ehren aufgehängt haben.

Als sie den Pferden die Sporen geben, ist die Tour zu Elke von relativ kurzer Dauer und bis zum Mittag haben sie die Stadt Münzberg erreicht. Daniel zeigt auf die Gaststätte *Zum goldenen Burkhardt* und dreht sich zu den anderen um „was meint Ihr. Wer von uns holt Elke? Der Rest kann doch hier warten. Auf so ein Schnitzel Spezial habe ich schon wieder Hunger."

Alex lacht auf: „Glaubst du wirklich, dass es dir diesmal gelingt? Wir sind doch fast jede Woche hier und bisher hast Du es nur einmal geschafft." „Daniel streckt seinen Mittelfinger raus: „Ich bin halt nicht so eine Fressmaschine wie du, Alex. Zumindest bekommen wir dank Hartmut im ganzen Königreich alles umsonst." Tanja reitet mit Ihrem Pferd zwischen die streitenden Herren. „Jetzt ist es aber gut ihr Beiden. Spart lieber eure Kräfte auf, um Elke abzuholen. Das macht jetzt Ihr zwei schön zusammen, während Silvi und ich bereits bei Hans und Kerstin ein kühles Bier genießen. Lasst eure Pferde hier und geht etwas spazieren. Das tut euch mit Sicherheit gut."

Mürrisch akzeptieren die zwei Herren den Vorschlag und machen sich auf den Weg zu Elke. Währenddessen betreten die Damen die Gaststätte, die erstaunlich gut besucht ist. Tanja hört aus der Küche ein lautes „Kerstin! Die drei Schnitzel Spezial sowie die zwei Rehbraten sind fertig. Zur Not nimmst du Yannick zur Hilfe." Kerstin brüllt zu Hans zurück, während ein paar Bier gezapft werden. „Er ist im Keller Hans. Er will eigentlich nur ein Weinfass holen, aber zaubern kann er leider auch nicht. Silvi schaut zu Tanja und spricht fragend und lautlos „wer ist Yannick?" Tanja steht nur achselzuckend da. Beide gehen direkt zu Kerstin.

„Hey Kerstin du alte Socke. Kennst du mich und Tanja noch?" Kerstin stoppt den Zapfhahn und sieht erst jetzt, dass Tanja und Silvi direkt neben ihr stehen. Kerstins Lächeln und Freude kann jeder im ganzen Gasthaus sehen. „Tanja! Silvi! Ihr seid wieder da!" und sie rennt voller Begeisterung um die Theke herum und begrüßt beide mit einem dicken Drücker. Als sie beide wieder losgelassen worden sind, fragt Kerstin mit einem ernsten Ton „Wieso seid Ihr eigentlich nicht einmal, seit eurer Rückkehr, vorbeigekommen? Alex und Daniel sind öfters da gewesen und haben von dem einen oder anderen Kampf erzählt. Das Ihr die böse Macht der Zauberkugel vernichtet habt, aber mehr auch nicht." Kerstin hört, wie manche nach Ihrem bestellten Bier grölen. „Wartet kurz ihr zwei. Nehmt doch da vorne Platz. Ich bin gleich wieder da." Kerstin brüllt in die Richtung, wo die Beschwerde über das fehlende Bier gekommen ist: „Ganz locker bleiben. Das Bier ist unterwegs." und zapft das restliche Bier für die Gäste. Danach holt sie schnell das Essen und verteilt es nach und nach an die hungrigen Mäuler.

Tanja blickt zum offenen Vorhang aus der Küche und flüstert zu Silvi: „Schau mal. Das muss Yannick sein." Beide sehen einen kräftigen Jungen Mann, der das große Weinfass ohne Probleme an der Theke abstellt. Kerstin geht nach der kompletten Essensausgabe direkt zu Yannick und unterhält sich kurz mit ihm.

Sie schauen auch direkt zu Tanja und Silvi, die sich schon überlegen, ob sie Geschwister oder ein Paar sind.

Jetzt ist Silvi doch neugierig. Während Tanja pinkeln geht, steht sie auf und latscht auf Kerstin zu. „Wie wir gesehen haben, hat sich hier viel geändert. Hier sind viel mehr Gäste und deshalb hat sich Hans männliche Verstärkung geholt, oder?" Kerstin nickt und lächelt: „Richtig. Das ist Yannick, ein guter Kumpel von mir. Ich kenne ihn, seitdem ich ganz klein bin. Er hat einen Job gesucht und seitdem dieser Zauber vom König vorbei ist, sind wieder viele in das Gasthaus gekommen. Ich habe es Hans vorgeschlagen, dass ich eine passende Zusatzkraft kennen würde." Silvi gibt Yannick zur Begrüßung die Hand und meint zu beiden, dass es bestimmt eine gute Wahl von Hans gewesen ist. Tanja kommt erleichtert vom Klo zurück und gesellt sich zu den dreien. Natürlich stellt sie sich auch bei Yannick vor, bis wieder einige Gäste nach Bier und Wein brüllen. Kerstin will schnaubend los, aber Yannick hält sie fest und sagt: „Bleib bei deinen Freundinnen, Kerstin. Ich kümmere mich hier um alles." Sie bedankt sich bei ihm mit einem Handkuss und bleibt bei den zwei stehen. Kerstin ist genauso neugierig, holt von den Tresen zwei Bier und stellt es den zweien hin: „Also jetzt erzählt mal. Daniel hat mir schon erzählt, dass diese Zauberkugel durch einen gemeinsamen Schlag zerstört worden ist und dadurch den bösen Fluch beendet wurde.

Dass ihr auch ein paar neue Freunde wie Alex und Sandra gefunden habt, weiß ich auch, aber eine Frage habe ich noch..." Die zwei denken sich schon, welche Frage kommen wird und nehmen einen kräftigen Schluck, bevor von Kerstin die wahrscheinlich traurige Frage kommt.

„Wo ist denn Flo? Hat er jemand weibliches gefunden und hat er sich abgesetzt?" Tanja sieht mit glasigen Augen zu Silvi und sagt leise: „bitte sag du es Ihr. Ich schaff es nicht". Silvi atmet kräftig ein und aus, nimmt die Hände von Kerstin und sagt „Flo hat es nicht geschafft. Er ist im Kampf gegen den verzauberten König getötet worden. Genauso wie die Schwester von Alex." Kerstin schaut Silvi erst starr und dann ziemlich traurig an. „Das tut mir wirklich leid. Ich habe ihn sehr sympathisch empfunden. Mein aufrichtiges Beileid." Kerstin zog drei Schnapsgläser aus dem Schrank und füllt diese Randvoll mit Hans-Brand-Schnaps. Kerstin hob zuerst ihr Gläschen und sagt nur: „Auf Flo und Silke! Wir denken an euch." In dem Moment, wo sie die Gläser gegenseitig anstoßen wollen, steht plötzlich Hans neben ihnen. „Also habe ich es doch richtig gehört. Meine Freundinnen aus der Groschenstadt sind da. Am liebsten würde ich euch gerne drücken, aber ich habe vorhin eine Sau geschlachtet und ausgenommen." Er zeigt auf seine blutverschmierte Schürze, an der auch noch ein paar Fetzen der Sau kleben.

Machen wir einfach einen Faustgruß." Sie stellten die Gläser ab und begrüßten sich gegenseitig. Hans sieht auf die Schnapsgläser und fragt, was es denn tolles zum Anstoßen gibt. Kerstin hält Hans die Hand vor den Mund und erzählt ihm leise, warum sie anstoßen wollen. Daraufhin legt Hans sein Hackmesser auf den Tisch. Er klingelt die Glocke, die normalerweise nur dann genommen wird, um eine Runde zu zahlen. Nach dem Läuten der Glocke ist die komplette Kneipe still geworden und Hans nutzt sein lautes Organ: „Hört mal alle her. Das hier sind zwei der Krieger, die es geschafft haben, den Zauber von König Topas zu brechen. Leider sind auch zwei große Opfer gefallen und deshalb gebe ich eine Schnapsrunde aus. Wir stoßen auf Silke und Flo an!" Alle stimmen mit lautem Gegröle zu und Kerstin wie auch Yannick verteilen die Gläser. Hans hebt das Glas „Auf Silke und Flo! Wir werden euch nie vergessen!" Das Klirren der Gläser hört man überall.

Plötzlich öffnet sich die Tür der Kneipe; Daniel, Alex und Elke kommen herein. Während Silvi und Tanja zu Elke gehen, nimmt sich Alex zwei gefüllte Schnapsgläser und reicht Daniel das zweite Glas. Beide erheben es auch im Namen von Silke und Flo. Bevor Tanja fragt, woher Alex wusste, was hier los ist, sagt Elke über Telepathie: *Ich habe es schon von draußen gehört und habe es ihnen erzählt.* „Ok das erklärt natürlich alles" sagt Tanja und trinkt noch einen weiteren Schnaps.

Hans blickt zu allen und fragt, was sie denn gerne essen wollen. Tanja dreht sich zu Hans und schmunzelt ihn nur an und Hans versteht es sofort. Während er sich sein Hackebeil vom Tisch nimmt und Richtung Küche marschiert, ruft er: „die Schnitzel Spezial sind in kurzer Zeit bei euch" zurück. Elke schaut etwas entsetzt zu Tanja und flüstert „bist du verrückt? Du weißt schon was du bestellt hast, oder?" Alex geht lächelnd zwischen die Beiden: „Sie weiß, was auf sie zukommt. Zur Not werde ich ihr dabei mit Freuden helfen. Hauptsache, auf dem Teller bleibt nichts übrig."

Kurze Zeit später brüllt Hans aus der Küche „Yannick! Bring unseren Freunden das Essen. Kerstin! Du kümmerst dich darum, dass kein Krug leer ist, verstanden?" Wie immer hat Alex kein Problem mit seinem Schnitzel. Obwohl er auch schon drei Bier intus hat, greift er zu den Tellern der Damen, die es zumindest fast geschafft haben. Silvi meint nach dem Essen zu allen „ich glaube, wir müssen langsam aufbrechen. Wir werden bestimmt bald wieder da sein. Es ist ja nur ein kleines Fest bei Hartmut." Darauf antwortet Daniel „Da hast du recht Silvi. Diesmal müssen wir uns nicht überall verstecken, Minijobs annehmen oder gegen Soldaten kämpfen. Die sind ja jetzt unsere Freunde." Alle trinken ihre Krüge aus und verabschieden sich von Hans, Kerstin und Yannick. Während sich alle Richtung Ausgangstür bewegen, klatschen ihnen alle Gäste zum Abschied zu.

Hans hat mitgedacht und überreicht Alex ein kleines
Bierfass und Daniel ein Essenspaket für die weite Reise
„Ich weiß ja nicht, ob ihr bis zum Ziel noch gutes Essen
bekommt. Lasst es euch deshalb bei jeder Rast
schmecken und ich wünsche euch alles Gute bis zur
Topasburg."

Elke hat Ihren Vierbeiner dabei und alle bewegen sich
mit einem schnellen Ritt Richtung Rubeldorf. Während
des Ritts fragt Elke alle, ob bereits jemand in dieser Stadt
gewesen war. Die gesamte Gruppe kann leider nichts
über den Ort berichten. Bevor es langsam dämmert,
erreichen sie den Marksee. Die Gruppe freut sich, im
warmen Spätsommer unter dem freien Sternenhimmel
zu übernachten. Dort angekommen, bringt Tanja die
Pferde zum See, damit sie ihren Durst stillen können.
Gleichzeitig macht Elke ein kleines Lagerfeuer und jeder
setzt sich herum. Sie erzählen sich, wie es hier vor einem
halben Jahr gewesen ist. Tanja weiß noch zu gut, wo sich
Flo, Alex und Daniel wie kleine Kinder im Wasser
benommen haben und sich gegenseitig ins Wasser
gedrückt haben. Wo das Elke gehört hat, senkt sie ihren
Kopf und fängt mit glasigen Augen an zu schniefen.
Tanja, die neben ihr sitzt, fragt ob alles ok ist. Elke wischt
sich die Tränen aus dem Gesicht: „Ich kann mich noch
erinnern, wo Flo von Alex getunkt worden und
blubbernd unter Wassern gewesen ist. Ich und Tanja
haben uns darüber köstlich amüsiert; und jetzt?!

Jetzt ist er nicht mehr da…" Und legt ihren Kopf an Silkes Brust. Tanja merkt, wie die Tränen ihre Kleidung aufweichen. Sie drückt Elke fest an sich und klopft ihr leicht auf die Schulter, während die anderen still bleiben. Nach kurzer Zeit drückt sich Elke ganz langsam von Tanja und reibt sich die Tränen von den Augen. Sie entschuldigt sich bei allen und setzt sich wieder ans Lagerfeuer. Daraufhin kniet sich Alex zu Elke und sagt leise: „Du brauchst dich nicht entschuldigen. Ich denke auch oft an Flo, an meine Schwester und an die schönen Erlebnisse mit ihnen." Elke lächelt erst ihn und dann die Gruppe an und nickt allen dankend zu.

Als langsam das Feuer ausgeht, sucht sich jeder einen Platz zum Schlafen. Leider ist der Boden etwas härter als im Frühling, aber diesmal muss niemand die Nachtwache übernehmen. Daniel meint aber trotzdem: „einer sollte trotzdem wach bleiben. Zwar schickt Hartmut niemand, um uns zu töten, aber es gibt weiterhin Räuber oder schlimmeres. Wenn ihr wollt, übernehme ich es." Da sagt niemand *nein* und obwohl Alex sich für die Kraftübertragung bereit erklärt, lehnt es Daniel ab. „Danke für das Angebot, aber ich schaffe es auch so, vertrau mir Alex." Während sich die Gruppe recht schnell im Schlaf befindet, denkt Daniel nochmals über die ganzen schönen Momente mit Flo nach und zieht Flos Dolch aus der Tasche.

Dank dem Vollmond und dem wolkenfreien Himmel kann er jedes Detail von seiner Waffe erkennen und eine Träne tropft auf den Griff. Daniel hört, wie Tanja sich im Schlaf murmelnd zur anderen Seite dreht. In dem Moment packt er Flos Dolch wieder in seine Tasche und hält weiterhin Wache.

Als sich die Sonne hinter den Hügeln zeigt, bemerkt Daniel, wie alle langsam aus dem Land der Träume zurückkommen. Er blickt zu Elke, die sich streckend zu ihm blickt. Mit einem Lächeln sagt sie zu ihm: „traust du dich diesmal nicht, uns mit kaltem Wasser zu wecken?" Er schüttelt nur den Kopf und berichtet, was in der Nacht gewesen ist: „Das einzige, was ich feststellen konnte, ist das Schnarchen von Alex und die Selbstgespräche von Tanja. Sonst ist nichts gewesen. Aber ist euch eigentlich schon aufgefallen, dass Hartmut die Straßen verbessert hat?" „Da hast du recht Daniel, aber das mit meinen nächtlichen Selbstgesprächen hättest du auch für dich behalten können, du Schlingel" antwortet Tanja.

Als alle nach einer kleinen Mahlzeit nach Rubeldorf fertiggemacht haben, sagt Elke per Telepathie zu Daniel. *Ich weiß, dass du heute Nacht den Dolch von Flo betrachtet hast. Ich werde es aber niemand sagen, dass du ihn mitgenommen hast.* Er lächelt zu Elke rüber und auf seinen Lippen kann sie *Danke* erkennen.

Alex ruft zur Gruppe „dann lasst uns mal zu diesem Kaff namens Rubeldorf weiterreiten. Folgt mir!"

Es dauert nicht lange und Silvi kann als Erste die Spitze von einem Kirchturm erkennen. Die Pferde werden vor der Stadt langsam und die Soldaten begrüßen alle mit einem „Herzlichen Willkommen in Rubeldorf". Alex kratzt sich leicht schmunzelnd am Kopf und sagt leise zu Tanja: „Also früher haben wir nur sowas wie ein *tötet sie* gehört. Auch wenn es ein halbes Jahr her ist, muss ich mich noch daran gewöhnen, dass uns kein Soldat mehr umbringen will." Tanja lacht und antwortet: „Solange du diesmal deine Axt in Ruhe lässt, ist alles ok."

Alle springen von den Pferden ab und nehmen die Zügel in die Hand. Da Daniel und Alex den Weg zu Sandras Haus wissen, gehen sie natürlich vor. Daniel sagt zu allen, dass Sandra mit Sicherheit schon länger auf uns warten wird. Auf dem Weg zeigt Alex auf ein größeres Gebäude, das fünf Bierkrüge auf einer Tafel zeigt. Er schaut zu den anderen, die durch seinen Fingerzeig die Augen verdrehen. Tanja ruft zu Alex: „Lass uns erstmal Sandra abholen. Danach können wir etwas Essen. Solange musst du aber deinen Bierdurst noch im Zaum halten." „Aber ich kann doch zumindest ein kleines..." die rechte Hand von Elke trifft seinen Hinterkopf. Sie sagt leise in einem Lächeln „Nein Alex. Es gibt bestimmt kein Bier zum Mitnehmen.

Zuerst gehen wir zu Sandra und holen sie ab. Wenn du mit den Pferden hier bleibst, würde ich es den Tieren zuliebe akzeptieren." Das lässt sich Alex nicht zweimal sagen, schnappt sich sämtliche Zügel der Zossen und mit einem „Bis später" bleibt er bei den Tischen und Bänken sitzen und ruft in die Gaststätte „Bier bitte."

Daniel schüttelt nur den Kopf und geht mit den anderen die Straßen entlang. Am Ende der Straße zeigt Daniel auf das gelbe Gebäude neben dem Rathaus „Hier wohnt Sandra. Hoffentlich ist sie auch daheim." Daniel geht vor und klopft an die hölzerne Tür. Kurze Zeit später öffnet sich diese und Sandra steht freudestrahlend vor Daniel. „Meine Freunde. Ich habe euch schon sehr vermisst" und drückt Daniel so fest an sich, dass er wirklich Schwierigkeiten hat, zu atmen. Zu seinem Glück lässt sie ihn noch vor seiner Erstickung los, um alle anderen zu begrüßen. Auf die Frage, wo Alex geblieben ist, kommt von allen ein Gelächter raus und Silvi sagt grinsend: „Wo wird er wohl sein!? Du kennst doch die Kneipe am Ortseingang. Er hat sich *freiwillig* geopfert, auf die Pferde aufzupassen. Dafür kann er sich dort mit dem Bier begnügen." Sandra schüttelt lächelnd nur den Kopf und holt Pferd und Streitkolben. Alle machen sich auf den Weg, um Alex beim Essen und Trinken zu unterstützen.

Bei der Ankunft erkennt Sandra Alex sofort – sitzend auf einer Bierbank genießt er sein Bier: „Er hat sich wirklich nicht geändert, oder? Ich sehe an seinem Tisch schon drei Krüge stehen." – „Nicht wirklich", antwortet Daniel, „da er durch Hartmuts *Freischein* nichts bezahlen muss, ist er noch durstiger geworden." Als Alex die Gruppe sieht, stellt er das Bier ab und geht auf Sandra zu. Er umarmt sie mit voller Kraft und sagt: „Es ist so schön, dass wir uns endlich wieder sehen. Ich habe dich sehr vermisst." Sandra klopft ihm auf die Schulter und erwidert mit kleinen Freudentränen seine innige Zugewandtheit. Nun kommt Tanja zu Wort: „Ich schlage vor, dass wir hier zusammen Essen gehen." Diesen Vorschlag lehnt niemand ab. Alle freuen sich auf ein leckeres Essen. Während des Wartens fällt Elke und Daniel auf, dass sie von vielen Gästen beobachtet werden. Daniel fragt Alex, ob ihm das auch schon aufgefallen sei. Er schüttelt den Kopf und trinkt den nächsten Humpen aus. Tanja spricht leise in die Runde: „Vielleicht wissen die, wer wir sind. Aber Hartmut wollte es ja eigentlich nicht publik machen, bis wir auf der Topasburg sind." Elke blickt zu Tanja. „Ach, du weißt doch, wie es ist: Sobald es einer erfährt, nimmt es Ausmaße eines Lauffeuers an." – „Bisher hat mich noch keiner darauf angesprochen", sagt Sandra, „nicht einmal mein Chef oder die Kollegen in der Schmiede. Ich sagte damals nur, dass ich einen wichtigen Urlaub benötige.

Zum Glück haben sie es geglaubt." Sandra nimmt darauf lächelnd einen kräftigen Schluck aus ihrem Krug.

Als die Bedienung abkassieren möchte, zeigt ihr Daniel lächelnd das Schreiben des Königs. Sie liest es und ruft: „Dann müsst ihr die Krieger sein, die das Königreich gerettet haben!" Urplötzlich ist es still und alle drehen sich zu ihnen um. Auf einmal jedoch ist es aufgrund des grölenden Beifalls so laut, dass sich Elke einen Stummzauber überlegt, um keinen Tinnitus zu bekommen – lässt es dann aber doch sein. Nach dem Applaus stehen einige der Gäste auf und gehen auf die Helden zu. „Eigentlich wollten wir ja schnell weiter, aber jetzt wird es wohl noch etwas dauern", grummelt Alex und verlangt nach einem weiteren Bier.

Nachdem sich die Menschenmenge von der Kriegergruppe verabschiedet hat, nimmt Alex einen letzten Schluck und steht auf. Er winkt alle nach draußen. Als sie langsam durch die Stadt traben, sprechen sie darüber, wie sehr sie von den Menschen geehrt worden seien. Alle drehen sich zu Alex und Elke sagt etwas lauter: „Es sind wirklich nette Menschen! Hoffentlich halten sie ihr Versprechen und erzählen es nicht weiter. „Ich glaube nicht, dass sich alle daran halten werden", antwortet Daniel. „Aber mit unseren Pferden sind wir schnell unterwegs und es wird nicht lange dauern, bis wir in Schotterhausen sind.

Dort können wir Herbert und Gandulf einen kurzen Besuch abstatten." Daniel dreht sich zu Alex: „Außerdem kann Alex dann wieder gegen Herbert oder René einen kleinen Kampf durchführen. Und Sandra möchte bestimmt gerne bei ihrer Schmiede vorbeigehen." Tanja schaut daraufhin etwas betrübt, was Elke sofort auffällt. Sie fragt Tanja per Telepathie: *Was ist los?* Sie wischt sich die Tränen ab und flüstert ihr zu: „Ich glaube, ich reite zur Bäckerei und erzähle Kathi, was mit Flo passiert ist." Elke bleibt für eine kurze Zeit still und denkt nach. Dann meint sie, dass dies eine gute Idee sei. E*s ist am besten, wenn du es ihr alleine sagst. Du kannst ihr ja auch erzählen, wie tapfer er sich geschlagen hat.* Tanja nickt ihr zu. Nachdem die Gruppe Rubeldorf verlassen hat, geht es im Galopp weiter.

Bereits am frühen Abend erreichen sie Schotterhausen. „Die geschenkten Pferde sind wirklich top in Form!", sagt Silvi voller Stolz. „Ich kann mich noch daran erinnern, wie viel wir damals zu Fuß gelaufen sind." Daniel grinst dabei: „Ja, aber dieses Elend ist jetzt vorüber. Nun ja – jetzt sollten wir hoffen, dass Herbert noch ein bisschen Platz für uns hat." Tanja meint: „Solange er uns nicht wieder auf rabiate Art und Weise mit dem Eimer weckt... Ich kann mich gut an die blauen Flecke an meinem Hintern erinnern."

Daraufhin grinsen Elke und Tanja und meinen nur: „Du warst eben sehr schreckhaft. Aber ich glaube nicht, dass er das nochmal machen wird."

Kurz vor dem Trainingslager hört Elke per Telepathie: *Willkommen Elke. Ich bin bei Herbert und genieße mein Abendessen.* Elke antwortet: *Danke Gandulf. Bitte frag' Herbert mal, ob er noch ein paar Betten für uns frei hat.* Ein paar Minuten später gibt er das OK an Elke weiter und sie teilt es den anderen freudestrahlend mit.

Als die Gruppe beim Trainingslager ankommt, gehen sie direkt in die Kantine. Sie werden von Herbert, Gandulf und Anastasia mit offenen Armen empfangen. Jeder drückt jeden voller Freude und während Anastasia für ein schmackhaftes Essen in der Küche verschwindet, setzen sich alle an einen gemütlichen Tisch. Während sich Herbert bei der Gruppe nach ihrem Wohlergehen erkundigt, kommt Claudi vorbei und fragt nach den Getränkewünschen. Als alle um ein köstliches Bier bitten, schüttelt sie nur den Kopf und geht zur Zapfanlage. Herbert blickt zu Alex und fragt ihn, ob er denn jetzt alle zum Biertrinken bekehrt hätte. „Nun ja. Viele haben eben gemerkt, dass es mir im Kampf viel gebracht hat. Alle – bis auf Flo – konnte ich dazu bringen. Er hat lieber seinen Wein getrunken; das haben wir natürlich akzeptiert." Daraufhin lacht Herbert lauf auf und stößt mit jedem an.

Nachdem alle einen großen Schluck zu sich genommen haben, stellt Herbert seinen Krug wieder auf den Tisch und fragt in die Runde, wann Silke und Flo eintreffen würden. Elke stoppt ihn durch Telepathie und erklärt ihm kurz, was den Beiden im Kampf passiert ist. Herbert wird leise, steht auf und legt Alex die Hand auf die Schulter. „Es tut mir leid, was deiner Schwester passiert ist. Sie war wirklich eine tolle starke Kriegerin. Mit ihrem Holz-Morgenstern konnte nur sie perfekt umgehen. Sie hat sogar ihre Initialen in die Holzwaffe eingeritzt." Er setzt sich wieder an seinen Platz. „Wenn ich etwas für dich oder für euch tun kann, sagt mir einfach Bescheid." Alex meldet sich kurz darauf zu Wort: „Kannst du mir diesen Holz-Morgenstern geben? Ich würde ihn sehr gerne neben Flos Dolch bei uns zu Hause an die Wand hängen." Daraufhin holt Daniel seine Tasche. Er öffnet sie, zieht den Dolch aus der Tasche und legt ihn auf den Tisch. Alle sind still, als sie den glänzenden Dolch betrachten. Silvi fragt Daniel, wieso er ihn mitgenommen habe. „Auch seine Waffe hat Anspruch auf die Ehrenfeier des Königs. So können wir auch Silkes Morgenstern mitnehmen." Diese Idee finden alle klasse und Herbert verspricht, morgen früh die Waffe zu holen. „Sei aber bitte nicht unser Weckdienst, Herbert. Ich will gesund und munter aufstehen und nicht mit Schmerzen geweckt werden. Herbert schmunzelt: „Keine Sorge, Tanja. Ihr könnt so lange schlafen wie ihr möchtet.

Jetzt muss ich mich leider entschuldigen. Ich habe noch etwas zu tun. Außerdem kommt gerade euer Essen. Schlagt zu – wir hören uns morgen." Alle bedanken sich und wünschen ihm einen schönen Abend.

Nebenher hat sich Elke mit Gandulf unterhalten. Er hat sie gefragt, ob sie noch ein paar neue Tricks lernen möchte. „Wir werden morgen Mittag schon wieder aufbrechen müssen, Gandulf. Deswegen werden wir leider nur ein paar Stunden haben. Schließlich sollte ich mir auch eine große Mütze voll Schlaf gönnen. Gandulf streicht über seinen Bart und sagt ihr per Telepathie: *Wir können doch deine Freunde darum bitten, dir etwas Kraft für die Nacht zu leihen. Alex und Sandra haben doch immer mehr als genug.* Elke blickt lächelnd zu Sandra und Alex. Sandra bemerkt es sofort und tippt Alex an. „Schau mal, Alex. Dieses fiese Lächeln von Elke gefällt mir überhaupt nicht." Alex ruft zu Elke rüber, was sie und Gandulf wieder aushecken würden. Elke geht auf die Beiden zu: „Ihr zwei seid doch die stärksten Krieger. Könnt ihr mir für die Nacht ein bisschen Kraft leihen? So könnte ich die Nacht über von Gandulf den ein oder anderen neuen Trick der Schwarzen Magie erlernen." Alex und Sandra schauen sich an und meinen: „Einverstanden. Solange es nicht zu viel ist, kannst du gerne etwas davon abhaben." Elke bedankt sich herzlich und geht zu Gandulf.

Während sich Elke und der Zauberer von den anderen verabschieden, bleiben die anderen noch sitzen und überlegen sich, was sie in Schotterhausen noch machen wollen. Tanja will zur Bäckerei und Sandra zur Schmiede. Die anderen wollen zu Ingrid und René, um ihnen alles Passierte zu erzählen. Daniel streckt sich und sagt: „Wisst ihr was? Ich werde langsam das Bett aufsuchen. Zum Glück muss ich morgen nicht so früh aufstehen, um die Schmiede zu fegen oder noch Schlimmeres zu tun. Bleibt ihr noch hier?" Die anderen schauen sich an und entscheiden sich dafür, Daniel zu folgen. „Gute Nacht!", ruft Alex in die Küche. „Wünsch' ich euch auch", erwidert Anastasia. „Wenigstens haben wir wieder die gleichen Schlafräume bekommen", meint Tanja, „dann können wir dieselben Betten wie damals nutzen. Wenn es für euch ok ist, lege ich die Tasche mit Flos Dolch auf sein damaliges Bett." Sie wünschen sich gegenseitig eine gute und erholsame Nacht.

Während die Kriegergruppe im Land der Träume ist, bringt Gandulf Elke erneut ein paar Schwarze-Magiekünste bei. Er erklärt ihr auf vielen Pergamentrollen ein paar Sprüche, die man in dieser kurzen Zeit erlernen kann. Elke passt gut auf und macht sehr schnell Fortschritte. Besonders der Spruch der Bewusstlosigkeit sieht sie als sehr hilfreich an. Als die Sonne über den Horizont steigt, geht Gandulf mit ihr nach draußen. Er warnt sie: „Sei bloß vorsichtig.

Diesen Spruch musst du exakt durchführen. Er verbraucht einiges von deiner Kraft, falls er nicht präzise ausgeführt wird. Ich glaube aber, dass du es problemlos schaffen wirst. Elke schaut ihn an: „Wie soll ich diesen Zauberspruch testen?" Er zeigt auf das Schaf, das hinter dem Zaun zu sehen ist. Elke sieht, wie es gerade das frische feuchte Gras frisst und sich von den ersten Sonnenstrahlen berühren lässt. Gandulf sagt: „Lenke deine magische Kraft ganz gezielt und präzise auf das Schaf. Dann dauert es nicht mehr lange, bis es ohnmächtig wird." Elke stellt sich etwas näher an das wollige Tier heran und konzentriert sich auf den Zauberspruch.

Plötzlich merkt Gandulf, dass mit Elkes Zauber etwas nicht stimmt. Er sieht, wie das Schaf schmerzhaft zu blöken anfängt. Es wird immer schlimmer und nach einem lauten Knall fliegen sämtliche Körperteile des Tieres in alle Richtungen. Gandulf kann noch rechtzeitig zur Seite springen; Elke verfällt jedoch in Schockstarre und kann sich nicht von der Stelle rühren. Sie wird am ganzen Körper mit Schafsteilen erwischt. Er lacht laut auf und sagt mit einem Schmunzeln: „Das war viel zu viel magische Energie, die du eingesetzt hast. Beim nächsten Schaf nimmst du nur ein Zehntel davon." Elke wischt sich sämtliche blutgetränkte Fetzen weg und sagt mit leiser Stimme: „Das mache ich, aber jetzt werde ich erst einmal unter die Dusche gehen.

Außerdem ist mir etwas schwindelig." Er schmunzelt weiterhin und meint: „Das ist ok, Elke. Du kannst von Glück sprechen, dass es dir nicht schlimmer geht. Dein Kraftverlust war enorm." Er schaut Richtung Herberge. „Bestimmt sind deine Freunde durch den Knall wach geworden. Ich schau' mal, ob Herbert noch ein paar Schafe für unser Training hat. Wenn du Anastasia siehst, kannst du ihr erzählen, dass es hier viel Fleisch für ein Gulasch gibt." Elke kratzt sich am Kopf und denkt beim Zurückgehen nur: *Anastasia reißt mir bestimmt den Kopf ab, wenn sie das hier mitbekommt. Hoffentlich verzeiht sie mir das kleine Missgeschick.*

Alex und Daniel sind durch den lauten Knall wach geworden und fragen sich erschrocken, was los ist. Sie springen auf und während Daniel versucht sich die Hose anzuziehen, sagt er zu Alex: „Hoffentlich ist niemand verletzt oder noch schlimmer." Alex schnappt sich seine Axt und wirft Daniel sein Schwert zu: „Das werden wir gleich sehen. Nichts wie los!" Silvi sieht mit einem halb geöffneten Auge nur noch, wie Daniel aus dem Zimmer stürmt. Sie murmelt zu den anderen Damen, was denn hier los sei. „Vielleicht gibt es wieder ein Bier oder Schnaps für Alex. Ich bleibe liegen und…", mehr kann Tanja nicht sagen, bevor sie wieder einschläft.

Als die zwei Herren nach draußen rennen, kommt ihnen die blutverschmierte Elke torkelnd entgegen.

Beide bremsen ab und blicken Elke entsetzt an: „Mein
Gott, Elke. Was ist passiert? Bist du verletzt? Werden wir
angegriffen?" Daraufhin schmunzelt sie nur: „Keine
Angst, ihr beiden. Das ist nicht mein Blut. Ich habe mich
bei dem Zauberspruch etwas vertan und das Ergebnis
seht ihr an mir kleben und am Schaf, das draußen
verteilt liegt. Das Grinsen auf Alex' und Daniels
Gesichtern wird immer breiter und Alex' Lachen scheint
man im ganzen Trainingslager zu hören. Daniel hält ihm
die Tür auf und grinst: „Komm' schon, Alex. Diese
Sauerei wollen wir uns doch nicht entgehen lassen?! Viel
Spaß beim Duschen, Elke."

Bevor Alex den Mund aufmachen kann, zeigt Gandulf auf
die Stelle, an welcher das Unglück passiert ist. Sie sehen
die vier Beine des Schafs vor sich in der Wiese stehen.
Von den Stummeln steigt etwas Rauch empor.
Ringsherum sehen sie noch einige Fetzen sowie den
halben Schafskopf liegen. Daniel dreht sich zu Gandulf.
Er versucht, sein Grinsen aus dem Gesicht zu bekommen
und spricht den Zauberer an: „Darf ich fragen, wofür
dieser Zauber nützlich sein soll? Der Hitzezauber ist
schon übel, aber dieser hier sprengt ja alle Rahmen."
Gandulf streicht über seinen Bart: „Dieser soll eigentlich
nur dafür sorgen, dass jemand ohnmächtig wird. Leider
hat Elke viel zu viel Kraft eingesetzt. Das Ergebnis sieht
man ja da vorne. Sie kann froh sein, dass ihr nicht mehr
passiert ist."

Auf einmal kommen Anastasia, Claudi und Ramona mit Eimern zu ihnen und sehen das angerichtete Schlamassel. „Gandulf hat uns schon über Telepathie berichtet, was passiert ist", sagt Anastasia. „Jetzt werden wir das gute Fleisch einsammeln und es zu einem schönen Gulasch verarbeiten. Tut mir aber bitte den Gefallen und erzählt es nicht weiter. Zwar ist das Fleisch frisch, aber es gibt bestimmt Menschen, die es als nicht *artgerecht geschlachtet* ansehen würden." Sie versprechen es der Meisterköchin. Daniel und Alex wissen jetzt schon, dass sie heute vegetarisch Essen werden.

Tanja, Sandra und Silvi haben es langsam aber sicher geschafft, aus dem schönen warmen Bett aufzustehen. Während sie im Bad stehen, platzt urplötzlich Elke herein. Sandra wollte dem unbekannten *Spanner* gleich eine gewaltige Ohrfeige verpassen, aber Silvi ruft: „STOPP! Das ist Elke!" Sie kann Sandras Arm gerade noch rechtzeitig mit aller Kraft festhalten. Während Elke unter der Dusche steht, erzählt sie über Telepathie von ihrem Missgeschick. Sandra schüttelt lächelnd beim Anziehen den Kopf: „Also ich geh' mal kurz bei der Schmiede vorbei. Wenn ihr mir von der Bäckerei was Leckeres mitbringen könntet, würde ich mich sehr freuen."

Im Laufe des Vormittags finden sich alle in der Kantine ein. Elke hat sich bei Herbert bereits für den *Unfall* entschuldigt – er nahm es mit einem kleinen Lächeln wohlwollend auf. Tanja hat in der Bäckerei nach Katharina gesucht, um ihr die traurige Geschichte von Flo erzählen zu können. Leider hat sie dort erfahren, dass Katharina nicht mehr in Schotterhausen wohne und niemand wisse, wo sie abgeblieben sei.

Sandra erzählt stolz, wie sehr sich alle in der Schmiede über ihren Besuch gefreut haben. Alex hat sich ein frisches Bier gezapft und bringt es freudestrahlend an den Tisch. Er nimmt einen kräftigen Schluck und meint beim Absetzen, dass sie nach dem Mittagessen ihre Reise fortsetzen sollten. Daniel flüstert allen zu: „Wenn einer von euch das Schafsgulasch bestellt, kotze ich den Tisch voll." Tanja klopft Daniel auf der Schulter: „Keine Sorge. Wir nehmen was anderes – und sei es nur einen Salat oder ein Stück Brot."

Sie bestellen zusammen eine große Wurst- und Käseplatte. Während Claudi die Bestellung erhält, reibt sie sich erst vor Erstaunen die Augen und blickt dann zum Gulaschtopf in der Küche und sagt lächelnd: „Ich gebe Ramona Bescheid, dass sie euch eine große Platte anrichten soll."

Nachdem sie gegessen und getrunken haben, verabschieden sie sich bei all ihren lieben Freunden aus dem Trainingslager und suchen ihre Pferde auf. Claudi und Ramona haben für die weitere Reise über den Goldpass freundlicherweise ein kleines Vesperpaket mit einem Bierfässle zusammengeschnürt, welches die Gruppe dankend annimmt.

Oben am Goldpass angekommen, sind abermals mehrere Soldaten auf dem Wachposten. Dieses Mal lässt Alex seine glitzernde Axt an ihrem Platz und begrüßt die Wachen sehr freundlich. Sandra kann es nicht lassen und fragt die Wächter, ob es noch dieses komische Essen gebe.

Die Krieger des Königs wundern sich, woher sie das Soldatenessen kennt. Ein Soldat geht einen Schritt nach vorne und spricht zu Sandra: „Also ich weiß zwar nicht, woher ihr unsere Verpflegung kennt, aber vor vielen Monaten hat der König die Kost verändern lassen. Jetzt ist sie richtig schmackhaft geworden. Wollt ihr davon kosten?" Sandra ist neugierig und probiert das *neue* Essen der Wächter. Silvi ist über Sandras positiven Gesichtsausdruck überrascht und bittet ebenfalls um einen Bissen. Daraufhin schauen die Soldaten etwas verwundert – alle möchten kosten. Sandra klopft dem Soldaten auf die Schulter: „Wir werden dem König ausrichten, dass die neue Mahlzeit wirklich genießbar geworden ist. Außerdem teilen wir ihm mit, dass ihr sehr großzügig seid." Die Soldaten können anfangs nicht recht glauben, dass die Gruppe wirklich zum König möchte. Erst nach Daniels Erklärung nehmen sie es ihnen ab. „Wollt ihr noch mehr Essen mitnehmen? Schließlich wollen wir nicht, dass unsere Helden verhungern." Alex schmunzelt und meint: „Wenn ihr auch noch Bier habt, sage ich nicht *nein*. Aber ich bezweifle, dass...". Der Soldat kehrt Alex den Rücken und verschwindet in der Hütte. Elke weiß schon, was passieren wird und lächelt zur Gruppe hinüber. Der Soldat kommt mit einem Krug Bier zurück und überreicht ihn ihm feierlich. Erst schaut Alex etwas verdutzt drein, aber dann nimmt er ihn dankend an und genießt sein Bier in aller Ruhe. Als Tanja auf ihn zukommt und ihn an das Treffen mit dem König erinnert, grummelt er und kippt das restliche Bier in einem Zuge in sich hinein. Silvi flüstert Elke zu: „Ich möchte wissen, wie Alex das macht. Ich muss andauernd pinkeln gehen, aber Alex kann es ewig halten – egal was und wie viel er trinkt." Silvi blickt kurz um sich und sagt weiter zu Elke: „Außerdem muss ich jetzt vor lauter Bier schon pinkeln. Ich bin gleich wieder da." Silvi schaut nach einem geeigneten Platz und verschwindet hinter den Büschen.

Als Silvi erleichtert zurückkommt, machen sich alle für die weitere Reise bereit und verabschieden sich vom netten Gefolge des Königs.

Während sie den Abhang hinuntergehen, spricht Tanja etwas lauter, damit es alle aus der Clique hören können: „Könnt ihr euch noch daran erinnern, was wir alles auf dem Goldpass gemacht haben? Wir waren schon wahre Monster." „Daniel hält an und dreht sich zu Tanja: „Ich kann dich gut verstehen, Tanja. Aber sieh' es positiv: Ohne uns wären bestimmt noch viele unschuldige Menschen gestorben." Alex lacht leise und dreht sich zu Elke: „Das stimmt. Jetzt müssen wir nur aufpassen, dass nicht noch unschuldige Tiere sterben, oder Elke?" Das hätte Alex nicht sagen sollen. Elke blickt zu Boden und murmelt einen Zauberspruch. Plötzlich schweben sämtliche Tannenzapfen um Alex herum. Verwundert sieht er sie an. „Was zum…!?" Mehr kann er nicht mehr sagen – die Zapfen donnern wie wild auf seinen Schädel ein.

Als die harmlose Attacke zu Ende ist, meint Elke ernst: „Reiz' mich nicht zu sehr. Daniel hat auch schon eine Verwarnung bekommen. Nicht wahr, Daniel?" Er schluckt und bestätigt leise: „Ja, ja. Ich mach' nichts mehr." Während die restlichen Frauen das Grinsen nicht mehr aus ihren Gesichtern bekommen, legen Alex und Daniel still und leise einen Zahn zu, um Abstand von den anderen zu bekommen. Elke sagt schmunzelnd: „Die Herren scheinen wohl stinkig zu sein."

Als sie sich dem Silberbach nähern, blickt Tanja zu Elke, die ziemlich ernst dreinschaut. „Stimmt was nicht, Elke?" Sie antwortet: „Ich weiß, warum die beiden so schnell vorgeritten sind – eigentlich weiß ich es nur von Alex. Bestimmt wusste es Daniel und ist ihm als sein bester Freund gefolgt." Tanja denkt kurz nach: „Da vorne ist doch Silke getötet worden. Dort haben wir ihr die letzte Ehre erwiesen, oder?" Elke nickt.

Tanja hat mit ihrer Vermutung recht. Alex und Daniel stehen an der Stelle, wo sie damals Silke verbrannt haben. Sie steigen ab und gehen still zu Daniel, der einen gebührlichen Abstand zu Alex hält. Er kniet sich hin und spricht leise. Elke konzentriert sich anstaltshalber nicht darauf, was Alex zu seiner verstorbenen Schwester sagt und bleibt stumm bei den anderen stehen.

Plötzlich wühlt er vor sich im frischen Gras wild herum. „Es ist noch da!", ruft Alex und hebt etwas Metallisches hoch. Silvi ist zutiefst beeindruckt: „Das ist doch Silkes Morgenstern! Ich hätte niemals gedacht, dass er noch hier ist! Ihr etwa?" Alle schütteln lächelnd den Kopf und sehen, wie er freudestrahlend mit der Waffe zurückkommt. „Wahnsinn, dass das Kampfgerät von meinem Schwesterchen noch hier ist. Das nehme ich zu Hartmut mit. Zum Glück hat Daniel auch den Dolch von Flo dabei." Er tätschelt Daniel den Kopf und sagt schmunzelnd: „Mensch, Daniel! Als du Flos Waffe mitgenommen hast, hast du wirklich seit langem mal wieder deine Denkzentrale mit Bravour eingesetzt. Ich bin so stolz auf dich."

Nachdem sich alle an der Grabstelle niedergekniet und ein paar liebe Worte gesagt hatten, machten sie sich für die weitere Reise bereit. „Wir werden es heute bestimmt noch bis Scheckstadt schaffen", meint Tanja. „Ich weiß wirklich nicht, woher unsere Pferde diese Ausdauer nehmen; so viel Kondition hätte ich auch gerne!" Darauf antwortet Elke: „Da hast du Recht. Ich habe ihnen keine zusätzlichen Kräfte gegeben. Vielleicht hat Alex den Zossen bei der Ankunft in Scheckstadt ein Bier versprochen. Zutrauen würde ich es ihm auf jeden Fall."

Tanja schüttelt lächelnd den Kopf. „Trotzdem gönnen wir ihnen gleicheine kleine Pause mit frischem Gras und kühlem Wasser am Silberbach. Mein Pferdchen bekommt kein Bier." Als Alex das hört, flüstert er Daniel zu: „Zum Glück waren die beiden nie im *Goldenen Burkhardt* dabei. Unsere Pferde vertragen bestimmt schon mehr Bier als wir beide zusammen."

Am Silberbach angekommen, genießen alle das kühle Nass. Selbst Daniel und Silvi machen sich etwas frisch und freuen sich darüber, einfach einmal nicht im Sattel zu sitzen. Elke, Alex und Tanja haben es sich auf der schönen grünen Wiese bequem gemacht.

Elke stöhnt: „Hoffentlich haben wir es bald geschafft. Mein Hintern schmerzt schon langsam vom ewigen Reiten." Tanja meint: „Aber wenigstens haben sich die Pferde schnell mit uns angefreundet. Sie bleiben stets treu in unserer Nähe."

Endlich kommen auch Daniel und Silvi aus dem Wasser. Sie trocknen sich mit den Jacken von Alex und Sandra ab, die gerade nicht aufgepasst haben. Sie gehen schnell zu den Pferden und sagen, dass es nun weitergehe. Während die beiden Schlitzohren schon losreiten, merken Alex und Sandra, was mit ihren Jacken passiert ist. Sie heben ihre klitschnassen Jacken hoch, aus denen das Wasser nur so aus den Ärmeln tropft. Fluchend knüllen sie sie so lange mit voller Kraft zusammen, bis diese fast trocken sind. Alex steigt grummelnd auf das Pferd und ruft Elke zu: „Kannst du denen nicht auch etwas an den Kopf fliegen lassen? Einen Stein oder so?" Elke grinst: „Lieber Alex, mir haben sie ja nichts getan, aber wenn du mich nett darum bittest, könnte ich mir einen kleinen Spaß einfallen lassen." Alex reitet dicht neben Elke her und verbeugt sich so tief wie es ihm möglich ist. Während er das tut, rutscht er fast vom Pferd. Daraufhin muss Elke so sehr lachen, dass ihr sogar ein paar Tränen kommen. Sie wischt sie sich weg und sagt ihm, dass sie sich etwas einfallen lasse. Langsam reiten sie nebeneinanderher; weder Sandra noch Alex sagen etwas über die durchnässten Jacken.

Sie denken sich nur: *Hoffentlich fällt Elke ein toller Zauberspruch ein.* Am frühen Abend erreichen sie Scheckstadt.

Als erstes fragt Daniel einen Passanten höflich nach einem schönen Gasthaus mit Übernachtungsmöglichkeit. Der Herr zeigt Richtung Stadtmitte und weist darauf hin, dass es nicht gestattet sei, durch die Stadt zu reiten. Natürlich hören alle auf den Bewohner und steigen sofort ab. Die Gruppe schlendert gut gelaunt durch die Straßen, bis sie das Gasthaus namens *Bierglanz* erreicht. Alex steht vor der Tür und sagt freudestrahlend: „Das Türschild gefällt mir schon ganz gut." Er geht schon hinein, bevor die anderen überhaupt sehen, was er gemeint hat. Als sich die Tür wieder schließt, können alle das Schild mit der Aufschrift: „Lasst uns essen und trinken, damit der Magen nicht denkt, dass die Zähne schon zum Teufel sind" gut lesen. Daraufhin lächelt auch Sandra und geht mit Vorfreude hinterher. Daniel spricht zu den anderen: „Wenn wir weiterhin so viel essen, kommen wir noch als Fettkugel bei Hartmut an. Wenn wir sowas wie einen Testkampf machen müssen, werden sich alle über unsere miserable Leistung kaputtlachen. Die Bevölkerung aus Edelheim fragt sich dann bestimmt, wie wir das alles überhaupt schaffen konnten."

Während die Bedienung die Bestellung aufnimmt, fällt
Silvi auf, dass Elke zum hintersten Tisch blickt. Dann
werden die Biere an den Tisch gebracht. Nach ein paar
Minuten dreht sich Elke nachdenklich um und sagt allen
per Telepathie: *Die Herren am letzten Tisch reden über
Hartmut und von einer Entführung.* Als Sandra das hört,
verschluckt sie sich und Alex klopft ihr zur Rettung auf
die Schulterblätter. Endlich kann sie wieder atmen und
fragt Elke, ob sie denn auch richtig zugehört habe. Sie
nickt und fragt Daniel und Silvi, ob sie nicht mal zu den
Herren gehen wollen. „Ihr könnt ja sagen, ihr habt es
ganz leise gehört oder so. Ihr müsst nur kreativ sein."
Daraufhin schnappt Elke ihren Humpen und trinkt ihn
komplett aus. Während die zwei am anderen Tisch sind,
murmelt Elke einen kurzen Zauberspruch. Die Schnitzel
von Silvi und Daniel leuchten kurzzeitig rot auf. Alex und
Sandra haben es gesehen und fragen Elke, was sie
angestellt habe. Sie lächelt gehässig: „Wartet einfach ab.
Das wird ein Spaß, aber jetzt sind wir erst einmal
gespannt, was sie uns berichten werden. Ich hoffe
wirklich, dass ich mich verhört hab'."

Nach etwa fünf Minuten kommen die beiden mit sehr
ernster Miene zurück an den Tisch. Auf die Frage, was
sie denn gesagt hätten, antwortet Daniel ganz leise:
„Elke hat recht. Es sieht so aus, als ob Hartmut wirklich
entführt worden sei."

Während Daniel einen großen Schluck aus seinem Krug nimmt, spricht Silvi weiter: „Könnt ihr euch noch an diesen schwarzen Magier, den Elke getötet hat, erinnern?? So wie es aussieht, hat der große Hexenmeister Liehnu aus dem Land des Verderbens Rache geschworen und den König entführt." Alle sind erschüttert und schauen zutiefst entsetzt. Alex steht auf: „Dann sollten wir schleunigst weiter. Ich brauch' keinen Schlaf und wenn jemand Kraft benötigt, kann er gerne welche von mir bekommen." Nachdem jeder sein Essen eingepackt hat, begeben sie sich nach draußen, um so schnell wie möglich die Topasburg zu erreichen.

Der Mond ist wieder auf ihrer Seite und leuchtet ihnen den Weg nach Kleinpfennig. Kurz bevor sie am frühen Morgen die Stadt erreichen, spüren Silvi, Tanja und Daniel langsam doch den Schlafmangel. Sie zwicken sich mehrmals in den Unterschenkel, um die restlichen Minuten wach zu bleiben. Als die Stadt endlich erreicht ist, wird die Gruppe von Soldaten angehalten. Sie sehen zu Elke und Daniel, die schon ziemlich abwesend und müde aussehen. „Einen schönen guten Morgen. Dürfen wir fragen, wer ihr seid und wohin die Reise gehen soll?" Sandra, die noch relativ wach ist, steigt ab und erklärt den Soldaten, wer sie sind und wohin sie wollen. Sie zeigt das Schreiben des Königs und fragt nebenher, ob das mit der Entführung stimme.

„Warten sie bitte." Zwei der drei Soldaten gehen ein paar Schritte zur Seite, um sich ungestört zu unterhalten.

Kurze Zeit später kommen sie zurück. Der Soldat gibt Sandra das königliche Schreiben zurück, holt tief Luft und sagt: „Ihr mögt es bitte entschuldigen, aber wir wussten bisher nicht, wie die Retter unseres Königreichs aussehen. Eure Frage kann ich leider nur bejahen. Unser König wurde von den Schergen aus dem Land des Verderbens entführt und das Schloss in Brand gesteckt. Wir waren dabei, als die dunklen Kreaturen ins Schloss gestürmt sind. Dabei haben viele unserer Männer ihr Leben verloren. Wir hatten keine Möglichkeit, das Schloss vor den Flammen zu retten. Jetzt stehen nur noch die Grundmauern."

Nach diesen Neuigkeiten sind alle hellwach. Sandra fragt die Soldaten, woher sie eigentlich wissen, dass es die Krieger aus dem Land des Verderbens seien. „Wir haben jeweils eine Nachricht an fünf toten Soldaten vor dem Schloss gefunden. Ihr solltet gleich nach Edelheim weiter. Die Tochter des Königs wohnt dort und kann euch bestimmt mehr erzählen." Plötzlich fällt Daniel vor Müdigkeit fast aus dem Sattel. Daraufhin sagt der Soldat: „Ich schlage vor, dass ihr euch im Hotel *Schlafzauber* erst einmal eine Mütze voll Schlaf holt. Ich komme mit, damit ihr nicht abgewiesen werdet."

Sie bedanken sich herzlich und folgen dem Soldaten zum Hotel. Im Zimmer angekommen, schlafen alle innerhalb von Minuten tief und fest ein. Daniel und Tanja haben es nicht mal mehr geschafft, die Schuhe auszuziehen.

Am Mittag kommen sie nach und nach aus dem Traumland zurück. Erst beim Aufstehen merken Daniel und Tanja, dass sie die ganze Zeit über ihre Schuhe an hatten. Sie schauen sich nur achselzuckend an und begeben sich direkt in die Gaststätte. Bevor sie etwas bestellen, werfen alle ihre Reste vom Vortag weg. Als Daniel und Silvi ihr unberührtes verzaubertes Schnitzel in die Tonne werfen, schauen Alex und Sandra zu Elke und fragen sie, was sie eigentlich mit dem Essen angestellt habe. Sie schmunzelt und sagt, dass die Schnitzel ziemlich scharf verzaubert seien. „Ich wollte sie einfach mal Feuer speien sehen. Soll ich es mit dem nächsten Essen erneut tun?" Die beiden schütteln den Kopf und sagen zu Elke, dass die Idee zwar gut gewesen sei, es sich aber vorerst einmal erledigt habe. „Wir sollten uns jetzt lieber nicht mehr ärgern", meint Sandra. „Schließlich geht es jetzt um Hartmut und das Königreich und nicht um solche Kleinigkeiten."

Als die Gruppe mit Essen und Trinken gut eingedeckt ist, geht es zurück zu den Pferden, die die ganze Zeit über vom Soldaten bewacht wurden. Sie bedanken sich bei ihm, machen sich auf den Weg zum Platinfluss und hoffen, dass dort bald eine Fähre am Dock ablegen wird. Sie steigen ab und setzen sich ins schöne hohe Gras, bis das Schiff ankommt. Alex blickt gen Himmel und meint: „Ich hoffe, dass es dieses Mal Bier und was zu essen auf dem Kutter gibt." Silvi und Elke schauen sich an. Silvi dreht sich zu Alex: „Du hast doch erst vorhin ein paar Krüge ausgetrunken und eine halbe Sau gegessen. Willst du nicht mal ein bisschen weniger essen?" Als Alex diese Worte hört, steht er auf und stellt sich mit düsterem Gesicht direkt vor Silvi: „Pass' mal auf, Silvi. Früher hab' ich mit Silke zusammen das Geld mit Holzhacken in einer Sägerei verdient. Das war ein Knochenjob und der Lohn war wirklich nicht besonders. Deshalb sind wir manchmal zu Nahkampfturnieren gegangen, um zusätzliches Geld zu gewinnen. Wir haben uns selten ein gutes Essen leisten können. Dann habt ihr uns vor den Soldaten gerettet – das werde ich euch von Herzen nie vergessen. Seitdem wurde ich von vielen Kriegern mit Schwertern oder Pfeilen angegriffen; zum Glück habe ich es bisher überlebt. Nachdem wir erfolgreich das Königreich gerettet haben, bin ich nun unendlich froh und dankbar dafür, dass wir uns kostenlos durch das ganze Land futtern können. Ich liebe Bier und ein dickes fettes Schnitzel. Ich hoffe, dass ich es noch sehr lange genießen kann." Er setzt sich neben Silvi, die während seines Vortrags etwas blass um die Nase wurde.

Er spricht leise zu ihr: „Tut mir leid, dass ich gerade etwas mürrisch geworden bin, aber es war früher echt nicht leicht für uns", und lächelt sie an: „Vielleicht bin ich bei einem Bier wieder erträglicher."

Bevor sie das Schiff betreten, gehen alle noch einmal vorsichtshalber pinkeln. „Das sind ja unsere damaligen Retter, die die Piraten in die Flucht geschlagen oder getötet haben", ruft einer der Besatzungsmitglieder des Schiffs, als er die Gruppe sieht. In der Tat ist es die gesamte Crew von damals, die sie gerettet haben. Nachdem das Schiff abgelegt und Kurs Richtung Edelheim genommen hat, kommt der Kapitän von der Brücke, begrüßt das ganze Team und spricht in die Runde: „Schön, euch wieder zu sehen. Ihr seid wirklich wahre Helden und..." – Daniel unterbricht ihn und fragt, ob das mit der Entführung des Königs wirklich der Wahrheit entspreche. Der Kapitän verzieht das Gesicht: „Ihr wisst es also schon, was mit König Topas passiert ist? Seid ihr wieder hier, um uns zu helfen?" Tanja antwortet, dass sie eigentlich von ihm eingeladen worden seien, aber während der langen Reise schon die schreckliche Nachricht gehört hätten. Der Kapitän blickt Richtung Edelheim und erzählt ihnen die Geschichte, die er bisher von Passagieren gehört hat. „Das passt wirklich zu dem, was wir in der Kneipe gehört haben", sagt Elke. „Also müssen wir zu Hartmuts Tochter, um weitere Informationen zu erhalten." Alex verdreht die Augen und grummelt nur: „Ich brauch jetzt wirklich was zu trinken, aber bei meinem Pech gibt es hier bestimmt kein Bier." – „Es tut mir leid, aber wir haben wirklich kein Bier hier", antwortet der Kapitän. „Ich könnte dir nur einen guten Rum anbieten, wenn du sowas...". Er kann seinen Satz nicht einmal zu Ende bringen, weil in diesem Moment alle anfangen lauthals zu lachen. Elke beruhigt sich am schnellsten und gluckst: „Alex trinkt alles, was Alkohol hat." Der Kapitän lacht und ruft den Matrosen her, der gerade das Deck schrubbt. „Hör' mal her. Der junge Mann hier möchte unseren Rum probieren. Geh' unter Deck und hol' ihm was." Er nickt und verschwindet im Schiffsbauch. Kurze Zeit später kommt er mit zwei verschiedenen Flaschen zurück. Alex nimmt sie dankend an und setzt sich fröhlich mit Sandra und dem Hochprozentigen in die Ecke. Daniel schüttelt nur den Kopf und geht mit den anderen Kriegern Richtung Brücke, um sich während der Schifffahrt mit dem Kapitän und der Crew zu unterhalten.

Das Schiff kommt dank dem richtigen Wind ziemlich schnell voran. Während ihnen der Kapitän im Vorfeld alles Gute wünscht, schallt draußen Sandras lautes Lachen. Als sie von der Brücke nach draußen gehen, sehen sie Alex, der sich über die Reling übergibt. Sandra steht neben ihm und lacht sich ins Fäustchen. Elke blickt zu den Rumflaschen und sieht, dass eine Buddel bereits komplett geleert worden ist.

Auch sie hält sich vor Lachen die Hand vor dem Mund und sagt Alex per Telepathie: *Mensch Alex. Jetzt bekommen die armen Fische dein Erbrochenes aus Fleisch, Bier und Rum ab. Sowas nennt man Tierquälerei.* Mit einer Hand streckt Alex den Mittelfinger aus und schon geht das Kotzen weiter.

Silvi macht das nichts aus und isst neben dem kotzenden Alex ein Schnitzel und fragt kauend, ob noch jemand was möchte. Erstaunlicherweise greifen Elke und Tanja auch zu und gehen lächelnd auf die andere Seite des Schiffs, damit Alex nicht gestört wird.

Zum Glück kann sich Alex noch erholen, bevor das Schiff am Dock anlegt. Zwar hat das Deck auch etwas seines Erbrochenen abbekommen, aber der Matrose hält den Eimer und den Schrubber bereits in der Hand. Man kann zwar kein Lächeln in seinen Augen erkennen, aber Putzen ist eben sein Job. Gleich Nachdem die Gruppe von Bord gegangen ist, fängt er dennoch pfeifend mit dem Saubermachen an.

Während Alex und Daniel zuerst losreiten, fragt Tanja Sandra, ob er wirklich die ganze Flasche Rum ausgetrunken habe. Sie schmunzelt und sagt: „Das hat er. Tja, es ist eben kein Bier, aber das scheint er irgendwie vergessen zu haben und schon war die Flasche leer. Naja, das Ergebnis konnte man ja gut sehen."

Tanja schüttelt nur den Kopf und antwortet: „Bestimmt hat er jetzt daraus gelernt und bleibt zuerst einmal, wenn auch vorübergehend, bei viel Wasser und wenig Bier." Elke hat beide belauscht und sagt ihnen per Telepathie, dass er spätestens morgen wieder ganz der Alte sein würde.

Am Abend erreichen sie Edelheim. Vor dem Eingang der Stadt wird die Gruppe von fünf Soldaten angehalten. Daniel zückt sofort das Schreiben des Königs und überreicht es ihnen. Mit gezogenen Waffen schauen sie sowohl die Gruppe als auch das Schreiben genau an. Nach dem exakten Inspizieren wird ihnen der Weg gewährt. Silvi fragt einen der Soldaten, wo die Tochter des Königs wohne. „Wenn ihr zu Prinzessin Jessica wollt, müsst ihr immer diesem Weg folgen. Ihr großes Anwesen könnt ihr nicht übersehen; es wird von Soldaten bewacht. Ich kann euch gerne begleiten, damit ihr den dortigen Kriegern nicht nochmal alles erklären müsst." Dieses Angebot nehmen sie gerne an. Sie steigen anstandshalber von den Pferden ab und folgen dem Soldaten durch die Stadt.

Tanja sagt zu Daniel und Alex: „Ich glaube, wir haben unser Ziel erreicht", und zeigt auf einen riesigen Komplex. Sie staunen nicht schlecht, als sie einen halben Palast vor sich sehen. Der Soldat bittet sie darum, kurz zu warten und geht auf seine Kollegen zu.

Alex blickt fragend zum Rest: „Glaubt ihr wirklich, dass die Prinzessin alleine wohnt?" – „Das kann ich mir kaum vorstellen", antwortet Silvi. „Bestimmt leben hier noch fünf Köche, 15 Butler und 20 Wächter." Daniel lacht und sagt: „Die kann bestimmt nichts allein und lässt sich noch den Hintern abwischen...". Der Soldat unterbricht ihn und zeigt auf den Eingang: „Prinzessin Jessica erwartet euch. Ihr könnt eintreten." Während der Soldat zu seinen Kollegen zurückkehrt, geben sie den Wächtern die Zügel. Auf die Frage, ob sie auch ihre Waffen ablegen sollen, lächelt der eine Soldat nur milde und bittet sie in voller Montur herein. Achselzuckend öffnen sie die große Tür und stehen in einem großen Raum. Tanja und Elke betrachten die Büsten von Hartmut, die neben einer großen Wendeltreppe aufgestellt sind. Sandra und Alex bestaunen die Waffen, die an den Wänden befestigt sind. Daniel flüstert Silvi grinsend zu: „Ich bin mal gespannt, was für eine feine Dame die Prinzessin ist. Bestimmt muss sie sich noch ins Korsett zwängen und bekommt kaum Luft darin."

Kaum hat Daniel seinen Satz zu Ende gesprochen, zischt ein kleiner Pfeil durch die Luft und landet prompt neben seinem linken Fuß im Boden. Vor Schreck zieht Daniel sein Schwert und Silvi ihren Säbel. Als die anderen den Angriff mitbekommen haben, zücken auch sie ihre Waffen. Sie sehen sich um, woher das Projektil gekommen sein könnte. Selbst Elke kann mit ihrem

Zauber nichts entdecken, bis ein zweiter Pfeil auf der anderen Seite neben Daniels Fuß im Boden steckt. Alex brüllt laut auf: „Ihr elenden Feiglinge! Zeigt euch und meine Axt spaltet euch in zwei Hälften!"

Durch den Raum hallt urplötzlich ein feminines Kichern. „Steckt eure Waffen weg. Ich wollte euch doch nur testen." Bevor die Gruppe auf den Satz reagiert, sehen sie oberhalb der Wendeltreppe eine weibliche Person mit einer Armbrust in der Hand. Elke hört in ihrem Geist: *Ich bin Prinzessin Jessica*. Als Tanja gerade den Bogen spannen will, hält Elke ihre Hand vor Tanjas Waffe. Tanja spricht voller Erstaunen: „IHR seid die Prinzessin?" – „Natürlich bin ich das und nennt mich einfach Jess. Ich mag dieses *Prinzessinnen-Getue* nicht." Nachdem alle ihre Waffen zur Seite gelegt haben, geht Jess auf Daniel zu und flüstert ihm ins Ohr: „Nicht alle Prinzessinnen sind gleich. Ich kann gut kochen und mir selbst den Hintern abwischen." Sie stupst ihn mit dem Finger an die Nase und lächelt ihn an. Daniel läuft hochrot an und alle grinsen in seine Richtung. Jetzt fragt Elke, woher sie denn eigentlich die Magiekünste beherrsche. „Ach Elke, vor vielen Jahren habe ich Urlaub in Schotterhausen gemacht. Dort gibt es einen großen Magieguru namens Gandulf." Jess lächelt in die Runde: „Ich bin unhöflich, eure Namen aus den Gedanken zu ziehen. Gehen wir doch in den Speisesaal und während ich euch etwas Leckeres koche, könnt ihr mir alles erzählen."

Während sie es sich im Speisesaal bequem machen, teilt Jess Tanja und Silvi per Telepathie mit, wo sich die Toiletten befinden. Jess lässt mit ihrer Magie die Pfannen heiß werden und fängt an, Schnitzel zu braten. Nebenher ruft sie Alex zu, wo er sich Bier holen könne. Freudestrahlend nimmt er Sandra mit und verschwindet mit vielen Krügen im Nebenraum.

Daniel und Silvi helfen beim Tischdecken. Daniel ist immer noch fasziniert davon, dass Jess so selbstständig ist und alles alleine macht. Er fragt sie, wofür sie die Wachen überhaupt brauche. Jess dreht die Schnitzel um und antwortet: „Seitdem mein Papa entführt worden ist, wollen mir alle die größte Sicherheit gewährleisten. Wir reden später über alles, ok? Lasst uns lieber zuerst etwas essen." Alle stimmen zu und freuen sich auf Schnitzel mit selbstgebackenem Brot.

Nach dem Essen besteht Daniel hartnäckig darauf, den Tisch alleine abzuräumen. Die anderen schauen sich fragend an, aber lassen ihn gerne die Arbeit machen und genießen in der Zwischenzeit ihr süffiges Bier. Jess fragt Elke per Telepathie: *Ist Daniel immer so hilfsbereit oder hat er Angst davor, dass ich ihn das nächste Mal mit der Armbrust treffe*? Elke antwortet, dass er echt ein netter Mensch sei, aber auch ein kleiner Frechdachs sein könne.

Vielleicht hat er wirklich ein bisschen Respekt vor dir oder er mag dich einfach etwas mehr... und zwinkert Jess verschmitzt zu. Während Daniel die letzten Teller und Körbe wegräumt, entschuldigt sich Jess für einen Moment.

Kurze Zeit später kommt sie mit einigen Zetteln zurück und legt sie auf den Tisch. Nebenher fragt sie in die Runde, was sie denn bisher über die Entführung ihres Vaters wüssten. Tanja beginnt zu erzählen… „Ok, dann wisst ihr leider noch nicht alles." – „Wie meinst du das?", fragt Alex. „Hat er besondere Forderung gestellt oder noch mehr Menschen entführen lassen?" Jess steht seufzend auf, geht langsam zum Ende des Tisches und dreht sich zur Gruppe: „Es wurde eine Forderung für die Freilassung meines Vaters gestellt. Die wird euch ganz und gar nicht gefallen." Die Gruppe wird hellhörig und lauscht gespannt. „Er will EUCH im Tausch gegen meinen Vater haben. Er muss durch irgendwelche Spione erfahren haben, dass ihr seinen Magier getötet und die Zauberkugel zerstört habt." Sie zeigt auf die Zettel: „Hier könnt ihr es gerne nachlesen. Ich weiß wirklich nicht, was ich tun soll." Der bisher starken Jess laufen ein paar Tränen über die Wange. Elke, die ihr am nächsten sitzt, nimmt sie fest in den Arm und tröstet sie über Telepathie, sodass es niemand hören kann. „So eine Scheiße", meint Sandra. „Wer hätte gedacht, dass unser Abenteuer so weitergeht."

Die Kartenspezialistin Tanja fragt Jess, wo er denn genau festgehalten werde und wie sich Liehnu das alles vorstelle. Die Prinzessin sammelt sich wieder und zeigt ihnen die Karte und ein weiteres Pergament „Der Hexenmeister hat geschrieben, dass ihr euch bis zu seiner Burg durchkämpfen und ihn dort treffen sollt. Mein Papi wird in seiner Zelle auf euch warten." Sie zeigt auf den Brief. „Ab jetzt habt ihr nur noch 4 Monate Zeit. Dann wird mein Daddy hingerichtet."

Alex haut mit der Faust auf den Tisch, sodass Daniels Krug umkippt. „Dieser blöde Sack glaubt doch nicht, dass er uns besiegen kann!? Wir finden deinen Dad, aber ein bisschen Hilfe könnten wir gut gebrauchen. Im Land des Verderbens werden wir kaum Verbündete finden, oder?" Jess blickt auf die Karte und zeigt ihnen ein paar Stellen. „Ihr werdet es kaum glauben, aber es gibt auch in diesem düsteren Land Personen, die euch vielleicht helfen können. Um diese zu finden, müsst ihr ein wachsames Auge haben und jemanden kennen, der mittels Weißer Magie in die Seelen der Menschen blicken kann. Nur so könnt ihr erkennen, wer auf eurer Seite ist."

Elke seufzt und meint: „Tut mir leid. Ich habe die Kunst der Schwarzen Magie gelernt. Schwarze und Weiße Magie kann man leider nicht zusammen erlernen." Sandra sagt mürrisch: „Wieso denn nicht? Ich kann auch jemanden mit dem Streitkolben und gleichzeitig mit dem Hammer töten. Wo ist das Problem?" Jess bestätigt in ruhigem Tonfall, dass es leider wirklich nicht möglich sei. Plötzlich schnippt sie mit den Fingern: „Aber natürlich! Wir müssen Helene aus der Stadt Euronia holen und sie um Hilfe bitten." Die Gruppe blickt fragend in die Runde. Jess lächelt. „Sie ist eine sehr gute Zauberin, die die Weiße Magie brillant beherrscht. Sie kommt sogar aus dem Land des Verderbens und kennt sich dort aus. Seid ihr nicht durch Euronia gereist? Wirklich jeder kennt sie! Sie heilt alle Menschen, die zu ihr kommen – ohne etwas dafür zu verlangen. Auf dem Marktplatz steht eine große Statue von ihr: *Helene mit der reinen Seele*. Silvi überlegt kurz und meint: „Ich schlage vor, dass wir Helene und Gandulf bitten, uns zu helfen. Vielleicht können wir auch René und Ingrid fragen, ob sie gleich mitkommen. Ein paar Trainingsstunden sind bestimmt nicht schlecht."

Alle sind begeistert und finden die Idee gut. Plötzlich stürmt ein Soldat herein. Er fragt die Prinzessin, was sie wünsche. Sie teilt es ihm fix mit. Der Wächter verbeugt sich und verschwindet genauso schnell wie er gekommen ist. Tanja lächelt nur und sagt: „Also sowas hätte ich auch gerne: Kurz jemanden über Telepathie rufen und ihm einen Auftrag erteilen, der ohne Wenn und Aber sofort erledigt wird. Leider kann ich das nicht." Elke klopft ihr auf die Schulter: „Wenn wir mal Zeit haben, kann es dir Gandulf bestimmt beibringen."

Jess verkündet, dass sich der Wächter um alles kümmern wird. „Solange könnt ihr euch hier wie zu Hause fühlen. Ich habe genügend Zimmer für euch. Ihr könnt euch ruhig richtig austoben. Aber nachts lasst ihr mich bitte in Ruhe schlafen. Wenn ich im Schlaf keine Ruhe finde, kann ich ziemlich stinkig werden."

Jess zeigt ihnen die Schlafgemächer. Die beiden Männer nehmen ein Zimmer zusammen. Die vier Frauen wählen ein riesiges Zimmer und freuen sich über die großen Betten.

Kurz vor dem Einschlafen sagt Daniel zu Alex: „Jess ist ja wirklich eine ganz Liebe. Sie scheint Single zu sein, oder?" Alex schaut Daniel etwas schief an; bevor er etwas erwidern kann, antwortet Jess: *Ja, das bin ich. Ich wünsche euch eine gute Nacht.*

Am nächsten Morgen werden alle durch lautes Glockengeläut der Kammerdiener geweckt. Sandra schreckt auf und brüllt quer durch den Raum: „Sagt mal, wollt ihr mich verarschen? Ich bin erst eingeschlafen. Wo ist der Spinner, der es wagt, mich zu wecken?" – „Ganz ruhig, Sandra", sagt Tanja. „Es ist schon hell und wir haben ziemlich lange geschlafen. Sei froh, dass dich Jess nicht gehört hat. Am Ende streicht sie dir noch das Frühstück..." Jess' Antwort kommt prompt: *Wer sagt denn, dass ich es nicht höre!? Keine Angst, Sandra. Das Frühstück wird bereits hergerichtet; für alle ist was da.*

„Also so langsam geht mir die Magie mehr als auf den Keks", grummelt Sandra. „Sowas wie Privatsphäre gibt es hier wohl nicht mehr, oder?" Tanja zuckt beim Anziehen mit den Achseln. Als alle angekleidet sind, begeben sich die Damen auf den Weg zu den Herrenzimmern. „Ich glaube, die Beiden sind auch gleich soweit", schmunzelt Silvi. „Ich höre Alex schon rumgrölen. Entweder ist er noch müde oder er will ein Bier."

Kurz darauf geht die Tür auf und beide Männer treten gähnend heraus. Während sie sich in den Essensraum begeben, flüstert Alex Elke zu: „Also langsam wird mir diese Magie unheimlich. Warum will Jess mithören, was wir uns im Privaten erzählen?" – „Das kann ich dir auch nicht sagen, Alex. Wir können sie doch gleich beim Frühstück fragen. Sandra hat auch schon sowas angedeutet."

Beim Frühstücksbuffet angekommen, freuen sich alle über den reichlich gedeckten Tisch. Neben Brot, Wurst und Käse gibt es auch Eier, Honig und Milch. Als es sich alle bequem gemacht haben, kommt ein Butler herein: „Ich soll euch ausrichten, dass sich Prinzessin Jessica entschuldigen lässt. Sie wünscht euch einen guten Appetit und wird so schnell wie möglich zu euch kommen. Außerdem soll ich dem Gast Alex mitteilen, dass wir ihm auch gerne ein Bier zum Frühstück bringen können, wenn er es denn wünsche." Alex schaut in die Runde und sagt: „Nein, vielen Dank. Ich nehme ein Glas Wasser."

Nachdem die meisten das reichhaltige Frühstück beendet haben, geht die Tür auf und Jess betritt den Raum. Daniel und Silvi halten gerade ihre Brote vor ihren Mündern und überlegen, ob sie noch abbeißen sollen oder lieber nicht. „Ihr könnt ruhig weiteressen. Ich habe etwas mitgebracht, was für eure Reise sehr nützlich sein wird." Der Butler räumt die leeren Teller und Brotkörbe weg. Einer der Wächter zieht einige Papiere aus seiner Tasche und breitet sie auf dem Tisch aus. Jess sagt: „Das sind die aktuellsten Karten, die wir vom Land des Verderbens haben", und bedankt sich bei ihren Soldaten, die gerade den Raum verlassen. Nachdem die Tür geschlossen worden ist, fragt Elke im Namen der Gruppe, warum sie alle per Gedankenlesung belauscht habe. Jess blickt etwas traurig drein: „Tut mir leid, dass ich das gemacht habe. Eigentlich wollte ich es nicht tun, aber seitdem mein Vater entführt worden ist, lebe ich hier vollkommen abgeschottet. Mir fehlen einfach ein paar Personen, mit denen ich mich unterhalten kann. In euren Gedanken konnte ich sehen, was richtig gute Freundschaft ist." Die ganze Gruppe ist zutiefst erstaunt, als sich Jess niederkniet und jeden Einzelnen um Verzeihung bittet. Daniel zieht sie hoch und sagt: „Wir sind wirklich nicht nachtragend, Jess.

Wir wussten nicht, dass du hier so alleine bist. Wir sind immer für dich da und wenn du Hilfe brauchst, musst du es nur sagen."

Jeder kann sehen, wie sie sich eine Träne aus dem Gesicht wischt. „Ihr seid wirklich die besten Freunde, die man sich wünschen kann. Ich danke Euch dafür", und gibt Daniel, der neben ihr steht, ein Küsschen auf die Wange.

Alex knallt den Krug auf den Tisch: „Wenn ihr dann mit Turteln fertig seid, können wir mit den Karten weitermachen, oder?" Dann grinst er: „Oder sollen wir euch für ein paar Stunden alleine lassen?" Tanja steht auf und meint, dass Alex Recht habe. „Es dauert bestimmt ein paar Tage, bis unsere Freunde aus den Städten hier sind. Deshalb schlage ich vor, dass ich mit Silvi zusammen die Karten studiere und Alex, Sandra und Daniel mit den Soldaten trainieren. Jess, können wir die Pläne behalten und uns ein paar Notizen darauf machen?" Jess schmunzelt: „Dafür habt ihr sie bekommen. Macht damit, was ihr wollt." Sie schaut zu Elke: „Vielleicht kann ich dir, bis Gandulf eintrifft, noch etwas aus der Schwarzen Magie beibringen."

Jess ruft einen der Wächter und bittet ihn, Alex, Sandra und Daniel auf den Trainingsplatz zu bringen. Damit Tanja und Silvi die Karten ungestört studieren können, gehen die zwei Zauberinnen in ein anderes Zimmer.

Der Wächter informiert sie darüber, dass der Platz ein kleines Stück entfernt sei. „Irgendwie hab' ich jetzt gar keine Lust zu laufen. Habt ihr keine Kutsche oder sowas?" Der Soldat überlegt und sagt, dass die Kutsche eigentlich nur für die Prinzessin genommen würde. „Es tut mir wirklich leid, aber ich weiß nicht, ob wir...", er verstummt und Alex schaut ihn fragend an. Plötzlich dreht er sich zur Kutsche. „Wir dürfen die Kutsche nehmen. Die Prinzessin hat mir gerade die Erlaubnis erteilt. Steigt ein und genießt die Fahrt." Als Alex einsteigt, macht er große Augen: „BIER! Ich hätte nie gedacht, dass es sowas in einer königlichen Kutsche gibt. Hoffentlich erlaubt sie mir auch, dass ich mich ein wenig bediene." Alex wundert sich, keinen blöden Kommentar von Jess zu hören und ruft Richtung Haus: „HALLO?? JESS?? BIST DU DA??" Daniel, der neben ihm steht, hört durch das Gebrüll nur noch ein Klingeln in den Ohren und steigt ebenfalls ein. Plötzlich hört Alex Jess' Stimme in seinem Kopf: *Greif' nur zu, aber nächstes Mal brüllst du nicht die ganze Stadt wach, ok?* – „Geht klar", murmelt Alex leise, während er sich einschenkt.

Tanja und Silvi sind dabei sämtliche Möglichkeiten auf den Karten zu notieren. Während sich Tanja viele Optionen aufschreibt, denkt Silvi darüber nach, ob sie genügend Verbündete finden werden. „Tanja, glaubst du wirklich, dass wir es schaffen können? Dieses Mal wird es nämlich noch schwieriger."

Tanja legt den Stift zur Seite und blickt zu Silvi: „Ich kann deine Angst und Befürchtungen in deinen Augen sehen, aber ich werde immer bei dir sein. Wir werden den König finden und ihn im Ganzen zurückbringen." Sie klopft Silvi auf die Schulter: „Vielleicht bekommen wir ja auch noch Verstärkung von dieser Helene. Die flickt dich bestimmt wieder zusammen, wenn du verletzt bist." Silvi zeigt ein mildes Lächeln. „Du weißt, wie man jemanden aufbauen kann, Tanja. Danke, dass es dich gibt." Nachdem sich beide gegenseitig ausgesprochen haben, machen sie sich wieder an die Zettelwirtschaft und zeichnen pfeifend weiter.

Als die andere Gruppe beim Trainingslager ankommt, hat Alex bereits den dritten Krug geleert und sucht erst einmal den nächsten Baum auf. Daniel und Sandra folgen dem Soldaten in eine Halle, in der einige Kämpfer trainieren. „Hier könnt ihr euch austoben. Wenn ihr Trainingspartner benötigt, könnt ihr jeden der Soldaten ansprechen. Ich informiere sie über euch." Sandra bedankt sich bei ihm und sucht sich eine schöne Trainingswaffe aus Holz. Leider gibt es nur Schwerter, Lanzen und Äxte zur Auswahl. Grummelt greift sie sich ein Schwert. „Die haben so viele schöne Waffen, aber nicht einen einzigen Streitkolben." Alex kommt vom Pinkeln zurück und greift zu einer Holzaxt. Er sieht zu Sandra, die von ihrer neuen Waffe nicht wirklich begeistert ist. „Ach Sandra.

Du kannst doch auch bestimmt mal mit einer anderen Waffe kämpfen, oder? Zur Not schlägst du deinem Feind einfach in die Fresse und zählst am Ende seine Zähne am Boden."

In der Zwischenzeit hat Daniel ein paar Soldaten für das Training gefunden und winkt Alex und Sandra zu sich. Nach der Vorstellungsrunde kann das Training beginnen.

Plötzlich kracht es laut im Schloss der Prinzessin. Es klingt wie umstürzende Gegenstände. Zwei der Wächter gehen deshalb schnell ins Gebäude. Sie sehen Tanja und Silvi, die selbst nicht wissen, was los ist. „Der Krach kommt von oben!", meint der Wächter und rennt mit seinem Kollegen rasch nach oben. Bewaffnet mit ihren Hellebarden durchsuchen sie jeden Raum und lauschen nebenher, woher die Geräusche kommen. Nachdem erneut ein lautes Geräusch aus dem linken Zimmer ertönt, stürmen sie den Raum.

Während sie die Tür aufreißen, stoppen beide abrupt. Sie sehen die Prinzessin, Elke und viele zerbrochene Gegenstände am Boden. „Es ist alles ok, meine treuen Wärter", meint Jess lächelnd. „Meine Freundin versucht gerade, die Gegenstände in der Luft zu halten, aber das Ergebnis sieht man leider auf dem Boden liegen." Der Soldat verbeugt sich: „Verzeiht, Eure Hoheit, aber wir wussten nicht, was vorgefallen ist. Wir haben nur laute Geräusche gehört und sind sofort zu euch geeilt."

Jess bedankt sich herzlich für das rasche Handeln. „Versuchen wir es weiter, Elke. Vielleicht schaffen wir es im Laufe des Tages doch noch." Elke kratzt sich am Hinterkopf und fragt Jess mit einem Schmunzeln: „Sollen wir für die Schwebemagie nicht lieber Gegenstände nehmen, die nicht gleich kaputtgehen?"

Am frühen Abend kommen Daniel, Alex und Sandra vom Training zurück. Beim Ausstieg nimmt Alex das halbleere Bierfass mit und sagt dem Kutschfahrer, dass er bitte ein neues besorgen solle. Als sie im Speisesaal ankommen, packen Silvi und Tanja gerade die letzten Pläne zusammen. Kurze Zeit später treffen auch Jess und Elke ein. Jess setzt sich an den Tisch und verschränkt ihre Arme schmunzelnd hinter dem Kopf. „Also in den nächsten Tagen werden wir uns das Essen bringen lassen. Schließlich muss ich mich auf Elkes Training konzentrieren. Außerdem bin ich dank euch nicht mehr so alleine. Schließlich muss ich mich um meine Freunde kümmern, die mir helfen wollen, meinen Vater zu befreien."

Die Tür öffnet sich und drei Butler kommen herein. Auf ihren Händen tragen sie silberne Tabletts mit Brot, Wurst und Käse und stellen diese auf die lange Tafel. Während sich alle reichlich bedienen, kümmern sich Alex und Sandra um die Getränke.

Tanja fragt Jess, wie lange es dauern werde, bis Gandulf und die anderen da sein würden. Jess schneidet gerade ein Stück Käse ab und meint: „Also ich hoffe, dass sie in spätestens fünf Tagen da sein werden." Jess dreht sich hämisch grinsend kurz zu Daniel um: „Bis dahin musst du mit mir klarkommen." Silvi dreht sich zu Alex und sagt lächelnd und leise: „Ich glaube, Jess will *mehr* von Daniel haben." Alex schenkt sich gerade ein weiteres kühles Bier ein und antwortet mit einem fröhlichen Gesicht, dass sie das ruhig mit ihm machen kann. „Solange ich nachts ohne Lärmbelästigung schlafen kann, ist mir das egal." Als Alex gerade seinen gefüllten Krug nehmen möchte, schwebt das Tongefäß plötzlich direkt über seinem Kopf. Er starrt nach oben und nach den Worten: „Was zum Teufel...", dreht sich der Krug von alleine um. Das ganze köstliche Gebräu landet auf seinem Haupt. Der Rest der Gruppe, der nichts davon mitbekommen hat, blickt staunend und stillschweigend zu Alex. Elke erklärt allen per Telepathie, was vorgefallen ist. Daraufhin schauen sie zu Jess, die sich mit einem gehässigen Lächeln eine Scheibe Brot schmiert.

Nach dem vorzüglichen Abendessen steht Jess auf und verkündet: „Ich schlage vor, dass wir dieses Training so lange fortsetzen, bis Gandulf, Helene und die anderen da sind. Tanja und Silvi können natürlich auch zum Waffentraining mitgehen, sobald alles auf den Karten notiert ist. Ich wünsche euch noch einen schönen

Abend. Ich muss noch ein paar Dinge erledigen, die für das Königreich wichtig sind." Tanja will eigentlich noch einen Kommentar abgeben, aber nach einem Blick Richtung Alex, der klitschnass im Bier sitzt, lässt sie es lieber sein. Sie verabschieden sich von Jess, die mit einem Lächeln den Raum verlässt. Die Gruppe unterhält sich über den heutigen Tag und über das Training mit den Soldaten. Zum Schluss weist Tanja darauf hin, dass eine große Herausforderung auf sie alle zukommen werde. Sie beschreibt mögliche Wege, die sie durch das Land des Verderbens laufen könnten. „Das größte Problem wird wahrscheinlich sogar die Verpflegung sein. Silvi und ich haben zwar notiert, wo Verbündete sein könnten, aber die müssen wir natürlich auch erstmal finden." – „...wenn sie nicht schon von diesem blöden Hexenmeister abgemurkst sind", fügt Alex, aus dessen Klamotten noch das Bier tropft, hinzu. Elke steht auf und streckt sich vor Müdigkeit. „Also entweder hat mich die Magieübung so viel Kraft gekostet oder ich bin einfach nur so müde. Ich teste noch kurz die Dusche und dann geht's ab ins Bett. Will jemand mitkommen oder bleibt ihr noch hier?" Einige finden die Idee mit dem Duschen super. Während die einen in die Bäder spazieren, gehen die anderen in ihre Schlafgemächer. Da die Betten sehr bequem sind, finden alle in kurzer Zeit ihren Schlaf.

5 Tage später

Nachdem sich alle am Frühstückstisch eingefunden haben, kommt Jess gut gelaunt herein: „Guten Morgen, meine Freunde! Schaut mal, wen ich mitgebracht habe. Alle drehen sich zu Jess und trauen ihren Augen nicht. Neben ihr stehen Gandulf, Ingrid, René, Anastasia und ein junges Fräulein. Jess verkündet stolz: „Darf ich euch Helene vorstellen? Sie stammt aus einem Randgebiet des Landes des Verderbens und kann euch nicht nur mit ihrer Magie weiterhelfen." Sie schaut zu Tanja und Silvi: „Vielleicht kann sie euch noch ein paar Tipps zur Wegführung geben. Silvi geht freudestrahlend zu Anastasia: „Ich grüße dich. Suchst du neues Personal für deine Küche oder was verschafft uns die Ehre?" – „Ich habe erfahren, was mit dem König passiert ist und dass ihr euch bald auf die lange Reise ins unbekannte Land machen werdet. Wenn ihr wollt, begleite ich euch gerne. So kann ich euch zumindest bei der Verpflegung helfen." Sie zückt ein altes verstaubtes Buch: „Das hab' ich mal von einem Reisenden aus dem Land des Verderbens bekommen. Da steht genau drin, was man dort essen kann und was nicht. Ich könnte euch bestimmt eine große Hilfe sein." Das Team ist begeistert! Alex stupst sie an: „Du solltest dir aber vorher ein kleines Waffentraining gönnen. Schließlich musst du dich mit Sicherheit auch mal verteidigen.

Wenn du mit einer Waffe genauso gut wie mit deinem Küchengeschirr klarkommst, kann eigentlich nichts schief gehen."

Währenddessen unterhalten sich die vier Zauberer per Telepathie über alles, was passiert ist und darüber, was sie nun vorhaben. Ab und zu können die anderen an Gandulfs Gesichtszügen und seiner Gestik erkennen, dass er sehr nachdenklich ist. Daniel und Alex unterhalten sich überwiegend mit Ingrid und René. Die Beiden sind sich nämlich noch nicht sicher, ob sie mitkommen werden; Schotterhausen liegt schließlich nicht im Königsland. Ingrid grinst: „Wir wollen doch mal prüfen, ob ihr in den letzten Monaten schon alles vergessen habt. Deshalb bieten wir euch weiterhin sehr gerne unser Training an."

Silvi geht neugierig zu den vier Magiern: „Tut mir leid, dass ich euch störe, aber es interessiert mich wirklich brennend, wie das mit der Weisen Magie funktioniert. Kann man damit wirklich alles heilen?" Gandulf schaut zu Helene, die vielversprechend nickt. Er lässt sich von Tanja einen Hammer geben. „Alles klar, Silvi. Kannst du mal deinen Arm ausstrecken?" Achselzuckend folgt sie Gandulfs Anweisung. Er hält ihre Hand fest und drückt sie auf den Tisch. Mit voller Wucht schlägt er mit dem Hammer auf ihre Handfläche – sämtliche Knochen splittern.

Wegen des lauten Knalls und Silvis Aufschrei drehen sich alle erschreckt in ihre Richtung. Helene ist sofort zur Stelle. Sie berührt Silvis gebrochene Hand und spricht leise ein paar unverständliche Worte. Plötzlich leuchtet die Hand blau auf und ein greller Blitz schießt aus der verletzten Stelle. Das Licht verschwindet und alle sehen, wie Silvi ihre Hand nach oben streckt und jeden einzelnen Finger schmerzfrei bewegen kann.

Das Team ist sprachlos, aber Silvi beruhigt alle: „Es ist alles ok. Ich wollte nur testen, ob und wie dieser Heilzauber funktioniert." Sandra schaut sich begeistert Silvis Hand an. „Du hättest bei uns in der Schmiede als Ersthelferin arbeiten sollen! Wirklich verblüffend, wie du das geschafft hast." – „Vielen Dank. Ich helfe wirklich sehr gerne. Mein größter Wunsch ist, Tote zum Leben erwecken zu können. Aber dazu muss laut Mythen und Sagen wirklich alles passen. Einen Teil des Wiederbelebungsspruchs habe ich in diesem Buch gefunden." Daniel meint: „Naja – solange du die *normalen* Heilkünste ohne Komplikationen durchführen kannst, haben wir ja nichts zu befürchten. Vorausgesetzt, du willst uns weiterhin auf unserer gefährlichen Reise begleiten." – „Natürlich werde ich mitkommen! Ihr habt doch erfahren, dass ich ursprünglich aus dem Land des Verderbens komme. Bis zum Giftbach kenne ich mich immerhin relativ gut aus." Tanja zeigt auf die Tasche mit dem Kartenmaterial. „Wir haben einige Karten von Jess bekommen. Sie zeigen die Gegend bis zum Gebirge des Grauens. Die schauen wir uns am besten mal in Ruhe zusammen an."

Sie einigen sich darauf, dass Jess, Helene, Silvi, Gandulf und Elke im Haus bleiben und nochmals die Wegstrecke studieren und die Magie auffrischen. Die anderen werden mit der Kutsche zum Trainingslager gebracht, um ihre Waffenkünste aufzubessern. Helene und Gandulf entschuldigen sich nochmals bei Silvi für die Aktion mit dem Hammer. Sie lacht herzlich: „Erstaunlicherweise fühlt sich meine Hand besser an als zuvor. ICH muss mich also bedanken." Helene fällt ein: „Wenn du willst und es die Zeit erlaubt, kann ich versuchen, dir ein paar kleine Heilzauber beizubringen. Damit kannst du kleine Wunden heilen. Hast du Interesse?" Silvi ist begeistert und nimmt das Angebot sehr gerne an. Während sich die anderen auf den Weg zum Trainingslager machen, teilen sich die Magier auf. Helene und Silvi gehen eine Etage höher. Gandulf, Jess und Elke bleiben im Speisesaal.

Im Trainingslager angekommen, führt Alex Ingrid und René erst einmal überall herum. Ingrid schnappt sich einen Holzknüppel aus der Trainingskiste und ruft Anastasia lachend zu sich: „Hey Anastasia, diese Waffe ist doch perfekt für dich. Die kommt einer Schöpfkelle doch recht nahe."

Sie wirft ihr den Knüppel zu, den sie locker leicht auffängt. Anastasia schwingt ihn ein paarmal hin und her und winkt Ingrid zu sich: „Dann fangen wir doch einfach mal an." Während sich Tanja mit ihrem Bogen zu den Zielscheiben begibt, stupst Alex Daniel an: „Schau' mal, unsere Köchin kann wohl mehr als nur kochen. Außerdem gibt es doch eine Waffe, die Sandras Streitkolben ähnelt." Die beiden Herren beobachten, wie gekonnt sich Anastasia mit ihrem Knüppel gegen Ingrids Angriffe verteidigt. Lediglich beim eigenen Angriff hapert es. Daniel macht Anastasia den Vorschlag, zur Not ihre Töpfe und Pfannen als Wurfgeschosse zur Verteidigung zu benutzen. Langsam kommt die fehlende Kondition der Köchin zum Vorschein. Ingrid sieht sofort, dass sie langsamer wird und nach zwei schnellen Bewegungen steht sie plötzlich hinter ihr und hält ihren Knüppel fest vor ihren Hals. Sie lässt ihre Waffe fallen und gibt auf. Ingrid lässt sie los und hebt die Waffe auf. „Das war sehr gut, Anastasia. In der Abwehr bist du wirklich spitze! Aber ich weiß jetzt auch, was wir bei dir trainieren müssen."

In der Zwischenzeit weist Helene Silvi ein wenig in die Weiße Magie ein. Sie erklärt ihr zum Beispiel genau, was es mit der inneren Energie – dem sogenannten Yang – auf sich hat: „Es ist sehr wichtig zu wissen, dass du das Yang nicht mehr gegen das dunkle Yin tauschen oder es gar mit ihm kombinieren kannst.

Wenn du das Yang in dir aufgebaut hast, gibt es kein Zurück mehr. Aber wie gesagt: Ich kann dir nicht sagen, ob uns die Zeit reichen wird, bis wir aufbrechen." Silvi denkt kurz nach und willigt ein: „Gut, dann lass' uns loslegen!"

In der Zwischenzeit hat sich Gandulf überlegt, dass Elke den Einschlafzauber noch an einem anderen Tier üben soll. Die drei schnappen sich je ein Pferd und reiten im Galopp zu einem nahegelegenen Bauernhof. Dort angekommen, schauen sie sich erst einmal um. Wie aus dem Nichts kommt eine Frau hinter der Scheune hervor und schaut freudestrahlend zu Jess. Elke sieht in ihren Händen ein Beil und ein kopfloses Huhn, aus dessen Hals der rote Lebenssaft tropft. „Mensch, Jess. Das ist ja eine Freude! Danke, dass du mich per Telepathie vorgewarnt hast, dass ihr kommt." Sie legt Beil und Huhn auf die Seite und sagt: „Am liebsten würde ich dich jetzt drücken, aber wie du siehst, ist bei uns heute Schlachttag." Jess nimmt die Bäuerin trotzdem in den Arm: „Es ist mir auch eine große Freude, dich zu sehen, liebe Dinah. Darf ich dir meine Freunde Gandulf und Elke vorstellen? Sie haben an der Magie genauso viel Spaß wie ich." Gandulf wendet sich an Dinah: „Hast du gesagt, dass ihr gerade dabei seid, einigen Tieren den Lebenshauch zu nehmen?" – „Ja genau, wir haben gerade damit angefangen. Braucht ihr etwas?" Gandulf lächelt in die Runde: „Es ist doch eine perfekte Übung für Elke, die Tiere vor der Schlachtung bewusstlos zu zaubern, oder? Wenn dabei etwas schiefgehen sollte, entschädigt dich Jess mit Sicherheit." Dinah kratzt sich zwar erst einmal am Kopf, willigt dann aber ein. Während sie zu den Schweinen gehen, fragt Dinah, was denn schiefgehen könne. Gandulf erzählt ihr die Geschichte mit dem Schaf. „Elke muss noch viel lernen. Wir haben einen Zauber an einem Schaf getestet, durch den das Schaf eigentlich nur bewusstlos hätte werden sollen. Leider hat sie einen kleinen Fehler gemacht, sodass schlussendlich nur noch die rauchenden Schafsbeine im Gras standen." Dinah bleibt abrupt stehen und dreht sich um: „Ich hoffe aber wirklich, dass ihr mir auf meinem Bauernhof keine solche Sauerei hinterlässt. Eigentlich will ich die geschlachteten Tiere anständig an die Metzgerei Roser verkaufen. Der Metzger möchte das Fleisch gepflegt am Stück kaufen." Elke klopft Dinah auf die Schulter und sagt mit einem Lächeln: „Ich werde mein Bestes geben. Aber du kennst ja das Sprichwort: Wo gehobelt wird, fallen Späne." Dinah dreht sich nicht sehr glücklich zu Jess und holt tief Luft: „Ich hoffe, ihr wisst, was ihr tut. Kommt mit. Ich zeige euch, welche Tiere heute noch geschlachtet werden müssen. Wenn ihr wollt, könnt ihr vorher noch gerne bei uns zu Mittag essen."

Zur selben Zeit wird im Trainingslager streng geübt. Anastasia sucht die Werkstatt der Holzwaffen auf und spricht Günther – den Meister – an. Sie fragt, ob er ihr eine spezielle Waffe aus Holz anfertigen könne und erklärt ihm die genauen Details. Nachdem sie mit ihrer Beschreibung fertig ist, muss Günther so lachen, dass ihm die Tränen kommen. Er wischt sie sich aus dem Gesicht und fragt, ob das ein Scherz sein solle. Anastasia verneint mit ernster Miene und fragt gleichzeitig, ob diese Waffe auch aus Metall hergestellt werden könne. Günther denkt nach. „Hm…, also eine aus Holz kann meine Azubine herstellen. Sie steht kurz vor ihrer Handwerksprüfung. Diese Aufgabe wäre deshalb ideal für sie." Er geht kurz in den Werksraum und brüllt: „Lisa! Komm' mal her. Ich hab' eine Aufgabe für dich!" Kurze Zeit später kommt eine junge Dame aus dem Werkraum. „Was kann ich für dich tun?" Günther erklärt ihr genau ihren Auftrag. Auch sie muss darüber schmunzeln: „Das ist ein wirklich besonderer Auftrag. Ich werde mich gleich an die Arbeit machen. Morgen sollte diese *Waffe* fertig sein." Günther tätschelt ihr über den Kopf: „Das höre ich gerne, Lisa. Das wird deine Abschlussarbeit sein. Ich glaub' an dich." Während sie wieder im Werkraum verschwindet, sagt Günther, dass die Anfertigung der Metallwaffe schon ein paar Tage in Anspruch nehme. „Du darfst aber nicht vergessen, dass diese Waffe dann etwas mehr wiegt als aus Holz." Anastasia grinst nur: „Ich bin Köchin in einer großen Kantine in Schotterhausen.

Ich trage die großen Gulaschtöpfe für 30 Personen ganz allein. Da ist so ein Stück Metall ein Witz für mich. Ich freu' mich schon auf die beiden Resultate. Wir sehen uns morgen früh."

Nach dem Mittagessen gehen die drei Magier zurück zu den Ställen, wo es den Tieren gleich an den Kragen gehen soll. „Dann fangen wir mal mit den Hühnern an…", entscheidet Dinah. „Wenn bei einem Huhn ein *magischer* Fehler passiert, ist das zwar tragisch, aber zumindest gibt nur eine kleine Sauerei." Elke hält den Daumen hoch und verspricht ihr Bestes zu geben. „Melanie", ruft Dinah einer jungen Dame zu, „holst du die Hühner her?" Sie nickt und kommt kurze Zeit später mit den Hühnern zum Holzpflock. Dinah dreht sich zu Elke: „Wie sollen wir es jetzt machen? Soll ich das Huhn festhalten oder soll es in einen Käfig gesperrt werden?" Elke schaut zu Gandulf, der jedoch ihr die Entscheidung überlässt. Sie meint, dass sie das erste Huhn besser festhalten solle. „Ich fange zuerst mit einem unbeweglichen Ziel an." Gandulf fällt auf, dass Melanie etwas ängstlich schaut. Er schmunzelt leicht und sagt zu ihr, dass sie keine Angst haben müsse. Elke geht ein paar Schritte zurück und beginnt mit dem Zauber. Zu Beginn zappelt das Huhn in Melanies Händen, aber dann sackt es in sich zusammen. Gandulf nickt zufrieden und lobt Elke. „Jetzt nehmen wir ein freilaufendes." Melanie lässt das Huhn los; es rennt wie wild durch die Gegend.

Elke konzentriert sich darauf, es in ihren magischen Bann zu ziehen. Nach kurzen anfänglichen Anlaufschwierigkeiten fällt auch dieses Huhn bewegungslos um. Anschließend geht es mit den Schweinen weiter. Gandulf erkundigt sich zwischenzeitlich nach Elkes Wohlbefinden. „Noch ist alles in Ordnung, Gandulf. Aber dieser Zauber benötigt wirklich mehr Kraft, als ich gedacht habe." Gandulf streicht abermals über seinen Bart und fragt: „Willst du es nochmal versuchen oder sollen die anderen Tiere auf normale Weise geschlachtet werden?" Melanie fügt hinzu, dass die Schweine erst morgen von der Metzgerei abgeholt würden. „Gut, dann üben wir heute noch ein wenig und kommen morgen früh wieder", sagt Gandulf. Jess möchte noch etwas bei Dinah bleiben. „Aber Jess, deine Wächter haben gesagt, dass du nicht alleine bleiben sollst. Soll ich bei dir bleiben?" Jess schaut zuerst Richtung Dinah und dreht sich dann wieder zu Elke: „Ja ok, ich komme mit. Wir sehen uns morgen, Dinah."

Am Abend treffen sie sich im Speisesaal. Gandulf und die anderen sind bereits auf ihren Zimmern. Dieses Mal gibt es auf Alex' und Daniels Wunsch hin Schnitzel und Schweinshaxe. Nach dem Essen erzählen sie sich gegenseitig von ihren heutigen Erlebnissen. Anastasia überlegt kurz, ob sie überhaupt von ihrer einzigartigen Waffe erzählen soll oder besser nicht – sie bleibt lieber still und hört den anderen zu. „Wie lange sollen wir jetzt

noch hierbleiben?", fragt Tanja. „Irgendwie hab' ich
Bedenken, dass Spione vom Hexenmeister in der
Gegend sind." Jess trinkt ihr Bier aus und bestätigt:
„Dieses Gefühl hatte ich auch schon öfter. Aber hoffen
wir mal, dass wir uns irren." Daniel ergreift das Wort:
„Ich würde sagen, dass wir noch vier Tage hierbleiben.
Oder benötigen die Zauberer mehr Zeit?" Alle wenden
sich den Magiern zu. Man kann gut erkennen, dass sie
sich gerade angeregt per Telepathie unterhalten. Die
Magier nicken und drehen sich zu den Kriegern um:
„Vier Tage sollten für die wichtigsten Übungen
ausreichen", meint der bärtige Gandulf.

In der Nacht werden Tanja und Silvi durch ein lautes
Knacken wach. Tanja fragt Silvi, was das für ein
komisches Geräusch gewesen sei. „Ich weiß nicht, Tanja,
aber es klang, als ob jemand ein Fenster oder eine Tür
aufgebrochen hat. Weck' mal Elke. Vielleicht kann sie
mithilfe ihrer Magie mehr sehen." Gesagt, getan. Elke
versucht sich im halbwachen Zustand zu konzentrieren.
„Ich sehe nur, dass sich eine oder mehrere Personen den
Gang entlang bewegen, aber irgendwie wird mein
Zauber geblockt." Tanja grinst: „Vielleicht sind es Daniel
und Jess, die jetzt ein bisschen..." Elke unterbricht sie:
„Ich glaube, dazu muss sie bestimmt nicht diesen

Tarnzauber einsetzen. Wir sollten mal schauen, wer da draußen ist. Kommt ihr mit?"

Silvi schnappt sich ihren Säbel und Tanja nimmt einen Pfeil mit vor die Tür. Die vereinzelten Lampen in den Gängen erzeugen ein sanftes gedämpftes Licht. Elke zeigt in die Richtung, aus der sie die Personen wahrnimmt. „Dort ist Jessis Schlafzimmer", flüstert Elke. „Ich hoffe nicht, dass meine böse Vorahnung eintritt." – „Mach' uns keine Angst, Elke. Vielleicht waren es auch nur Diener, die ein paar Fenster geschlossen haben."

Kurz vor der Abzweigung Richtung Jessis Schlafgemach flüstert Elke, dass die Personen hinter der Tür stünden. Silvi blickt vorsichtig um die Ecke. Sie sieht zwei kleine Gestalten, die mit einem Dolch bewaffnet sind. In dem Moment dreht sich einer der beiden Richtung Silvi. „Es sind zwei. Beide sind bewaffnet und der eine hat mich vielleicht gerade gesehen." Elke spürt, dass sich beide langsam nähern. Silvi hält ihren Säbel fest in der Hand und holt tief Luft. Sie sieht, wie sich die Schatten kontinuierlich nähern und springt mit lautem Geschrei aus der Deckung und überrascht die winzige Gestalt, sodass sie sogar kurz zusammenzuckt. In diesem Moment gibt Silvi ihr einen Tritt in den Bauch – sie fällt zu Boden und verliert ihren Dolch. Zeitgleich eilen Elke und Tanja herbei. Tanja hält ihr den Pfeil dicht vor die Augen und Elke schnappt sich gekonnt den gegnerischen

Dolch. Silvi sieht, wie die zweite Gestalt in Jess' Zimmer rennt.

Plötzlich kommt der Bösewicht rückwärts herausgetorkelt und bricht zusammen. Sie hält den Säbel dennoch weiterhin kampfbereit in der Hand. Sie erkennt, dass sich ein Armbrustpfeil zwischen seinen Augen befindet. Nun tritt auch Jess aus ihrem Schlafzimmer und schaut auf den Toten. Sie zieht ihm den Pfeil aus dem Kopf und legt ihn, blutig wie er ist, in ihre Armbrust zurück. Anschließend gehen die beiden zu Elke und Tanja hinüber, die vor dem noch lebendigen Schuft stehen. Jess schaut ihn hämisch mit gezielter Armbrust an: „Wurde wohl nichts daraus, mich auch zu entführen oder gar zu töten. Du kannst deinem Gebieter sagen, dass es ein Fehler war, mich holen zu wollen." Jess' Gesicht wird immer finsterer: „Ach, vergesst es. Ich sag' es ihm lieber selber, denn ich werde bei der Rettung meines Dads dabei sein." Die Gestalt schaut Jess an und antwortet mit düsterer Stimme: „Das werrrdet ihr niemals schaffen. Euerr Tod und derr euerrs Vateres wirrrd..." – ZACK und Jess' Armbrustpfeil beendet sein Gerede. Jetzt kommt auch Helene. Alle fragen erstaunt, was denn passiert sei. Derweil zieht Jess den Pfeil aus dem Toten und erklärt alles. Helene schaut zu Tanja, Elke und Silvi: „Ist euch etwas passiert? Muss ich euch heilen?" „Nein, vielen Dank, liebe Helene. Wir sind unverletzt", antwortet Tanja und schaut zu Jess.

„Ist sowas schon öfter passiert?" – „Nein. Das war heute das erste Mal. Ich vermute, dass Liehnu euch drängen möchte, damit ihr so wenig wie möglich trainieren könnt. Ich werde die Wachen für mich und euch verdreifachen, damit sowas nicht nochmal passiert. Außerdem müssen wir Ausschau nach fremden Gestalten halten. Je weniger der Hexenmeister über unsere Trainingsfortschritte weiß, desto einen größeren Vorteil verschafft es uns." Tanja denkt nach: „Sag' mal, Jess. Hast du das vorhin eigentlich ernst gemeint? Willst du wirklich mit uns mitkommen?" Jess setzt sich auf die Bank und überlegt. Kurze Zeit später steht sie auf und sagt: „Lasst mich bitte bis morgen darüber nachdenken. Schließlich will ich nicht einfach nur dasitzen und euch unnötig in Gefahr bringen." Jess fängt an zu weinen: „Ich will einfach meinen Papa wiederhaben. Das ist nicht fair." Tanja geht rasch zu ihr und drückt sie so fest an sich, dass die Tränen auf ihren Pulli tropfen. Sie gibt der Gruppe mit einem Wink zu verstehen, dass sie mit Jess alleine sein möchte. Als die anderen auf ihren Zimmern verschwunden sind, wischt sich Jess noch die letzten Tränen aus dem Gesicht und bedankt sich von Herzen bei Tanja. Beide umarmen sich nochmals innig. Sie bleiben so lange eng umschlungen auf der Bank sitzen, bis die gerufenen Wächter kommen, um die getöteten Bösewichte wegzuschaffen.

Anschließend verabschieden sich die beiden Frauen voneinander, begeben sich wieder in ihre Schlafräume und richten ihre Betten für die zweite Nachthälfte her. Trotz der nächtlichen Aktion finden wieder alle schnell in den Schlaf.

Am nächsten Morgen bleiben sie nach dem Frühstück so lange am Tisch sitzen, bis sie ganz allein sind. Die Gruppe bespricht, WIE sie sich auf die Reise machen sollen – und ganz besonders WER überhaupt dabei sein wird. Jess steht auf: „Ich habe in der letzten Nacht in aller Ruhe über alles nachgedacht" – sie holt tief Luft: „Ich werde mitkommen. Ihr habt ja gesehen, dass ich selbst in meinem eigenen Zuhause nicht mehr sicher bin. Außerdem bin ich euch das schuldig. Es hätte gestern nämlich auch ganz anders ausgehen können." Nun erhebt sich René: „Es ist aber enorm wichtig, dass der Hexenmeister Liehnu so spät wie möglich davon erfährt, dass ihr nicht mehr hier seid. Deshalb müssen rings um das Haus so viele Wachen wie möglich stehen. Nur so können wir die Täuschung aufrechterhalten." Jetzt steht Gandulf auf und streicht nachdenklich über seinen Bart: „Ich kann versuchen, einen Täuschungszauber einzusetzen. Wenn dann feindliche Magier in die Nähe des Schlosses kommen, spüren sie Jess' Aura, obwohl sie gar nicht mehr da ist." Elke fragt Gandulf, wie lange dieser Zauber denn anhalte. Er streicht erneut über seinen Bart: „Ich hoffe, dass ich ihn eine Woche aufrechterhalten kann, bevor mich meine Kräfte verlassen. Ich kann ihn auch länger durchführen, aber dann werden Unterbrechungen dabei sein. Also: Entweder eine Woche am Stück oder zwölf Tage mit Unterbrechungen. Beim Letzteren besteht die Gefahr, dass der Täuschungszauber auffliegt." Alex steht auf und meint: „Ich glaube, dass uns die eine Woche genügend Vorsprung verschafft. Wir kennen zwar nur die ungefähre Größe seines Landes und irgendwelche detaillierten Informationen haben wir leider auch nicht, aber ich hoffe einfach, dass wir ein paar Lebewesen oder gar Menschen dort finden werden, die uns helfen können."

Bis zur Mittagsstunde ist alles geklärt. Ingrid, René und Silvi haben sich dafür entschieden, in Edelheim bei Gandulf zu bleiben. Silvi geht dieses Mal nicht mit, weil sie die Zeit nutzen möchte, den Menschen in ihrer Umgebung mit ihren erlernten Heilkünsten zu helfen. Alex streckt gähnend seine Hände in die Höhe und ruft in die Runde: „Also mir tun die Menschen leid, die solche Besprechungen regelmäßig durchführen müssen. Ich bekomme nämlich langsam Appetit auf etwas, das aus viel Fleisch besteht." Jess lächelt: „In Ordnung, Alex. Ich kümmere mich sofort darum. Aber danach müssen wir alle unser Training durchführen, einverstanden? In spätestens fünf Tagen sollten wir los." Alle sind einverstanden. Schon eine halbe Stunde später werden Wildschweinbraten, Kraut und Brot serviert.

Gandulf und Elke bleiben nach dem Essen gleich zusammen im Speisesaal, damit sie die Künste der Schwarzen Magie weiter verbessern kann. Danach wollen sie die Übungen auf dem Bauernhof fortführen. Silvi und Helene gehen wieder in die erste Etage, um dort ungestört die Heilkünste zu studieren. Jess nimmt ihre Armbrust und eine Zielscheibe. Diese baut sie in der Haupthalle auf und startet mit ihren Schießübungen. Der Rest begibt sich ins Trainingslager.

Als die Gruppe dort ankommt, meldet sich Anastasia kurz ab und geht Richtung Werkstatt. Günther scheint ihre Ankunft bereits erahnt zu haben und nähert sich ihr lächelnd: „Ich grüße dich, Anastasia. Ich habe die ganze Nacht über an deiner einzigartigen Waffe gearbeitet. Du kannst sie später gerne genau unter die Lupe nehmen, aber momentan kühlt sie noch ab. Ein paar Feinheiten muss ich dann noch vornehmen." – „Vielen Dank für die schnelle Arbeit, Günther. Ich werde sie aber erst morgen in Augenschein nehmen. Ich möchte nämlich zu Lisa. Weißt du, ob sie da ist?" Günther lächelt und ruft mit seinem lauten Organ nach ihr. Kurze Zeit später kommt sie mit einem besonderen Holzstück in der Hand und überreicht es dem Meister. Anastasia staunt nicht schlecht. Eine Bratpfanne aus Holz. Günther betrachtet

Lisas Werk mit ernster Miene und aus allen Blickwinkeln. Lisa schaut Günther dabei zu, wie er sämtliche Tests mit dieser einmaligen Waffe durchführt. Nach einigen Minuten blickt er zu Lisa: „Lisa. Ich hab' wirklich gedacht, dass ich dir eine Zwei dafür geben kann, aber das ist leider nicht so." Lisa sieht Günther etwas traurig an und möchte wissen, wo denn der Fehler liege. Plötzlich lacht der Meister lauthals los und klopft ihr auf die Schulter. „Mensch Lisa! Dieses Werk ist absolut perfekt. Du hast an jedes Detail gedacht. Es gibt keine einzige Stelle, wo es nicht passt. Damit hast du die Note eins mehr als verdient. Als Belohnung bekommst du den restlichen Tag frei und ich stell' dir noch heute dein Abschlusszeugnis aus. Herzlichen Glückwunsch!" Lisa ist überwältigt, sodass ihr sogar eine Freudenträne über die Wange läuft. Anastasia beglückwünscht sie ebenfalls und teilt ihr mit, dass ihre Leistung wirklich einmalig sei. „Jetzt muss ich aber wieder in die Schmiede", sagt Günther. „Lisa, ich wünsche dir einen schönen restlichen Tag und dir, liebe Anastasia, viel Spaß bei deinem Training."

Anastasia geht freudestrahlend zu den anderen und sieht René, wie er Daniel und Alex ein paar Angriffstechniken zeigt. Er sieht kurz zu Anastasia, muss aber kurz darauf nochmals genauer hinschauen. Plötzlich fängt er an, lauthals zu lachen. „Woher hast du denn bitte diese Holz-Bratpfanne?", fragt René. „Und vor allem: Was hast Du mit ihr vor?" Anastasia grinst: „Das wirst du schon sehen. Willst du mal schauen, wozu eure Köchin fähig ist?" Daniel und Alex sind gespannt. „Komm', Daniel. Lass' uns mal sehen, wie lange René braucht, bis Anastasia am Boden liegt." Beide beobachten den Kampf und sind erstaunt, wie gut sich die Köchin hält. Nach einiger Zeit macht Anastasia jedoch einen Fehler und René hält ihr sein Holzschwert an den Hals. Er senkt das Schwert und gibt ihr die Hand. „Das war echt nicht schlecht, Anastasia. Du weißt eben, wie eine Frau mit einer Bratpfanne umgehen muss. Wenn du damit kämpfen willst, sollte die Waffe aus Metall sein – sowas wie Spitzen an der Unterseite wären auch nicht schlecht." Er fühlt ihren rechten Arm und spürt eine starke Unterarmmuskulatur. „Genug Kraft, um die Waffe geschickt zu nutzen, hast du ja." Er sieht zu Daniel und meint, dass er nun mit Anastasia trainieren solle. „Ich schaue euch dabei zu."

In der Zwischenzeit sind auch Gandulf und Elke beim Bauernhof angekommen. Melanie hat die beiden sofort gesehen und rennt zu Dinah, um ihr freudig die Ankunft mitzuteilen. Während sich die zwei vom Pferd bemühen, hören sie Dinah schon fröhlich rufen.

„Hallo ihr zwei", begrüßt sie Dinah, die leicht außer Atem ist. „Ihr kommt genau richtig. Der Fleischer Roser wartet schon ungeduldig auf seine Lieferung. Ich hab' ihm zwar schon einige Biere spendiert, aber langsam verliert er trotzdem die Geduld." Elke kratzt sich am Hinterkopf und entschuldigt sich für die Verspätung. Dinah läuft zügig vor, während sich die zwei ordentlich Mühe geben müssen, ihr hinterherzukommen.

Vor dem Schweinestall sitzt ein älterer Herr in Lederhose mit einem Bierkrug in der Hand. Als er Dinah und die zwei Frauen sieht, steht er auf und fragt: „Sind das die beiden, wegen denen ich so lange warten musste?" – „Ja, aber sie werden sich gleich an die Arbeit machen, damit du endlich dein Fleisch bekommst."

Gegen Abend versammeln sich alle im Haus und erzählen sich gegenseitig von ihren Fortschritten. Anastasia spricht von ihrer einzigartigen Waffe, Elke von ihren erfolgreichen Magiekünsten und Silvi von ihren ersten Heilkünsten.

Bevor sie zu Bett gehen, erzählt Jess, dass die Anzahl der Wachen rings um das Haus verdoppelt worden sei. Sie wünscht allen eine gute und vor allem ungestörte Nacht. Während alle nach und nach in ihren Zimmern verschwinden, bleibt Daniel plötzlich stehen. Bevor Alex fragen kann, was los sei, sagt Daniel, dass er erst später nachkommen werde. Alex nickt verdutzt und geht ins Zimmer. Doch bevor er die Tür schließt, schaut er, wohin Daniel geht. Er sieht, wie sein Freund Richtung Jess' Schlafzimmer spaziert...

5 Tage später....

Während die Diener das Frühstück servieren, schaut Tanja zu Alex, der eine kleine Beule am Kopf hat und fragt, was passiert sei. „Ich hätte nie gedacht, dass Anastasia so gut im Training ist. Sie hat mir mit ihrer Holzbratpfanne gezeigt, wozu sie fähig ist." Daniel und Silvi können sich das Lachen gerade noch verkneifen. Helene will gerade aufstehen, um die Wunde zu heilen. Aber Silvi hält sie fest. „Lass' mich das machen. Schließlich werde ich für längere Zeit deine Vertretung sein." Die Heilerin zuckt mit den Schultern und lässt ihr den Vortritt. Alle schauen gebannt zu, wie Silvi die Verletzung in kürzester Zeit heilt. Voller Freude bedankt sich Alex bei ihr – er stellt sein Bier ab und gibt ihr ein Bussi auf die rechte Wange. Jess steht auf und meint, dass es langsam an der Zeit sei, sich auf den Weg zu machen. „Du hast recht", meint Tanja. „Ich schlage vor, dass wir uns in wenigen Stunden mit sämtlichen Waffen und Marschgepäck bei der Kutsche einfinden." Alle stimmen zu.

Neben allerlei Waffen, Vorräten, Zauberbüchern und sonstigen Utensilien möchte Daniel auch Flos Dolch und Silkes Morgenstern mitnehmen. Helene nimmt den Dolch in die Hand und fragt, ob sie ihn für die Verteidigung nehmen dürfe. Alle nicken. „Natürlich kannst du ihn nehmen. Ich hoffe nur, dass du dich niemals verteidigen musst." Dankend nimmt sie den Dolch an sich.

Da Helene nicht reiten kann, steigt sie in die Kutsche. Die anderen können spüren, dass sie etwas nervös ist. Elke teilt ihr per Telepathie beruhigend mit, dass alle gut auf sie aufpassen werden. Tanja möchte die Kutsche lenken. Bevor die Reise beginnt, wünschen ihnen Ingrid, René und Silvi alles erdenklich Gute. Gandulf hat es sich im Schloss gemütlich gemacht und startet den Täuschungszauber. Elke prüft, ob sie die *unechte* Jess im Haus feststellen kann – der Zauber funktioniert! Sie geben ihren Pferden die Sporen und das Abenteuer beginnt...

Da sich alle die Karten mit den Vermerken von Tanja und Silvi angesehen haben, wissen sie, dass die Reise über die Steppe Richtung Betrugsstadt beginnt. Elke reitet neben der Kutsche, um nicht sämtliche Fliegen und Insekten beim Sprechen zu verschlucken. Sie sagt per Telepathie zu Helene: *Hoffentlich finden wir Verbündete mit einer reinen Seele, die uns helfen können.* Daraufhin teilt Helene den anderen mit: *Ich möchte euch nur vorwarnen, dass jede Person anders reagiert. Wichtig ist nur, dass ihr nichts Falsches sagt. Viele sind sehr aggressiv und es gibt hier kein richtiges Gesetz gegen sinnloses Töten außerhalb der Stadt.* Alex kratzt sich am Kopf: „Willst du damit sagen, dass man hier einfach einen umbringen kann, ohne dass es jemanden interessiert?" Alex spuckt ein paar Insekten aus, die er gerade beim Sprechen verschluckt hat. Ab sofort hält er beim Sprechen die Hand vor den Mund.

Daniel fragt aufgrund der Insektenplage nach einem Schal. Nach kurzer Überlegung hält Tanja die Kutsche an, steigt ab und sucht ihren Schal. Zum Glück hat jeder einen dabei. Jess und Helene kümmern sich um die Verteilung der Stoffstücke. Alle bedecken ihren Mund. So kann die Reise in der staubigen und insektenreichen Steppe etwas angenehmer weitergehen.

Nach einiger Zeit fragen sich manche des Teams, ob es hier überhaupt Lebewesen gebe. Elke leitet die Frage an Helene weiter. Jess antwortet anstelle von Helene: *In der Steppe müssen wir gut auf uns aufpassen. Hier gibt es nämlich viele Plünderer und Räuber, die es nicht nur auf unsere Wertsachen, sondern auch auf Sklaven abgesehen haben.* Alex brüllt durch seinen Mundschutz: „Da es bald dunkel wird, sollten wir langsam einen Rastplatz suchen. Mindestens drei Personen sollten Wache halten. Elke, ich hoffe, du kannst deinen Kraftübertragungszauber noch. Sonst sind wir aufgeschmissen." Elke sagt, dass sie ihn trotz ihres Alters noch nicht vergessen habe. Sie dreht sich zu Alex und erinnert ihn daran, dass sie bekanntlich keine Witze über ihr fortgeschrittenes Alter möge.

Auf einmal taucht eine Art Oase, bestehend aus Bäumen oder Palmen, vor ihnen auf. Daniel sieht ein paar kleine Zelte und Elke spürt etwa fünf oder sechs Personen. Helene schaut aus der Kutsche und schreit plötzlich laut: „Schnell! Dreht sofort um und macht einen weiten Bogen!" Doch dafür ist es leider zu spät. Tanja und Alex können aus der Ferne erkennen, wie einige Personen auf die Pferde steigen und in rasantem Tempo auf sie zukommen. „Na super", grummelt Alex und brüllt Helene zu: „Was sind das für Menschen?" Jess spürt in jeder der Gestalten eine schwarze Seele und teilt es den anderen sogleich mit.

Innerhalb weniger Sekunden stoppt das Team und steigt ab. Als Jess aussteigen möchte, stoppt Elke sie entschlossen: „Bist du sicher, dass du aussteigen willst? Wenn vielleicht einer der Ganoven später entkommt und dem Hexenmeister Liehnu mitteilt, dass du nicht im Schloss bist, sind wir geliefert." Aber Jess greift sich gezielt ihre Armbrust. Alex steigt vom Pferd und streichelt seine Axt, die in der Abendsonne glänzt. „Die sollen nur herkommen. Ihre Kraft bringt ihnen sowieso nichts mehr, wenn sie tot sind. Außerdem können ihre abgetrennten Arme ja wohl kaum wieder nachwachsen, oder?" Jess verzieht leicht das Gesicht und sagt: „Wenn sie einen sehr starken Heilzauber anwenden, ist das leider wirklich möglich." – „Willst du mich verarschen?! Das ist ja wohl ein schlechter Scherz, oder? Wie kann man dann diese *Dinger* töten?" Jess beruhigt alle, indem sie mitteilt, dass der Kopf ihr Schwachpunkt sei. „Sobald also der Magier unter ihnen zur Strecke gebracht ist, lösen sich all unsere Probleme in Luft auf." Tanja fängt an zu lachen und meint zu Jess: „Kannst du uns bitte sagen, wie wir den Zauberer erkennen? Ich glaube kaum, dass er ein Schild trägt, auf dem steht: *Ich bin der Zauberer.*" Jess schmunzelt: „Ich glaube, ich kann es schaffen, den Magier ausfindig zu machen. Ich gebe euch dann gleich Bescheid, wenn ich den Hexer gefunden habe." Daniel ruft: „Flo, wie sollen wir uns..." – und verstummt schlagartig. Er senkt den Kopf und meint: „Es tut mir leid, aber er war doch bei allen Kämpfen immer für die Taktik verantwortlich…" Sandra geht zu Daniel und während sie ihm auf den Rücken klopft, sagt sie liebevoll: „Flo ist immer bei uns und ich habe viel aus seinen Strategien gelernt. Wenn es in Ordnung ist, übernehme ich im Namen von Flo ab jetzt die Taktiken." Alle sind einverstanden. Sandra denkt kurz nach und gibt an alle die Anweisungen durch. „Helene bleibt mit Elke in der Kutsche. Tanja und Jess nehmen für Armbrust und Bogen die Kutsche als Deckung. Anastasia gibt den beiden die Nahkampfdeckung und Alex, Daniel und ich übernehmen den Angriff mit Schild. Seid ihr alle bereit? Dann zeigen wir denen mal, aus welchem Holz wir geschnitzt sind."

Kurz bevor die unbekannten Reiter da sind, fällt Daniel auf, dass es acht anstelle von fünf Wesen sind und teilt es allen sofort mit. Elke kratzt sich und murmelt, dass dieser Magier einen wirklich guten Täuschungszauber durchführen könne. Auf einmal fällt ihr ein, dass sie vergessen hat, den Hitzezauber bei den Pfeilen einzusetzen! Jess meint, dass dieser Zauber sowieso nichts bringen würde, da ihn der gegnerische Zauberer mit Sicherheit blockieren könne. Sie flüstert Tanja zu: „Vergiss nicht: Man kann diese Gestalten nur durch einen Kopfschuss töten. Sonst kann ihr Hexer die Wunde innerhalb von Sekunden wieder heilen. Also ziel' nur auf die Schädel, verstanden?"

Die Reiter werden langsamer und halten vor der Kutsche an. Von den vorderen sechs sind vier zusätzlich mit dem Schild geschützt ausgestattet. Zwei Reiter halten etwas Abstand.

„Werrr seid ihrrr? Das ist unserrr Gebiet. Lasst eurrre Waffen fallen und errrgebt euch." Sandra hustet in die Faust und sagt hämisch: „Wieso sollen wir das tun? Es wäre für alle besser, wenn ihr euch verziehen würdet. Außerdem wäre es bestimmt von Vorteil, wenn ihr richtig sprechen könntet. Das klingt ja grauenhaft." Daniel und Alex müssen höllisch aufpassen, dass sie nicht anfangen loszulachen; sie konzentrieren sich.

Einer der Reiter schaut in die Richtung, wo sich Jess hinter dem Wagen versteckt. Plötzlich schreckt sie auf und sagt leise: „Sie wissen, wer ich bin. Wir dürfen keine Zeit verlieren." Sie springt mit Tanja zusammen aus der Deckung hervor; beide zielen auf die zwei vorderen Ganoven. Der eine Bösewicht kann den Pfeil mit seinem Schild ohne Probleme stoppen, aber den anderen trifft es mitten in die Brust; er stürzt schreiend zu Boden. Sandra sieht zum Verletzten und brüllt: „Zum Angriff!" – Der Kampf beginnt.

Die Gruppe ist im Nachteil, da sie gegen berittene Krieger kämpfen muss. Doch als Elke aus dem Zelt heraus das Problem erkennt, fällt ihr etwas ein und teilt es Jess per Telepathie mit. Jess lächelt und sagt laut: „Aber natürlich." Tanja bleibt auf ihrer Position und schießt einen Pfeil nach dem anderen ab. Alex überlegt, wie er die berittenen Krieger mit seiner Axt angreifen könnte. Als die Reiter auf die Gruppe losstürmen, werden zwei der Pferde plötzlich sehr langsam, halten an und fallen bewusstlos zu Boden. Dadurch stürzen auch die beiden Angreifer, mit denen Sandra und Daniel nun leichtes Spiel haben. Sie rammen ihnen Schwert und Streitkolben in die Schädel.

Die anderen Schergen haben gleich verstanden, dass hier Schlafmagie im Spiel ist und steigen schnell von den Pferden ab. Alle – bis auf einer – stürzen sich in den

Kampf. Tanja kann beobachten, wie sich dieser vor dem Verletzten niederkniet und etwas vor sich hinmurmelt. Plötzlich steht der am Boden liegende Krieger wieder problemlos auf, schnappt seine Waffe und rennt auf Tanja zu. Sie realisiert, dass sie es nicht mehr schaffen kann, einen Pfeil aus ihrem Köcher zu holen und hält schwitzend ihren Bogen zur Verteidigung vor sich. In diesem Moment kommt Anastasia mit ihrer Bratpfanne hinter dem Karren hervor und stellt sich vor Tanja. Da Alex, Daniel und Sandra mit den anderen so ordentlich zu kämpfen haben, bemerken sie nicht einmal diesen außergewöhnlichen Kampf der Chefköchin. Mit ihrer Metall-Bratpfanne stellt sie sich ihrem Widersacher entgegen. Der Angreifer hält sein Schwert fest in der Hand und begutachtet argwöhnisch die außergewöhnliche Bratpfanne. Er fängt an laut und zynisch zu lachen: „Harrr harrr harrr. Es wirrrd mirrr ein Verrrgnügen sein, euch zu töten. Dann werrrde ich in dieserrr Pfanne euerrr Fleisch brrrraten." Anastasia bewahrt einen kühlen Kopf und spuckt ihm vor die Füße. „Worauf wartet ihr dann noch?"

In der Zwischenzeit wurden alle restlichen Angreifer bis auf den dunklen Magier besiegt. Als dieser gerade davonreiten möchte, nutzen Elke und Jess gemeinsam den Schlafzauber gegen dessen Pferd. Es fällt in Sekundenschnelle schlafend zu Boden. Sein Reiter will vor lauter Panik versuchen, wegzulaufen. Jess rennt und springt auf das nächststehende Pferd. „Lasst mich das machen. So kann ich auch sämtliche Zauber von ihm blockieren." Während sie losreitet, gehen alle auf Anastasia zu, die dem Feind mit der Metallpfanne gerade eins übergebraten hat. Die Spitzen durchbohren seinen Kopf, als wäre er aus Butter. Er zuckt noch wenige Sekunden und sackt dann blutüberströmt zusammen.

Jess hat den Zauberer schnell eingeholt und bringt ihn mit gezogener Armbrust zur Gruppe zurück. Alex fragt sich, warum sie ihn nicht gleich zur Strecke gebracht habe, und hält seine Axt startbereit in Angriffsposition. Jess springt vom Pferd ab und alle bis auf Sandra und Helene stellen sich im Kreis um den Besiegten. Während Helene Sandras Schnittwunde heilt, fragt Tanja ihn, ob noch mehr im Lager seien. Ebenso fragt sie ihn nach Kartenmaterial und weiteren Informationen. Als er schweigt, tritt Daniel einen Schritt an ihn heran und spricht in boshaftem Ton: „Wenn ihr nicht sprechen wollt, können wir auch gerne etwas grausamer werden. Mein bester Freund ist schon damals sinnlos getötet worden und ich will nicht, dass sowas nochmal passiert." Er zeigt auf Alex und seine Axt. „Seine Schwester ist auch schon im Kampf gestorben und ihr wollt nicht wissen, wie barbarisch ihr Mörder von Alex hingerichtet worden ist. Überlegt also gut, ob ihr noch länger schweigen wollt, bevor er euch sämtliche Körperteile abhackt." Elke und Tanja können nicht glauben, was Daniel da gerade gesagt hat und wollen einschreiten, aber Jess sagt allen per Telepathie, dass sie ihn lassen sollen. *Vielleicht erhalten wir mit dieser grausamen Drohung die nötigen Informationen.* Auf dem Antlitz des Zauberers bilden sich bereits erste Schweißtropfen, dennoch schweigt er. Daniels Gesichtsausdruck wird immer ernster; er tritt den Zauberer zu Boden. Sandra und er stellen mit ganzer Kraft jeweils einen Fuß auf seine Brust. Tanja stellt ihren Fuß auf seinen rechten Oberarm, sodass er gezwungen ist, bewegungslos auf dem Boden zu liegen. „Wie ihr wollt", brummt Daniel. „Ich hoffe, ihr seid Linkshänder. Denn von eurem rechten Arm könnt ihr euch gleich verabschieden." Er dreht sich zu Alex: „Du kannst uns gerne zeigen, wie leicht du einen Arm vom Rumpfe trennen kannst." Alex nickt und nimmt die Axt in beide Hände. Er geht mit entschlossenem Schritte zum nun bebenden und zitternden Zauberer. und hält gezielt seine Axt in dessen Richtung. In dem Moment, als er ausholt, schreit der Zauberer mit Tränen in den Augen: „Stopp! Halt! Ich sage euch alles, was ihr wissen wollt, aber bitte verstümmelt mich nicht!" Alex lässt seine Axt sinken und der Zauberer gibt verängstigt sämtliche Informationen Preis.

Nachdem sie alles erfahren haben, was sie wollten, bleibt jetzt nur die Frage, was sie nun mit dem Magier tun sollten. Elke spricht per Telepathie zu Jess: *Also ich kenn' einen Zauber, mit dessen Hilfe man alle Erinnerungen löschen kann. Diesen habe ich damals gegen einen einfachen Soldaten erfolgreich durchführen können, aber geht das auch gegen einen Zauberer? Hast du etwas Besseres auf Lager?* Jess überlegt, kann aber schlussendlich nicht zu 100 % garantieren, ob ihr Zauber funktionieren wird. Sie fragt in die Runde, was sie nun tun sollten. Tanja schnippt mit den Fingern und schaut zu Elke: „Sag' mal, Elke, kannst du dich noch an diesen Zauberspruch erinnern, den du bei Kathis Vater angewandt hast?" – „Natürlich, aber wie soll ich das bei *ihm* machen?" Tanja zieht Elke hinter die Kutsche und flüstert ihr etwas ins Ohr.

Als beide schmunzelnd zurückkommen, nähert sich Elke dem Hexer. Alex und Daniel halten ihn fest, während sie ihm die Hand auf den Kopf legt und ein paar magische Worte murmelt. In der Zwischenzeit verschwindet Tanja in der Kutsche. Erneut ertönt ein leiser Knall und der Hexer steht langsam auf. Verwirrt schaut alle etwas verdutzt an. Tanja kommt mit einem beschriebenen Blatt Papier aus dem Karren und überreicht es dem Magier. Er liest es durch, schnappt sich eins der Pferde und reitet Richtung Edelheim. Bevor Tanja und Elke von allen gefragt werden, antwortet Elke lächelnd: „Wir haben ihm den Auftrag gegeben, in Schotterhausens Kindergarten auszuhelfen. Die freuen sich bestimmt darüber, mal wieder ein paar Zaubertricks zu sehen.

Keine Angst – damit er nicht verhungert oder falls er keine Bleibe finden sollte, habe ich alles im Auftrag des Königs geschrieben." Tanja blickt zu Jess: „Ich hoffe schwer, dass das in Ordnung geht!" Jess lacht und nickt schmunzelnd: „Natürlich ist das ok. Ich finde es einfach klasse, wenn bei uns die bösen Schergen kostenlos arbeiten. Zum Glück hast du gewusst, dass Schotterhausen seit zwei Monaten zu unserem Reich gehört." Tanja kratzt sich am Hinterkopf. „Ähmmm, ja. Natürlich weiß ich das, nicht wahr Elke?" Elke verzieht das Gesicht zu einem Lächeln: „Ja, ja. Wissen wir schon lange." Jess schaut beide etwas skeptisch an, meint aber nur: „Naja – dann habt ihr es ja mit viel Glück richtig gemacht. Lasst uns jetzt zum verlassenen Lager reiten. Seid aber auf der Hut. Am Ende sind doch noch ein paar Schergen unterwegs. Sandra streichelt ihren Streitkolben und entfernt die verbliebenen Fleischfetzen. Danach sagt sie in lockerem Ton: „Die sollen nur kommen. Ich ritze noch einen Smiley in den Streitkolben. Dann haben die Gegner noch kurzfristig was zum Lachen, bevor ihr Gesicht unkenntlich gemacht wird." Daraufhin halten sich Alex und Anastasia vor Lachen die Hand vor den Mund und zeigen mit dem Daumen nach oben.

Daniel reibt sich die Tränen aus den Augen und meint: „Dann lasst uns mal losgehen. Vielleicht gibt es neben den Karten, der Verpflegung und dem, was der Magier erzählt hat, noch mehr Brauchbares. Außerdem höre ich bereits Alex' Magen knurren. Ihr wisst doch, wie mies er sein kann, wenn er hungrig ist." Alex dreht sich etwas mürrisch zu Daniel und flüstert ihm etwas ins Ohr. Tanja hat davon zwar nur die Worte *Axt*, *Stiel* und *Hintern* verstanden, aber den Rest kann sie sich denken. Sie steigen auf die Pferde und begeben sich Richtung Räuberlager. Von den getöteten Schergen hat sich Tanja zwei Pferde geschnappt und nimmt sie an den Zügeln mit.

Zur selben Zeit schaut Silvi nach Gandulf. Er hat es sich in einem fensterlosen Raum bequem gemacht, vor welchem sich zwei Wachen mit Tisch und Stühlen postiert haben. Als sie den Raum betritt, sieht sie nur einen Tisch mit Essen und Trinken. Sie überlegt sich, wo er eigentlich seine Bedürfnisse hinterlässt. Sie wollte ihn gerade leise danach fragen, aber schon kommt die Antwort: *Dir ist wohl noch nie aufgefallen, dass Magier nie aufs Klo müssen, oder? Ich glaube, ich bringe dir das auch mal bei.* Silvi bedankt sich schon einmal im Vorfeld dafür und verlässt den Raum. Während Silvi zum großen Speisesaal geht, denkt sie sich: *Dieser Toilettentrick ist wirklich praktisch für Personen, die auf langen Reisen sind.* Silvi geht zu Ingrid und René, die noch immer fasziniert das große Gebäude der Prinzessin betrachten. Ingrid fragt Silvi, wie viele Zimmer das Haus habe. „Ach weißt du, Ingrid", antwortet Silvi, „das Haus hat fast die

Größe eines kleinen Schlosses. Habt ihr das Erdgeschoss und die erste Etage bereits geschafft?" René blickt zu Elke: „Soll das ein Scherz sein? Wir haben gerade das Erdgeschoss mit Garten und alles rundherum geschafft. Aber wir wollen auch nicht in jedes Zimmer sehen. Auch wenn es Jess erlaubt hat, wollen wir nicht in die privaten Gemächer hineingehen." Silvi fängt an zu schmunzeln: „Da müsst ihr nur Daniel fragen. Ich glaube, er kennt schon alles von Jessica." Ingrids Augen werden größer. „Du meinst, dass sie..." Silvi unterbricht sie mit einem lächelnden Nicken: „Ich bin gespannt, ob sie wieder als Paar zurückkommen. Themawechsel: Soll ich euch das restliche Haus zeigen? Bis zum Abendessen haben wir ja noch etwas Zeit." Die zwei nehmen die Führung dankend an und gehen die große Wendeltreppe nach oben.

Die Truppe ist im Lager bereits auf der Suche nach allem, was für die weitere Reise von Vorteil sein könnte. Anastasia hat bereits viel Proviant in einer Holzkiste gefunden und fragt, ob sie bereits mit dem Kochen beginnen solle. Während sich Alex über die schlecht verarbeiteten Krummschwerter lustig macht, ruft er zu Anastasia, worauf sie denn noch warten würde. Helene hat zusammen mit Elke ein paar Karten gefunden, die sie allesamt sofort an Tanja überreichen. Daniel gesellt sich zu Jess. Sie durchsuchen gemeinsam das große Zelt, was anscheinend als Schlafplatz genommen worden ist. Als Elke sieht, wie beide darin verschwinden, sagt sie per

Telepathie: *Lasst bitte das Zelt im Ganzen. Vielleicht brauchen wir es noch zum Übernachten, verstanden?*

Sandra findet ein paar Bücher. Als sie diese öffnet, stehen da nur seltsame Zeichen, mit denen sie nichts anfangen kann. Sie ruft Elke und Helene und fragt, ob das irgendwelche Zauberbücher seien. Beide nehmen jeweils ein Buch und schauen sich die ersten Seiten genau an. Bei einem Buch fällt Helene etwas auf. „Elke, darf ich dieses Buch mal genauer anschauen? Hierbei geht es um etwas, wonach ich schon lange gesucht habe – um Weiße Magie." Elke nickt, gibt ihr das Buch und schaut sich die anderen an. Sandra beobachtet die beiden dabei, wie sehr sie sich für die Bücher interessieren und sagt nur: „Also mir ist meine Waffe lieber. Bis man so einen Zauberspruch gesagt hat, ist meine Keule bereits im Kiefer.

Anastasia ruft Elke zu, ob sie mal das Feuer unter dem Topf entfachen könne. In der Zwischenzeit bringen die anderen die Ausbeute, die sie in Ruhe beim Essen betrachten.

Nach einiger Zeit ruft die Köchin, dass das Essen bald fertig sei. Erstaunlicherweise ist Alex heute einer der letzten, der eintrifft. „Wir brauchen nicht mal unser Geschirr benutzen", sagt Anastasia. „Die haben so viele Töpfe, Pfannen und Teller. Ich konnte meine Utensilien komplett in der Kutsche liegen lassen." Elke und Helene schnuppern an den zwei großen Töpfen und fragen, was sie denn Tolles zubereitet habe. Die Chefköchin schmunzelt: „Heute gibt es ein besonderes Gulasch aus Kakteen und Skorpionen. Tanja hat sie netterweise eingesammelt. Laut meinen Büchern ist alles genießbar." Sie dreht sich zu Helene und sagt: „Ansonsten haben wir ja eine helfende Hand dabei, die sich bestimmt mit Giften aller Art auskennt." Sie reicht Alex die erste Schüssel und wünscht ihm einen guten Appetit. Seine Begeisterung lässt zu wünschen übrig. Als er zu seinem Platz geht, flüstert er Tanja zu: „Wenn du das nächste Mal kein anständiges Tier zum Abendessen fängst, kannst du diesen Fraß alleine Essen." – „Wir können auch dein Pferd essen, Alex. Dann kannst du dich schön auf einen langen Fußmarsch freuen." Tanja steht lächelnd auf, um sich ihre Portion zu holen."

Nachdem das Mahl allen mehr oder weniger geschmeckt hat, genießen sie nun den Sonnenuntergang. Bevor es stockdunkel wird, entscheiden alle, dass zwei Personen die Nachtwache übernehmen sollen. Dieses Mal stellen sich Daniel und Jess bereit, diese Bürde auf sich zu nehmen. Die anderen schauen sich nur schmunzelnd an. „Bleibt aber wach und vor allem konzentriert. Ich möchte heute Nacht nicht von einem Monster erschlagen werden, während ihr euern Spaß habt", mahnt Tanja. Dann setzt sie sich für die Kraftübertragung an Daniel neben Elke.

Anastasia hat diesen Zauber bisher immer nur gesehen, aber noch nie an sich selbst durchführen lassen. Sie setzt sich auch dazu. „Dann gebe ich den beiden auch etwas Kraft, damit sie wach bleiben. Ich hoffe, mir passiert dabei nichts. Schließlich will ich nicht wie das explodierte Schaf enden. " Elke schmunzelt und beruhigt Anastasia: „Du brauchst keine Angst haben. Ich nehme nur ganz wenig Kraft von dir."

Nachdem Elke mit der Zauberei fertig ist, gehen die anderen in das große Zelt und suchen sich einen geeigneten Schlafplatz. Jess und Daniel halten das Lagerfeuer mit reichlich Holz am Lodern und bewachen das ganze Lager. „Entspann' dich, Daniel. Ich kann schon viele Lebewesen aus weiter Entfernung sehen. Du könntest mir solange den Nacken massieren." Daniel kratzt sich am Kopf. „Ich versuche es. Ich weiß nur, dass Flo darin Experte gewesen ist", antwortet Daniel und wagt es trotzdem. Jess scheint es aber zu gefallen – dennoch ist sie neugierig: „Wer ist denn jetzt eigentlich dieser Flo? Mein Papa hat mir damals nur kurz erzählt, dass er bei euch dabei gewesen, aber er durch einen Soldaten ums Leben gekommen sei. Dafür ist er auf dem heiligen Hügel beerdigt worden." Daniel überlegt kurz, ob er Jess die Wahrheit sagen solle – dass Flo nämlich von ihrem Vater getötet wurde… Er entscheidet sich dagegen und erzählt ihr zur Ablenkung die halbe Nacht über viele schöne Dinge von Flo und Silke.

Am nächsten Morgen stehen alle gesund und munter auf. Tanja springt mit viel Elan aus dem Zelt und meint gut gelaunt, dass sie sehr gut geschlafen habe. „Ich würde das Bett am liebsten mitnehmen. Es ist so unglaublich weich. Aus welchem Material haben sie diese Matratzen hergestellt?" Anastasia ruft ihr zu, dass sie mal kurz nachschaue und geht wieder ins Zelt. Sie schneidet die Matratze auf und schaut sich den Inhalt an.

Nach ein paar Minuten kommt sie kreidebleich aus dem Zelt und hofft, dass Tanja während des Essens nicht nach dem Füllstoff fragt. Elke kann ihre weiße Farbe im Gesicht gut erkennen und fragt sie per Telepathie: *Ist alles in Ordnung, Anastasia? Du siehst so bleich aus. Hast du einen Geist gesehen?* Daraufhin winkt Anastasia die liebe Elke ins Zelt. Anastasia holt tief Luft und öffnet die Matratze. Elke betrachtet die Ledermatten zwischen dem Stroh und fragt, was an diesem Tierleder denn so schlimm sei. „Das sind Häute von Menschen", sagt Anastasia. „Wir schlafen auf Menschenleichen." Elke hält sich die Hand vor dem Mund, damit sie sich nicht übergibt und geht mit Anastasia schnellstens aus dem Zelt.

Während Sandra und Daniel bereits angefangen haben, das Frühstück vorzubereiten, holt Alex das Fass Bier aus der Kutsche und fragt anstandshalber, wer alles einen

Krug haben möchte. Erstaunlicherweise nimmt sich neben Sandra auch Jess einen Bierkrug. Alex kann an ihrem Gesichtsausdruck erkennen, dass es ihr nicht so ganz schmeckt. Er opfert sich und trinkt auch ihren Humpen vollständig aus. Elke hat ihre Gesichtsfarbe recht schnell zurückbekommen und fragt Sandra: „Haben wir nicht zufällig einen Schnaps dabei? Den könnten Anastasia und ich jetzt gut gebrauchen." Während Sandra achselzuckend den Schnaps aus der Kutsche holt, blicken die anderen ziemlich erstaunt drein. „Normal trinkst du vielleicht mal ein Bier. Bist du wirklich unsere Elke? Schnaps zum Frühstück?" Sandra bringt den edlen Tropfen und Elke trinkt einen guten Schluck direkt aus der Flasche. Alex nimmt ihr die Flasche wieder weg. „Den Schnaps wollen wir für die gesamte Reise nehmen und du trinkst uns schon ein Drittel weg. Was ist denn los?" Elke schaut erst zu Alex, dann zu Tanja, dann zum Zelt. Sie senkt den Kopf und entschuldigt sich für ihr Benehmen. „Ach Elke", sagt Alex, „du hast bestimmt deine Gründe dafür. Ich muss auch nicht alles wissen." Bevor sie etwas zum *Matratzenfund* sagen kann, ruft Sandra, dass das Essen fertig sei.

Nach dem Frühstück machen sich alle für die lange Reise durch die *Steppe der Ewigkeit* Richtung Betrugsstadt fertig.

Auf der Reise möchte Tanja von Jess wissen, ob es denn viele solcher Räuberlager in die Steppe gebe und brüllt samt Schal vor dem Mund zu ihr nach hinten, sodass es die ganze Gruppe hört. Jess hat dieses Mal keine Lust, ihr per Telepathie zu antworten und brüllt ebenso laut nach vorne: „Es gibt einige von diesen Lagern, aber da es nicht mehr so weit bis zur Stadt ist, sollten wir höchstens noch mit einem Lager Bekanntschaft machen." Jetzt nutzt Sandra ihr lautes Sprechorgan: „Haben alle so einen blöden Zauberer? Also ich kämpfe lieber Frau gegen Mann – ohne diesen Zaubermüll. Nehmt es mir bitte nicht übel, meine drei lieben Zauberfreundinnen."

Nach einem langen langweiligen Ritt in dieser trostlosen Landschaft fragt Daniel, ob sie nicht einmal eine Rast machen sollten. Die meisten stimmen diesem Vorschlag zu und Helene meint, dass es östlich der Steppe eine der besonderen Oasen gebe. Tanja kratzt sich am Kopf und fragt die Heilerin: „Diese Oasen werden aber bestimmt von irgendwelchen Schergen besetzt sein, oder?" Telepathisch teilt sie allen mit, dass sich diese *Oasen der Wahrheit* nur Personen mit einem reinen Herzen zeigten. „Ich hoffe, ihr habt mir alle die Wahrheit über euch erzählt. Ich werde nämlich gleich sehen, ob ihr ehrlich wart oder nicht. Tanja lacht laut auf und blickt zu Daniel: „Ich bin mal gespannt, ob auch diese Oase deine Jugendstreiche mitzählt." Daniel kann ihr durch den

Sturm nicht die Zunge rausstrecken und zeigt ihr dafür den Mittelfinger.

Helene ruft nach draußen, dass sich das Ziel hinter dem nächsten Hügel befinde. Diese Info auszusprechen hat ihre halbe Lungenkraft gekostet und Elke schmunzelt: „Du kannst es auch erst mir sagen und ich gebe es dann per Telepathie weiter. Ich frage mich übrigens, warum du diese Kunst eigentlich nicht von Gandulf gelernt hast…?" Helene senkt den Kopf und teilt Elke mit, dass sie vergessen habe, wie es gehe. „In der Stadt habe ich es einfach nicht mehr gebraucht…" Sie schaut Elke in die Augen: „Es war mir echt zu peinlich, es Gandulf zu sagen. Bitte sag' es niemandem, ok?" Elke gibt ihr ein Bussi auf die Wange und verspricht es ihr hoch und heilig.

Am Hügel angekommen, machen alle Halt und blicken erstaunt nach unten. Elke und Helene schauen, nachdem die Kutsche angehalten hatte, ins Tal hinunter. Sie sehen eine grüne mit Palmen besetzte Fläche und einen kleinen See. Als sie sich dem Gebiet nähern, stockt Helene kurz und sagt: „Seht ihr die kleine Hütte hinter den Palmen? Da wohnt jemand." Daraufhin ziehen Alex und Daniel Schwert und Axt, aber Helene beruhigt sie: „Bitte steckt die Waffen weg. Da wohnt jemand mit einer reinen Seele. Lasst mich aber zuerst alleine zu ihm gehen. Vielleicht haben wir Glück und ich kenne ihn." Sandra ist nicht ganz wohl dabei. „Bist du dir ganz sicher,

Helene? Soll nicht zur Sicherheit jemand mitkommen?"
Helene denkt darüber nach und sagt: „Ich weiß nicht, ob
das eine gute Idee ist. Wenn jemand mitgeht, sollte
dieser aber auf jeden Fall unbewaffnet sein." Daraufhin
meldet sich Anastasia und lässt ihre Pfanne am Sattel
hängen. Helene steigt aus der Kutsche und begibt sich
mit der Köchin zusammen zum nahegelegenen Haus am
Ende der Oase.

Während des Fußmarsches betrachtet Anastasia alles
ganz aufmerksam: Die Palmen, den kleinen See, das
grüne Gras und das Haus. „Sag mal, Helene. Kann man
uns außerhalb dieser Oase wirklich nicht sehen? Wie soll
das gehen?" Helene lächelt milde: „Das ist Magie.
Solange wir uns in dieser Oase befinden, kann uns
wirklich nichts und niemand außerhalb der Oase sehen
oder gar berühren. Solange das Team innerhalb der
Oase steht, passiert auch ihnen nichts." Anastasia denkt
über diese Worte nach: „Hast du allen gesagt, dass sie
sich nicht zu weit entfernen sollen?" – „Tut mir leid, aber
ich habe vergessen, wie es mit der Telepathie
funktioniert. Kannst du es ihnen bitte mitteilen?"

„Ja, ich gebe kurz Bescheid. Bitte warte auf mich."
Anastasia spurtet fix zu den anderen. Helene möchte
nicht warten: sie klopft an die Tür. Vorsichtig öffnet sie
sich ein Stückchen und eine zierliche junge Dame schaut
ihr etwas kritisch entgegen. Helene sieht, wie die fremde

Frau mit einer Hand ihr Kurzschwert ergreift. Da Helene unbewaffnet ist, tritt sie schnell einen Schritt zurück und sagt mit erhobenen Händen: „Bitte hab' keine Angst. Wir sind keine Feinde, sondern mit Jessica Topas hier." Als Helene sieht, wie die Fremde nicht mehr so misstrauisch blickt und das Kurzschwert sinken lässt, streckt sie ihre Hand aus: „Ich bin Helene und wir kommen aus König Topas Reich. Ich habe selbst hier mal in der Nähe gewohnt."

Die Fremde sieht, wie Anastasia zu ihnen angerannt kommt und hält erneut ihre Waffe angriffsbereit. Als Helene das sieht, ruft sie der Köchin zu, dass sie bitte warten solle. Anastasia stoppt und bleibt auf halbem Wege stehen. Helene dreht sich wieder in Richtung der bewaffneten Frau und erklärt ihr, wer Anastasia sei.

Kurz darauf legt sie die Waffe auf dem Tisch ab und fragt: „Was macht ihr eigentlich hier und wie könnt ihr von diesem Ort wissen?" Helene meint nur, dass das eine lange Geschichte sei. „Wollt ihr unsere halben Lebensgeschichten wirklich an der Türschwelle hören oder vertraut ihr mir? Übrigens weiß ich weiterhin nicht, wie ich euch ansprechen soll.

Helene kann im Gesicht der Fremden ein leichtes Lächeln erkennen. „Tut mir echt leid, aber ich bin wirklich nur sehr vorsichtig. Manchmal sind schon die dunklen Gestalten des Hexenmeisters Liehnu durch diese Oase geritten. Deshalb habe ich schon gedacht, sie könnten mich sehen und dann töten. Übrigens: Ich heiße Luise." Sie reichen sich die Hände. „Wollt ihr Anastasia nicht sagen, dass sie auch kommen darf? Ich vermute, das wird ein längeres Gespräch." Helene ruft die Köchin zu sich und Luise. „Jetzt kommt aber in mein Haus. Ich glaube, es zieht bald ein Sandsturm auf – und da wollt ihr mit Sicherheit nicht draußen sein. Helene schaut zu Anastasia: „Scheiße, davor sollten wir auch schnell die anderen warnen. Luise, können unsere Freunde auch bei euch Unterschlupf bekommen?" – „Na sicher", meint Luise. „Du hast doch vorhin kurz angedeutet, dass du eine Magierin seist. Du kannst denen dann bestimmt irgendwie eine Nachricht senden, oder?" Als die Köchin das hört, fängt sie lauthals an zu lachen und meint: „Ja, das konnte sie mal, aber sie hat vergessen, wie es funktioniert. Zur Übung kann die liebe Helene zur Gruppe rennen und es ihnen mitteilen." Diese möchte gerade zur Tür gehen, als sie von Luise gestoppt wird: „Also ich könnte euer Team per Telepathie informieren. Das habe ich vor langer Zeit gelernt." Helene grinst Anastasia gehässig an und bittet Luise um diesen Gefallen.

Kurze Zeit später trifft sich die gesamte Gruppe in Luises Haus. Daniel fragt, warum hier alles so leicht verschwommen sei.

Auf diese Frage hin geht Luise sofort auf ihn zu und hält ihm ihr Kurzschwert an die Kehle: „Was hast du da gefragt? Stehst du unter dem Einfluss des Bösen?" Alle blicken zu Luise. „Wie kommt ihr denn darauf?", fragt Helene. „Daniel musste die bösen Gedanken dieses Zauberers imitieren, damit er uns Informationen preisgeben konnte. Normalerweise ist er ein ganz lieber Mensch." Elke erklärt Luise detailliert den letzten Kampf und bittet sie darum, die Waffe von Daniels Kehle zu nehmen.

Luise denkt kurz über diese Bitte nach und folgt ihr schlussendlich. Sie blickt zu Daniel und meint nur: „Dann hoffe ich, dass es nur eine Ausnahme gewesen ist. Schließlich gibt es noch mehrere solcher Oasen, die euch helfen können." Daniel streicht über seine Kehle und verspricht es. Er fragt zum Themawechsel, ob sie denn etwas zu trinken dahabe. „Ich habe nur Wasser", antwortet Luise. „Ich werde gleich etwas holen." Anastasia bietet ihr an, etwas zu kochen und schnippt Richtung Jess: „Kannst du mir helfen?"

Jess geht mit Anastasia zur Kutsche. Sie holen alles, was die Köchin benötigt, um Luise ihre Kochkünste vorzuführen.

Nach dem Essen spricht Luise der Köchin ein sehr großes Lob aus: „Vielen Dank für das leckere Essen, Anastasia. Sowas gutes gibt es hier leider nicht. Oft gibt es etwas aus Kakteen und Skorpionen." Luise leckt sich die Finger ab und fragt, ob sie noch eine zweite Portion haben könne. Anastasia schaut in die leeren Töpfe und dann zu Luise, die ihr einen hungrigen Blick zuwirft. Die Chefköchin denkt kurz nach und bittet Alex und Daniel darum, den kleinen Schinken und Gewürze aus der Kutsche zu holen. Während Alex aufsteht, zerrt er Daniel mit. Als dieser protestieren möchte, flüstert er ihm zu: „Mensch, Daniel. Vielleicht sammelst du damit bei dieser Tante ein paar Pluspunkte und du kannst wieder alles normal sehen. Daraufhin nickt Daniel und beide gehen nach draußen. Während Daniel zum Schinken greift, hören beide via Telepathie Jess' Stimme: *Ihr wisst schon, dass sie es gehört hat. Also entschuldigt euch sofort bei ihr – besonders DU, lieber Daniel. Sonst kannst Du deine nächste Belohnung vergessen.* Daniel verzieht das Gesicht. Alex fragt ihn, was sie mit der Belohnung gemeint habe. Als Alex Daniels Gesichtsausdruck sieht, schmunzelt er nur: „Ach, sie meint sooo eine Belohnung. Schön, dass sie es auch mir gesagt hat." Alex geht grinsend samt Schinken und den Gewürzen ins Haus zurück, während Daniel nachdenklich hinterhergeht.

Während Anastasia das Essen für Luise vorbereitet, entschuldigen sich die beiden bei Luise für ihr schlechtes Benehmen. Sie nimmt die Entschuldigung an und Jess lächelt Daniel liebevoll an.

Alle können mit Freude beobachten, wie Luise die zusätzliche Mahlzeit in vollen Zügen genießt. Damit ihr nicht alle beim Essen zuschauen, meint Sandra, ob sie sich nicht einmal die ganze Oase anschauen sollten. Bis auf Anastasia und Tanja stimmen alle zu.

Anastasia fragt Luise, ob sie noch einen dritten Nachschlag haben möchte. „Vielen Dank, aber bei einem weiteren Bissen platze ich. Es hat aber wirklich göttlich geschmeckt." – „Freut mich sehr zu hören", antwortet die Meisterköchin und stapelt die Töpfe. Wo kann ich abspülen?" Luise muss schmunzeln: „Müsst ihr nicht. Ich kenne einen Zauberspruch, der alles reinigen kann. Lasst die Töpfe stehen und ich zeige es euch." Sie stellt sich vor das Geschirr und spricht ein paar magische Worte. Tanja staunt nicht schlecht, als die Töpfe und Teller anfangen, hellrot zu leuchten. In kürzester Zeit blitzt und blinkt das komplette Geschirr. Sie nimmt einen Topf in die Hand und ist mehr als erstaunt: „Also so sauber kann ich das in der kurzen Zeit nicht abspülen. Kannst du mir diesen Zaubertrick beibringen?"

Luise grinst: „Naja, dazu bräuchten wir viel Zeit und Geduld, die wir jetzt wahrscheinlich nicht haben. Ich nehme an, ihr wollt bestimmt bald weiter. In der Dunkelheit ist es vielleicht am sichersten. Wollt ihr schon heute Nacht aufbrechen?" Bevor Tanja und Anastasia antworten können, kommen auch schon Alex und

Helene von ihrer kleinen Tour zurück. „Das ist eine gute Frage", meint Tanja. „Ich glaube, wir warten, bis alle da sind."

Solange, bis der Rest zurück ist, besprechen sie mit Luise, auf was sie achten müssen, wenn sie die Betrugsstadt aufsuchen. „Es wird sehr gefährlich, wenn jemand die Prinzessin erkennt. In vielen Städten und Bereichen ist es für Frauen äußerst gefährlich, sich frei zu bewegen. Hier sind die Frauen nicht viel wert; sie werden hauptsächlich für gefährliche Arbeiten eingespannt. Deswegen sind die meisten Frauen im Wald der Täuschung und..." Alex unterbricht sie: „Na das wäre doch für Flo das Beste gewesen. Im Wald der Täuschung hätte er sich bestimmt mehr als wohl gefühlt." Luise schüttelt entschlossen den Kopf: „Das glaube ich eher nicht, dass dieser Flo, den ihr gerade ansprecht, bei diesen Frauen so glücklich gewesen wäre. Sie lieben Männer über alles – und zwar tot auf dem Boden. Sie haben durch die Männer so viel Schreckliches erfahren."

„Na super", meint Alex. „Soll ich mich mit Daniel zusammen auf der Durchreise dann in der Kutsche verstecken, oder wie? Also darauf hab' ich echt keine Lust." Während sich Alex aufregt, kommen die anderen zurück. Zuerst einmal fällt ihnen Alex' Gesichtsausdruck auf. Daniel fragt, was los sei. Als Tanja erklärt, was Sache ist, fängt Sandra an zu lachen und klopft Alex auf die Schulter: „Tja – dann müssen wir dich eben etwas abändern, damit du als Frau durchgehst." Sie blickt zu Elke und Helene, die sich gerade was zu trinken einschenken. „Glaubst du wirklich, es gibt einen Zauberspruch für Geschlechtsumwandlungen?!?" Sandras Lachen ebbt immer mehr ab, während sie weiterhin zu den Zauberinnen hinüberblickt, die sich nun gegenseitig nachdenklich anschauen. Sandra zählt eins und eins zusammen und fragt: „Ihr wollt mir jetzt nicht wirklich sagen, dass es so einen Zauberspruch gibt, oder?" Helene trinkt einen Schluck und sagt: „Du wirst es kaum glauben, aber so einen Spruch gibt es tatsächlich. Es benötigt zwar sehr viel Kraft, aber wir würden es mit Sicherheit schaffen. Allerdings hält dieser Zauber nur wenige Stunden an. Er sollte deshalb mit viel Bedacht eingesetzt werden. Euch beiden Männer in eine Frau zu verwandeln ist kein Problem, aber, wenn wir Frauen uns alle in Männer verwandeln müssten, würde das viel zu viel Kraft benötigen." Helene trinkt ihren Krug aus. „Wenn wir wirklich durch Betrugsstadt müssen, wird es ziemlich gefährlich für uns."

Sandra verschränkt die Arme und sagt in rauem Tone: „Die Männer sollen nur wagen, mich blöd anzusprechen oder gar anzufassen. Wenn ich mit denen erstmal fertig bin, hilft dein Heilzauber auch nicht mehr." Alex versucht sie zu beruhigen: „Ganz ruhig, liebe Sandra. Ich schlage vor, wir machen es so wie damals in Scheckstadt: Nur Daniel und ich werden in die Stadt gehen. Wir sind schließlich die einzigen Männer und..." – Sandra unterbricht ihn, indem sie ihm ihre Hand vor den Mund hält und zu Elke blickt: „Du oder Helene – ihr könnt mich für ein paar Stunden zum Mann mutieren lassen, oder?" Elke antwortet, dass sie das hinbekommen sollten, aber die genaue Wirkungszeit nicht voraussagen könnten. Jetzt kommt auch Daniel zu Wort: „Also bis wir im Wald der Täuschungen angekommen sind, könnt ihr diesen Zauber bestimmt. Wir glauben an euch. Jetzt sollten wir aber noch etwas schlafen. Schließlich wollen wir ja heute Nacht aufbrechen." Alle pflichten Daniel bei und machen sich bettfertig.

In dieser Nacht haben sich René, Ingrid und zwei Wächter, die dienstfrei haben, auf ein Kartenspiel in der großen Halle im Erdgeschoss verabredet. Wer verliert, muss etwas zu Trinken und zu Essen holen. Dieses Mal verliert das Team Ingrid-René. Als René das Bier zapft, hören sie einen lauten Schrei und Metallgeräusche aus der Halle. René rennt mit samt den Bierkrügen in die Halle. Ingrid kommt mit einem Fleischklopfer hinterher. Sie sehen, wie sich die Wächter mithilfe zweier Kerzenleuchter gegen die drei bösen Schergen zur Wehr setzen. Ingrid entdeckt ihre Schwerter, die auf der Wendeltreppe liegen und ist erleichtert, dass die Gegner sie nicht gesehen haben. Plötzlich erblicken die Angreifer die beiden Unbewaffneten aus dem Trainingslager. Einer der Eindringlinge bewegt sich mit schnellen Schritten auf Ingrid zu. René überlegt, was er nun tun solle, um Ingrid zu schützen. Plötzlich hat er eine Idee. Er pfeift Richtung Ingrids Angreifer. Während sich dieser kurz umdreht, fliegen die beiden schweren Tonkrüge in dessen Richtung. Den ersten kann der Fiesling noch abwehren, aber der zweite knallt ihm mit voller Wucht an den Schädel. Als er ins Wanken kommt, hält Ingrid ihren großen Fleischklopfer fest in beiden Händen und schlägt auf ihn ein, bis ein Teil seines Gesichtes an ihrer *Waffe* hängenbleibt. Sie benötigt viel Kraft, um den Klopfer wieder aus seinem Antlitz herauszubekommen. Sie tritt den vermutlich Toten mit einem Fuß von der Waffe weg und sieht zu René. Sie denkt sich schmunzelnd, dass sich René bei dieser Aktion mit ihrer sonderbaren Waffe eigentlich kaputtlachen müsste, aber dafür hat er gerade keine Zeit. Einer der Wärter liegt bereits verletzt am Boden und versucht sich blutend zur Wehr zu setzen. Bevor er den Angriffen nichts mehr entgegensetzen kann, holt René sein Schwert und rennt grölend auf den Eindringling zu. Dieser lässt den Verletzten sofort am Boden liegen. Der Kampf gegen René beginnt.

Als die Haustür aufspringt, kommen zwei weitere bewaffnete Soldaten des Königs hereingeeilt. Die beiden übrigen Schergen lassen ihre Waffen fallen und versuchen durch den Hinterausgang zu fliehen. Ingrid wirft ihren Klopfer hinterher und trifft einen damit am Bein, der dadurch sofort auf die Erde fällt. Der andere verschwindet nach draußen.

René begibt sich zu dem schwer verletzten Soldaten und bittet darum, dass jemand schnellstmöglich Silvi zur Heilung herhole. Von einem anderen Wächter verlangt er einen großen Krug Wasser und einen Lappen. Er versucht bis zu Silvis Ankunft, die Wunde so gut es geht zu versorgen. Ingrid steht mit den anderen beiden Wächtern vor dem Eindringling und überlegt, was mit ihm nun geschehen solle.

Die zwei Soldaten nehmen den verletzten Schergen mit nach draußen. Ingrid fragt, was jetzt mit ihm geschehen werde. Einer der Wächter sagt schmunzelnd: „Keine Angst. Wir wissen, wohin er gehört.“

Als die drei draußen sind, überlegen Ingrid und René, warum die eine Wache so diabolisch geschmunzelt habe. Plötzlichen schauen sich die beiden erschrocken an und sagen gleichzeitig: „Sie werden doch nicht etwa...?“ Doch die eindeutige Antwort hören sie ein paar Sekunden später. Ingrid will nachschauen, aber René hält sie fest: „Lass' gut sein, Ingrid. Sie haben es bereits vollstreckt.“

Silvi ist bereits eingetroffen. Sie kniet sich neben den Verletzten und schaut sich ihn genau an. „Die Wunde ist tief, aber so wie es aussieht, hast du ihn gut versorgt. Ich gebe mein Bestes, aber ich kann nicht dafür garantieren, dass ich es schaffe. René klopft ihr sanft auf die Schulter und wünscht ihr viel Glück.

Ingrid sieht, wie sich Silvi konzentriert. Sie legt ihre Hände auf die Wunde und fängt an, einen Zauberspruch zu murmeln. Die Wunde leuchtet sehr kurz hellblau auf. Daraufhin blickt Silvi ziemlich verzweifelt drein. Der Wächter, René und Ingrid gehen schnell aus der Halle, damit sich Silvi besser konzentrieren kann.

Nach einiger Zeit kommt Silvi torkelnd und völlig kraftlos zu den Dreien in den Speisesaal. Ingrid hält sie fest. Der Wächter holt ihr sofort einen Stuhl. Silvi holt tief Luft und sagt völlig entkräftet: „Ich habe alle möglichen Heilkräfte, die ich in der kurzen Zeit gelernt habe, ausprobiert." Sie holt erneut tief Luft: „Der letzte Spruch hat zum Glück doch noch geholfen. Meines Erachtens wird er es überleben. Wir müssen ihn aber ganz vorsichtig behandeln. In ein paar Wochen sollte er wieder auf den Beinen sein." – „Du bleibst jetzt aber erstmal sitzen. Ich passe auf dich auf", meint Ingrid liebevoll und hält ihre Freundin fest, damit sie nicht vom Stuhl kippt.

René und der Wächter gehen zum verletzten Soldaten, welcher die beiden müde lächelnd ansieht: „Ich danke euch allen, besonders der Heilerin. Sie hat mir das Leben gerettet und ich stehe für ewig tief in ihrer Schuld." Sie helfen ihm vorsichtig auf einen Stuhl. Nach kurzer Zeit versucht er mit Renés Hilfe, vorsichtig aufzustehen. Jetzt nimmt ihn sein Kollege am Arm und geht mit ihm ganz vorsichtig nach draußen.

Als René und Ingrid alleine in der Halle sind, schnappen sich beide ein Bier und setzen sich auf die Wendeltreppe. „Vielleicht haben wir jetzt etwas Ruhe vor den Schergen. Ich hoffe nicht, dass sowas jetzt jeden Abend passiert. René nimmt einen großen Schluck aus dem Krug und meint: „Das Problem ist, dass einer von ihnen entkommen ist. Sie werden wieder und wieder versuchen, die Prinzessin zu entführen. Nächstes Mal werden vielleicht noch mehr Schergen kommen oder sie erfahren, davon dass..." – René dreht sich blitzschnell um. Bevor Ingrid etwas sagen kann, hält er ihr die Hand vor den Mund. „Still. Ich glaube, er ist wieder da." Beide bewaffnen sich im Handumdrehen mit ihren Schwertern und folgen den Geräuschen aus der Kelleretage, wo sich Gandulf aufhält.

Zur selben Zeit setzen die Gruppenmitglieder, die in der Oase der Wahrheit ihre Sachen gepackt haben, ihren Weg Richtung Betrugsstadt fort. Luise hat ihnen noch weitere Oasen der Wahrheit auf den Karten gezeigt und wünschte allen viel Glück und Erfolg. „Ich bin gespannt, was uns in dieser Betrugsstadt erwartet", meint Daniel. „Ich hoffe, sie macht ihrem Namen nicht alle Ehre und, dass man in den Städten relativ sicher ist." – „Wenn Du meinst, Daniel… Aber ich habe stets meine Axt bei mir. Wenn sie vor dieser Waffe keinen Respekt haben sollten, werden sie sie im Handumdrehen spüren lernen."

Im Morgengrauen erreichen sie ihr Ziel. Die Kutsche, die von Tanja gelenkt wird, wird langsamer und stoppt. Sie meint, dass sie jetzt besser alle hinter diesem kleinen Hügel bleiben sollten. Helene spürt bisher keine gute Seele aus der Stadt und stimmt deshalb der Idee zu. „Als Zahlungsmittel nehmen wir vielleicht die zwei zusätzlichen Pferde und die Goldstücke, die im Boden der Kutsche versteckt sind, mit." Sandra steigt ab und geht auf die beiden Zauberinnen zu. „Ihr wisst wirklich, wie dieser Zauber funktioniert? Ich will aber nicht wie ein Monster aussehen, sondern wie ein ganz normaler Mann." Die beiden kichern und Helene antwortet: „Keine Angst. Wir bekommen das schon hin, aber mehr als ein paar Stunden wird der Zauber nicht anhalten. Bitte beeilt euch in der Stadt." Die zwei Herren und Sandra geben ihr Wort. Helene geht zu Sandra und hält ihre Hand. Alle schauen gespannt zu, wie sie mit dem Zauber anfängt. Plötzlich können sie erkennen, dass

Sandra rötlich zu leuchten beginnt. Sandra sagt nur:
„Irgendwie fühlt es sich kalt an und..." – „Sei still! Sonst
kann ich mich nicht konzentrieren", wird sie von Helene
ermahnt.

Die rötliche Farbe wird noch intensiver; nach einem
grellen Blitzschlag ist Sandra von einer Rauchwolke
umhüllt. Nachdem sie sich die Augen gerieben haben,
sind alle sprachlos. „Meine Güte. DAS ist Sandra?!?" Die
Gruppe blickt erstaunt auf einen jungen Mann, wo
vorher Sandra stand. Sandra schaut erst auf ihre Hände,
ihre Beine und berührt dann ihren flachen Vorderbau.
„Es scheint wirklich funktioniert zu haben. Ich bin ein
Mann! Selbst meine Stimme klingt männlich. Habe ich
auch einen...?" Elke haut auf Sandras Finger, die sich
ihrer eigenen Hose nähern wollen und sagt lächelnd:
„Wenn ich einen Zauber durchführe, dann mache ich es
eigentlich schon richtig." Die männliche Sandra schaut
zu Tanja und Anastasia. „Klappt den Unterkiefer hoch.
Ich bin es: Sandra." Alex lacht laut auf: „Also folgende
zwei Dinge müssen wir sofort ändern: Zum einen
benötigst du andere Kleidung und zum anderen musst
Du einen Männernamen bekommen." Sandra denkt
nach, während Helene in der Kutsche nach passender
Kleidung sucht. Als sie die Ersatzkleidung von Daniel
anzieht, schnippt Jess mit den Fingern: „Wie wäre es mit
Sascha?"

Während sich Sandra ihre Männerhose anzieht, denkt sie über ihren neuen Namen nach und ist ebenfalls der Meinung, dass dieser gut passen würde. Anastasia wendet sich an die *drei* Männer: „Ihr solltet euch nun langsam auf die Socken machen. Sucht nach Läden oder Händlern, die Landkarten vom Gebiet südlich des Landes des Verderbens haben." – „Geht klar", antwortet Alex und schnappt sich die zwei erbeuteten Pferde.

René und Ingrid durchsuchen das komplette untere Gewölbe. Gandulfs Wachen teilen ihnen mit: „Wir haben zwar ein Geräusch gehört, aber wollten lieber weiterhin Gandulf beschützen und seine Tür bewachen." – „Aus welcher Richtung kam das Geräusch?", fragt René, der sein Schwert fest in der Hand hält. Beide Wachen zeigen nach links, in den Gang Richtung Speisekammer. „Vielleicht will er unsere Speisen vergiften", flüstert Ingrid. René denkt nach. „Was machen wir jetzt? Verstärkung holen oder zu zweit Richtung Speisekammer gehen und diese linke Bazille suchen?" Tanja grinst und nimmt ihr Schwert in die Hand: „Gehst du vor, René?"

„Zum Glück brennen ein paar Petroleumlampen im Keller", meint René. „So brauchen wir keine Angst haben, über liegende Fässer oder Kartoffelsäcke zu stolpern." Als sie in der Speisekammer ankommen, hören sie vom Ende der Kammer leise Schrittgeräusche. René macht Ingrid geräuschlos verständlich, dass sie den ersten Gang nehmen solle; er schleicht vorsichtig den zweiten entlang. Plötzlich erblickt René eine Gestalt, die sich an einem Wasserfass zu schaffen macht. Als er genauer hinschaut, sieht er, dass deren Bein stark blutet. *Er versucht wohl sitzend, die Wunde zu säubern*, denkt René und blickt zu Ingrid hinüber. Er streckt vier Finger in die Luft und zählt herunter. Als nur noch ein Finger zu sehen ist, rennen beide schreiend auf ihn los und überraschen ihn. Er ist so perplex, dass er weder aufstehen noch seine Waffe in die Hand nehmen kann. Ingrid kickt sein Schwert flugs weit weg und spricht: „Euer Plan, die Speisen zu vergiften, ist fehlgeschlagen. Steht auf!"

Der Besiegte schaut mit seinen finsteren Augen zu Tanja und steht ganz langsam auf. Bevor Ingrid reagieren kann, greift er blitzschnell in seine Hosentasche und schluckt irgendein Pulver. Nach wenigen Sekunden schäumt es gründlich aus seinem Mund und seine Augen verdrehen sich. Zudem zuckt er so stark, dass René und Ingrid lieber einen großen Schritt zurücktreten. Sie beobachten, wie er zusammenbricht und mit offenen Augen am Boden liegen bleibt. Ingrid schaut zu René: „Ich hole jemanden, der diese Sauerei wegräumt. Du bleibst lieber hier und schaust, ob er auch wirklich tot *bleibt*. Am Ende ist das nur ein Trick." René zeigt ihr den Vogel: „Bist du verrückt? Du hast ihn mit deinem Gerede dazu gebracht, dass er sich umbringt. ICH hole jemanden

und DU kannst dieses Elend am Boden betrachten."
Ingrid gibt sich geschlagen und bleibt vor Ort.

Angekommen in Betrugsstadt: Alex hält die Pferde
weiterhin fest an den Zügeln. Alle denken an Helenes
und Luises mahnende Worte: *Niemanden blöd
anstarren, wenig reden und keine Streitereien anzetteln.*
„Irgendwie scheint diese Stadt vom Glücksspiel besessen
zu sein: überall am Straßenrand viele Hütchen- und
Kartenspieler zu sehen…" Daniel zeigt ein leichtes
Lächeln und meint: „Da hätten wir Flo nicht mitnehmen
können. Entweder hätte er Glück gehabt oder wir wären
pleite." Plötzlich kommt ein Herr mit schwarzer Kluft
und Umhang auf ihn zu. „Woher habt ihr die beiden
Pferde? Wen habt ihr dafür umgebracht?" –
„Niemanden. Ich habe diese Zossen bei einem
Pferderennen hinter den Dünen gewonnen. Jetzt wollte
ich mal sehen, gegen was ich sie eintauschen kann." Die
dunkle Gestalt sieht sich die Pferde an. „Was wollt ihr
denn dafür haben? Waffen? Verpflegung? Eine schöne
Sklavin?" Alex denkt sich nur: *Ich weiß genau, was Flo
genommen hätte, aber das bringt uns in unserer Mission
nicht wirklich weiter.* Er entschuldigt sich und bespricht
sich mit Sandra und Daniel: „Der Mann scheint echtes
Interesse an den Zossen zu haben. Eigentlich können wir
froh sein, wenn wir sie so schnell es geht loswerden.
Was wollen wir dafür bekommen?" Die drei denken kurz
nach. Nachdem sie sich entschieden haben, geht Alex zu

ihm zurück. „Wenn ihr eine Landkarte auftreiben
könntet, die das Gebiet südlich dieses Landes bis hinter
den Wald der Täuschungen zeigt, wäre das ein
lohnenswerter Tausch für uns. Zusätzlich wären Kleidung
und viel Verpflegung nicht verkehrt. Was meint ihr
dazu?" Der Herr besinnt sich. Während er sich die Pferde
nochmals genauer anschaut, denkt Alex: *Hoffentlich
klappt es. Ich will nicht immerzu diese ekelhaften
Skorpione essen müssen.* Nach kurzer Zeit antwortet der
Mann: „Einverstanden. Wo sollen wir den Tausch
durchführen?" Alex schlägt vor, sich in ein paar Stunden
hinter der großen Düne zu treffen. Der Fremde nickt und
verschwindet in den Gassen. „Hoffentlich war das kein
Fehler. Irgendwie hab' ich ein ungutes Gefühl", sagt
Daniel. Sandra tätschelt ihm die Schulter: „Jetzt mach'
dir keine Sorgen, Daniel. Ich denke schon, dass alles gut
gehen wird. Bestimmt gibt es hier durchaus Schlimmeres
als diese Gestalt. Sollen wir trotzdem noch ein bisschen
durch die Stadt schlendern? Etwas Zeit bleibt uns ja
noch, bis ich mich zurückverwandle." Daniel zeigt nach
vorne: „Schaut mal. Da ist entweder ein kleiner
Schaukampf oder eine Schlägerei. Das können wir uns
doch mal genauer anschauen, oder?"

Als die drei auf dem großen und gut besuchten Platz
ankommen, erkennen sie, dass zwei Personen inmitten
eines gespannten Ringes stehen – ein Stab dient ihnen
als Waffe. Sie prügeln wild aufeinander ein. „Der etwas

Schmälere scheint nicht mehr lange durchzuhalten",
vermutet Sandra. Sie beobachtet, wie der Kräftigere
seinem Gegner mit voller Wucht etliche Zähne aus der
Visage schlägt. Durch den letzten Schlag spritzt das Blut
meterweit durch die Luft und trifft Daniels linken Schuh.
Als er ihn an Alex' Hosenbein abwischt, blickt ihn dieser
zornig an: „Was soll das, du Arsch?!" Urplötzlich herrscht
absolute Stille in der gesamten Arena – und alle schauen
auf Daniel, Alex und Sandra.

Der Sieger brüllt: „Wer hat das gesagt?!?" Sandra und
Daniel verhalten sich zwar völlig ruhig, aber diejenigen,
die neben Alex stehen, zeigen alle auf ihn. Der Sieger
schnappt sich kurzerhand den Stab des Besiegten. Er
spuckt Alex direkt vor die Füße und grölt: „Ein vorlautes
Mundwerk hast du ja! Mal sehen, ob ich es dir im Kampf
stopfen kann oder hat der Herr etwa Angst?" Alex
schaut erst auf die Spucke vor seinen Füßen und blickt
dann Richtung Sandra und Daniel. Sie flüstert: „Bist du
sicher, dass du gegen ihn antreten willst? Er ist sehr
kräftig gebaut und außerdem scheint er schon mehrere
besiegt zu haben. Sandra nickt in Richtung drei
schwerverletzter Personen, die schmerzerfüllt am Boden
liegen. Alex schluckt und denkt scharf nach. „Traut ihr
euch etwa nicht? Oder müsst ihr erst eure Mama oder
eure Geschwister fragen?!" Daniel schießt es durch den
Kopf: *Okay, DAS mit den Geschwistern hätte er nicht
sagen dürfen.* Er sieht, dass Alex an Silke denkt und

plötzlich Tränen in den Augen hat. Schlagartig ändert sich seine Stimmung: er verspürt bloße Wut und nimmt den Kampf fordernd an. Die Menge tobt. Daniel bekommt mit, wie in einer Ecke schon die verrücktesten Wetten abgeschlossen werden. „Sollen wir auf Alex wetten?", fragt Daniel Sandra. „Wenn er diesen Wahnsinn schon mitmacht, können wir doch eine kleine Wette abschließen, oder?" Sandra kann nur noch den Kopf schütteln: „Ihr seid beide bekloppt, aber ich hoffe sehr, dass du mit deiner Wette richtig liegst. Schließlich darf ich ihn bei einer Niederlage zu Helene tragen, die ihn dann wieder zusammenflickt." – „Das wird schon klappen", antwortet Daniel und geht in die Wett-Ecke. Kurze Zeit später hört Sandra ein lautes Lachen aus Richtung des Wettbüros. Als Daniel wieder neben ihr steht, macht Alex seinen Oberkörper frei. Er nimmt den Stab in die Hand – der Kampf beginnt.

In der Zwischenzeit hat Anastasia für ihre Freundinnen aus Langeweile ein leckeres Essen aus Kakteen und einigen Kräutern zusammengewerkelt. Die Prinzessin stochert in ihrem Essen herum und meint: „Ich hoffe, ihnen passiert nichts Schlimmes. So langsam mach' ich mir etwas Sorgen." Tanja hingegen genießt das Essen und lächelt ihr zu: „Du brauchst keine Angst um Daniel haben. Er zieht schon rechtzeitig den Kopf ein, wenn Gefahr droht. Außerdem kannst du doch bestimmt spüren, ob es ihm und den anderen gut geht, oder?" Jess lässt sofort ihre Gabel fallen. „Du hast recht, Tanja. Wieso bin ich nicht selbst darauf gekommen!?" Sie stellt das Essen zur Seite und konzentriert sich stark. Nach kurzer Zeit sagt sie, dass bei Daniel und Sandra alles ok sei. Anastasia sieht, wie sie plötzlich die Stirn runzelt und fragt gleich, was los sei. Jess steht unerwartet auf. „Ich sehe, dass Alex verletzt ist." Jetzt steht auch Elke auf. „Was sollen wir tun? Wir können doch nicht einfach hier rumsitzen und warten, bis auch die anderen verletzt oder gar getötet werden!" Elke zeigt Richtung Stadt und ruft voller Freude: „Wir müssen gar nichts tun! Da vorne kommen sie – alle bis auf Alex scheinen wohlauf zu sein."

Je näher das Dreiergespann kommt, desto lauter ist Alex' und Daniels Gelächter zu vernehmen. Die Damen erkennen schon von Weitem, dass Daniel ein kleines Ferkel an der Leine hält.

Als sie ankommen, begrüßen sie sich erst einmal alle herzlich und voller Freude. Alex muss sich gleich setzen und Daniel bindet das Ferkel an der Kutsche fest. Auf die Frage, warum sie das Schweinchen gekauft hätten, trällert Daniel: „Das soll euch Alex erzählen. Schließlich haben wir es ihm zu verdanken." Nachdem es sich auch Daniel und Sandra auf dem Boden bequem gemacht haben, bietet ihnen Anastasia etwas von ihrer Speise an. Elke bemerkt, dass Jess wohl eine Telepathie-Nachricht an Daniel gesendet hat, denn seine Lippen formen so etwas wie: *Danke, ich Dich auch* in ihre Richtung. Helene sieht sich in der Zwischenzeit die ganzen Prellungen, Schürfwunden und Alex' blutiges Bein an. Sie fragt ihn, was in Gottes Namen passiert sei und auch, wo das Ferkel herkomme. Er muss schon wieder lachen und nachdem ihm Elke ein Bier gebracht hat, fängt er an zu erzählen: „Ihr werdet es nicht glauben, aber es gab einen öffentlichen Kampf gegen jemanden namens Rellik. Dabei hab' ich mitgemacht – aber jetzt muss ich erstmal einen Schluck Bier trinken." Er setzt an, trinkt und spuckt es sofort wieder aus. „Das ist ja wärmer als Pisse! Elke – kannst du bitte diesen gottverdammten Krug samt Inhalt kühlen?" Elke lacht und entschuldigt sich. Sie schnappt den Krug und murmelt vor sich hin.

Nach wenigen Sekunden ist es abgekühlt und Alex trinkt es mit bester Laune in einem Zug aus. „Also der Kampf war wirklich klasse! Jeder hat einen Stab bekommen und der Kampf ging so lange, bis sich einer nicht mehr rühren konnte. Ich habe gemerkt, dass er mittels seiner Muskeln versucht hat, die pure Kraft einzusetzen. Er schlug oft mit voller Wucht wild um sich. Ich habe es oft geschafft, ihm gekonnt auszuweichen und spielte das Spiel lange mit." Er zeigt auf seine Blessuren und lächelt: „Nun ja, immer konnte ich offensichtlich nicht ausweichen, aber sein Gesicht wurde so rot wie getrocknetes Blut." Alex verlangt von Elke noch ein weiteres kühles Bier und nimmt gleich einen guten Schluck. Dann erzählt er munter weiter. „Nach langer Zeit merkte ich, dass er seine Kraft nicht perfekt eingeteilt hat und ich wusste sofort, was zu tun ist. Ich schlug mehrmals auf ihn ein. Zuerst auf seinen Schlagarm, dann auf den Rücken. Als er schreiend am Taumeln war und er seinen Stab vor lauter Schmerz nicht mehr halten konnte, gab ich ihm einen kräftigen Tritt in den Bauch. Er viel blutspuckend zu Boden und krümmte sich vor Schmerz."

Alex streckt sich triumphierend und meint stolz: „Der Preis war dieses Ferkel." Er sieht zu Anastasia: „Es gehört Dir – zumindest darfst du es bald mal liebevoll zubereiten." Anastasia nickt und wirft einen gehässigen Blick in Richtung des Tieres, das am liebsten ganz schnell weglaufen würde. Alex sagt zu Daniel: „Tja – man sollte sich niemals mit mir anlegen, wenn man etwas gegen meine Schwester sagt", und greift zu seinem Essen.

Während Alex genüsslich speist, kümmert sich Helene um seine Wunden. Elke geht auf Sandra zu und erinnert sie daran, dass der Verwandlungszauber nun jeden Moment seine Wirkung verlieren könne. „Danke für die Info, Elke, aber lass' mich noch kurz ausruhen oder glaubst du, dass der Zauber…" Zu weiteren Worten kommt sie nicht mehr. Plötzlich leuchtet sie hellgrün auf und nach wenigen Sekunden gibt es einen grellen Blitz um sie herum. Alle müssen sich schnell die Augen zuhalten.

Tanja und Anastasia öffnen ihre Augen als erste: Sie sehen Sandra in ein paar etwas zerfetzten Stoffstücken vor sich stehen – Daniels Ersatzkleidung. Anastasia schickt Sandra in die Kutsche, damit sie sich dort ungestört anziehen kann und Tanja erklärt den anderen, wo Sandra geblieben ist. Daniel sieht die Stofffetzen seiner Ersatzkleidung auf dem Boden liegen und hält ein Teil seines zerfetzten Hosenbeins hoch: „Was ist denn bitte mit meinen Klamotten passiert?" Helene grinst: „Tut mir leid, aber ich kann nur den menschlichen Körper heilen. Bei so einem *Unfall* hilft es nur, etwas Neues zu kaufen. Du kannst ja nochmal in die Stadt gehen. Wir haben doch etwas Gold..." – Daniel unterbricht sie und holt aus seiner Tasche einen kleinen Beutel mit lauter Goldstücken heraus. „Ich habe vor dem Kampf auf Alex getippt und deshalb viel gewonnen. Vielleicht hab' ich auch schon einen Händler gefunden, bei dem ich neue Klamotten kaufen kann." Er erzählt die Geschichte mit dem Mann, bei dem sie die zwei Pferde gegen Karte und Verpflegung eintauschen werden. „Er müsste eigentlich bald hier sein."

Kurze Zeit später springt Sandra zufrieden aus der Kutsche und meint, dass der Zauber viel zu kurz gewesen sei. „Es war einfach mal was ganz anderes. Irgendwann könnt ihr mich gerne mal wieder in einen Mann verwandeln." „Meine Kleidung bekommst du aber nicht mehr", protestiert Daniel. „Ich habe keine Lust, irgendwann nackt in den Kampf zu ziehen." Während sich die anderen vor Lachen nicht mehr halten können, sieht Tanja drei Personen, die mit einem großen Karren zielstrebig in ihre Richtung ziehen. „Schaut mal – da!", ruft sie. „Sind das die Herrschaften?" Alex bedankt sich bei Helene für Wundheilung und steht auf. „Ja, das scheinen sie zu sein. Mal sehen, ob sie alles bekommen haben, was wir wollen."

Kurze Zeit später stehen die drei Herren vor der Truppe und zeigen, was sie zum Tausch gegen die Pferde anbieten können. Tanja untersucht die Karten, während Anastasia und Helene die Verpflegung betrachten. Tanja merkt an, dass für die guten Pferde doch bestimmt noch ein paar Klamotten für sie drin seien.

„Also gut", brummt einer der Händler, „aber dann müsst ihr in die Stadt mitkommen. Wir sind ungern hier draußen." Tanja schaut zu Alex und Daniel, die schon am Aufstehen sind. Nachdem alle Vorräte umgeladen sind, folgen sie den Händlern zurück in die Stadt. Sandra will auch mit, aber Elke hält sie fest: „Tut mir leid, aber dieses Mal musst du hierbleiben. Außerdem kannst du uns beim Aufräumen helfen." Nörgelnd stimmt sie zu. Als sie ihren Teil verstaut hat, schaut sie zu dem kleinen

Ferkel. Sie zeigt dem verängstigten Tier ihren Streitkolben und sagt diabolisch: „Bald machst du hiermit Bekanntschaft, du arme kleine Sau.". In diesem Moment stellt sich Jess mit verschränkten Armen und finsterer Miene vor sie. „Darf ich fragen, was das für ein blödes Gerede vor dem armen Tierchen war?" – „Ach Jess, das war doch nur ein Scherz und außerdem geht es doch sowieso bald drauf und..." Jess zeigt bitterböse auf das kleine ängstliche Ferkelchen. „Wenn du dich nicht umgehend bei ihm entschuldigst, kann ich auch anders werden. Ich habe mehr Magie drauf, als du dir vorstellen kannst. Willst du sie spüren?" Sandra bekommt jetzt doch etwas mehr Respekt und geht mit rollenden Augen auf ihre Bitte ein. Sie entschuldigt sich in Jess' Anwesenheit bei ihm und streichelt es sogar kurz. Jess scheint damit zufrieden zu sein und klopft Sandra anerkennend auf die Schulter.

Nach einiger Zeit kommen Daniel und Alex zurück. Seltsamerweise ziehen sie eine kleine Karre hinter sich her, auf welche Kleidungsstücke gepackt sind. Auf die Frage hin, wieso sie so ein Wägelchen gekauft hätten, lächelt Alex und antwortet: „Den hab' ich von einem der besiegten Männer zu einem sehr günstigen Preis bekommen. Ich hoffe, das ist in Ordnung für euch." Die Gruppe muss schmunzeln und Helene erwidert:

„Natürlich geht das in Ordnung. Zum einen hast du das mit dem Verkauf der Pferde super gemacht und zum anderen hast du dich auf diesen gefährlichen Kampf eingelassen. Dadurch hat Daniel jede Menge Gold gewonnen. Eigentlich müssen wir uns herzlich bei euch bedanken und..." Alex hält seine Hand vor ihren Mund: „Ach, jetzt hör' auf. Wir sind einfach ein perfektes Team und jeder hat seine Stärken. Aber genug gequasselt. Wir sollten jetzt wirklich aufbrechen!" Nun springen alle mit großer Freude und beschwingt auf ihre Pferde. Jess nimmt das Schweinchen an die Leine und begibt sich mit Elke in die Kutsche. Die kleine Karre haben Tanja und Anastasia auf dem Kutschdach befestigt. Die Reise Richtung des Gebirges des Grauens kann weitergehen.

Zwei Tage später treffen sich René und Ingrid mit Silvi nahe des Prinzessinnen-Hauses zum Essen. Zur Sicherheit setzen sie sich in die hinterste Ecke der Kneipe. Nachdem die Bestellung aufgenommen worden ist, erzählt Silvi gleich von den wundersamsten Verletzungen, die sie in den letzten Tagen heilen durfte: „Ein Kind hat eine Münze hinter einem Zaun gesehen und wollte diese unbedingt mit lang ausgestrecktem Arm greifen. Doch plötzlich steckte sein Arm fest und zwei andere Kinder versuchten ihn herauszuziehen. Dann hörten sie ein lautes Knacken – der Arm war natürlich gebrochen." Silvi trinkt einen Schluck Bier und erzählt begeistert weiter: „Dann war da ein Mann, der meinte, er könne vor vielen Frauen protzen und ein großes Bierfass alleine anheben. Das Ende vom Lied war, dass die Damen ihn mit Rückenschmerzen auf einer Schubkarre zu mir bringen mussten. Männer sind sowas von bescheuert." Ingrid findet es ziemlich komisch und René bleibt einfach ganz neutral und freut sich auf sein Schnitzel. „Wir reden später weiter, jetzt hab' ich nämlich wirklich einen Bärenhunger", sagt Ingrid voller Vorfreude auf ihr Essen.

Während sich die drei mit ihrer Mahlzeit beschäftigen, erhalten sie eine telepathische Nachricht von Gandulf: *Ich glaube, die Schergen sind wieder da. Bitte beeilt euch und kommt so schnell es geht. Ich glaube, dieses Mal sind es eher Magier als Krieger. Dadurch können sie am Ende noch herausfinden, dass Jess nicht mehr da ist.* René flüstert geschockt, ob sie es auch gehört hätten, was Gandulf gerade eben mitgeteilt habe. „Ich habe es gehört", antwortet Ingrid sofort. „Aber Silvi nicht, oder?" Silvi schüttelt den Kopf. „Nein, tut mir leid. Ich höre nur das Gebrüll aus der Küche, mehr aber auch nicht. Was ist denn los?" René klärt sie kurzerhand auf. Da Ingrid so einen großen Hunger hat, nimmt sie nörgelnd das Schnitzel in die Hand, um es unterwegs zu verspeisen. Als sich beide von Silvi verabschieden wollen, steht sie auf. „Ich komm' natürlich mit. Gute Freunde halten doch immer zusammen", sagt sie und schnappt sich ihre warme Bratwurst.

Gandulf hat bereits mehrere Wachen angefordert. Erstaunlich schnell kommen noch weitere hinzu, die mit Säbeln bewaffnet sind. Die Soldaten vor Gandulfs Tür stoppen die Verstärkung: „Halt – wer seid ihr und woher kommt ihr?" – „Wir sind von einem Mann angefordert worden. Sollen wir nicht direkt zu ihm reingehen?" Die Wärter wissen darüber Bescheid, dass Gandulf Verstärkung angefordert hat. Als der erste die Tür öffnen möchte, fragt einer der Wärter: „Sagt mal, woher kommt ihr eigentlich? Ich habe euch noch nie gesehen." Der Soldat dreht sich um und sagt: „Wir haben gerade Urlaub und kommen aus Goldhausen. Dann haben wir den Auftrag erhalten, sofort herzukommen." Die Wärter vor der Halle haben uns natürlich gleich ins Haus gelassen und uns den Weg gezeigt." Die zwei Soldaten schauen sich nachdenklich an. „So eine Stadt gibt es doch überhaupt nicht. Außerdem nimmt kein Soldat seine Waffe in den Urlaub mit. Bleibt stehen und legt sofort die Waffen ab!"

Gandulf vernimmt lautes Geschrei und Metallgeklapper. Er überlegt, nach draußen zu gehen, aber nach wenigen Minuten herrscht schon wieder Stille. Er bleibt mit dem Rücken zur Tür sitzen und denkt sich, dass seine Wächter die Schurken schon erfolgreich besiegt hätten. Er zuckt mit den Schultern und konzentriert sich wieder auf seinen Zauber.

Als die Tür aufgeht, fragt Gandulf, ohne sich umzudrehen: „Habt ihr die Taugenichtse in die Flucht geschlagen oder liegen sie tot auf dem Boden?"

Als er jedoch einen fauchenden Atem hinter sich hört, dreht er sich blitzschnell um und erblickt eine düstere Gestalt mit einem bluttropfenden Säbel in der Hand. Er sieht, dass der Mörder eine blutende Wunde am Bein hat. Der Verletzte kann Gandulfs Angstschweiß sehen und hält seine Waffe so gut es geht in der Hand. Er geht langsam auf Gandulf zu: „Wirrr haben doch gedacht, dass die Prrrinzessin nicht mehrrr hierrr ist. Eurrre Magie war zwar nicht schlecht, aberrr gegen meine ist sie einfach zu schwach. Habt ihrrr noch einen letzten Wunsch, den ich euch sowieso nicht errrfüllen werrrde?"

Gandulf ist plötzlich wieder sehr gelassen und hält sich am Stuhl fest. „Also mein Wunsch wäre einfach, euch dabei zusehen zu können, wie ihr den Löffel abgebt. Ihr seid gerade so auf mich konzentriert, dass ihr sogar etwas vergessen habt."

„Ach ja? Und was soll das sein?! Wirrr haben alle auf dem Weg hierrrher getötet. Ihrrr habt keine Waffe und euerrr Zauberrr ist gegen meinen nutzlos. Was wollt ihrrr tun?" Auf Gandulfs Gesicht sieht man ein Schmunzeln: „Ich kann nichts gegen euch tun, aber SIE kann es!" Als sich der böse Zauberer überrascht umdreht, kommt Ingrids Schwert bereits mit voller

Wucht auf ihn zu und triff seinen Schädel. Als der Gegner auf dem Steinboden aufschlägt, spritzt das Blut direkt auf Gandulfs Robe. „Da sind wir ja gerade noch rechtzeitig gekommen", meint Ingrid erleichtert zu Gandulf, der kurz die blutgefleckte Robe betrachtet. Er blickt dankend zu seinen Rettern. René kniet bereits neben den beiden Soldaten und prüft, ob sie noch am Leben sind. Aber bedauerlicherweise kann er nur noch deren Tod feststellen. Gandulf spricht mit leiser Stimme: „Vielen Dank, ihr zwei. Ohne euch wäre ich jetzt mit Sicherheit auch nicht mehr am Leben. Meine treuen Soldaten haben ihr Leben zum Schutz meines geopfert. Ich werde sie heute Abend aus tiefster Dankbarkeit in meine Meditation miteinbeziehen." − „Dafür sind wir doch da, Gandulf", antwortet Ingrid. Ab sofort werden wir stets hier bei dir bleiben. Unsere kleine Heilerin ist übrigens bei den Soldaten am Hauseingang und prüft deren Verletzungen." Gandulf sieht noch ein letztes Mal zu seinen gefallenen Kriegern, senkt demütig sein Haupt und sagt, dass sie nun besser schnell zu Silvi gehen sollten. „Ich glaube nämlich nicht, dass es nur die beiden waren. Ich spürte noch einen Dritten im Bunde." René schnappt sich ein Schwert und sie eilen gemeinsam nach oben zu Silvi.

Die *Prinzessinnengruppe* hat bereits am späten Nachmittag den Giftbach erreicht. Anastasia denkt, dass dieser nicht so tief sei und will gemütlich durch das giftgrüne Nass traben, als Helene einen lauten Schrei ausstößt: „STOPP ANASTASIA!! KEINEN SCHRITT WEITER!!" Erschrocken hält sie an und fragt, was denn los sei. „Ich werde euch umgehend demonstrieren, was los ist", sagt Helene ernst und steigt aus der Kutsche. „Elke. Kannst du mir irgendetwas Fleischiges aus der Vorratskiste geben?" Sie reicht ihr eine Salami. Alle beobachten, wie Helene eine Schnur um die Wurst bindet und diese vorsichtig in den Bach tunkt. Plötzlich brodelt es just an dieser Stelle gewaltig. Kurz darauf hebt sie die Schnur aus dem Bach. Diese ist ganz geblieben – von der Salami jedoch fehlt jede Spur.

Helene sieht, wie allen der Mund vor lauter Staunen offen stehen bleibt. „Was ist denn das für ein Teufelszeug?", fragt Jess völlig erstaunt. „Damit kann man ja jedes Lebewesen vernichten." Helene schmeißt die Schnur in den Bach und steht wieder auf. „Das Zeug löst nur Fleisch auf; alles andere bleibt in seinem Originalzustand. Wir müssen unbedingt prüfen, wo es eine Möglichkeit zum Überqueren gibt." Tanja grübelt nach. „Warum füllt man das Zeug nicht einfach ab und übergießt seine Feinde damit?" – „Dieses Gebräu muss blöderweise immer in fließender Bewegung bleiben", antwortet Helene, „sonst verliert es innerhalb weniger Minuten seine Wirkung."

Sandra schnappt sich einen Ast und versucht damit herauszufinden, wie tief das Wasser ist. Nachdem er bereits fast komplett in der Brühe verschwunden ist, lässt sie ihn los. Der Ast treibt in gemütlichem Tempo davon. Sandra kratzt sich betrübt am Kopf: „Wir können auch nicht mit den Pferden springen. Das ist viel zu breit. Außerdem haben wir ein Problem mit der Kutsche." Tanja studiert die Karten und stellt fest, dass es in der Nähe so etwas wie eine Brücke geben muss. „Wenn wir Glück haben, befindet sich dort ein Übergang."

Anastasia fragt, ob sie nicht lieber eine große Pause machen und die Reise morgen früh fortsetzen sollten. „Gute Idee", sagt Alex. „Dann kann ich endlich mal pinkeln gehen", und springt vom Pferd. Er stellt sich an den Giftbach und zielt direkt in den Bach. „Du bist schuld daran, dass wir noch länger reiten müssen, du blöder Bach." Elke und Jess schütteln daraufhin nur den Kopf und helfen Anastasia mit den Töpfen und Pfannen, damit die Mahlzeit schnell zubereitet werden kann.

René kommt als Erster bei Silvi oben an. Sie ist gerade dabei, einem Soldaten auf die Beine zu helfen. Ingrid sieht, wie jemand ein großes Tuch über den Kopf der anderen Wache legt." Ich konnte leider nur einen der beiden Schwerverletzten retten", spricht Silvi mit glasigen Augen. „Wenn ich bloß mehr Zeit für den Heilzauber gehabt hätte! Ihr glaubt nicht, wie gemein sowas sein kann." Ingrid reicht ihr ein Tuch. Sie legt ihr beide Hände auf die Schultern und sagt leise zu ihr: „Vergiss eins nicht: Ohne Dich würde keiner von beiden mehr Leben. Du kannst wirklich stolz auf dich sein."

Als auch Gandulf endlich ankommt, erfährt er alle Neuigkeiten von René. Er schaut sowohl zum getöteten als auch zum geretteten Wächter und teilt Silvi per Telepathie seine tiefe Dankbarkeit mit. Sie lächelt und bedankt sich bei allen für die lieben Worte. Sie dreht sich zum Verletzten und teilt ihm mit, dass er nach Hause gehen könne. René bietet ihm seine Hilfe an und stützt ihn bis zur Kutsche. „Fahr bitte mit ihm mit und komm' danach wieder her", ruft Ingrid hinterher. Gandulf streicht über seinen Bart. „Der entflohene Zauberer wird mit Sicherheit schon außer Landes sein. In wenigen Tagen wird der Hexenmeister bestimmt schon über alles Bescheid wissen." – „Vielleicht geht Liehnu davon aus, dass sie ins Landesinnere geflohen ist oder so." Gandulf fängt an zu lachen: „Also so bescheuert ist er bestimmt nicht. Er weiß genau, dass sie ihren Vater zurückhaben will und dass sie alles dafür tut, ihn wieder in ihre Arme schließen zu können." Der Zauberer blickt gen Himmel. „Jetzt müssen wir nur hoffen, dass die anderen schon weit genug gekommen sind. Ich nehme an, wir werden jetzt von diesen Schurken verschont, aber aufpassen sollten wir trotzdem. Jetzt warten wir mal, bis René zurück ist und dann gehen wir endlich in aller Ruhe essen. Dieses Mal werden wir mit Sicherheit nicht gestört.

Die Gruppe hat sich dafür entschieden, in der Nacht zu Reiten. Der wolkenfreie Himmel und der strahlende Mond hilft ihnen dabei, entlang des Giftbaches reiten zu können. Auf einmal verlangsamt Tanja die Kutsche. „Da vorne ist etwas. Könnt ihr es sehen?" Sie blicken mit zugekniffenen Augen nach vorne und erkennen ein Licht. „Dort könnte die Brücke sein", meint Tanja. „Sollen wir es uns erstmal hier gemütlich machen und im Morgengrauen den Weg fortsetzen?" Jess und Daniel übernehmen wieder freiwillig die Nachtwache. Die anderen grinsen nur still in sich hinein.

Am nächsten Morgen werden alle durch den leckeren Duft von gebratenem Speck, den Jess und Daniel brutzeln, geweckt. Anastasia betrachtet interessiert deren Kochkünste. Als gute Köchin ist sie wirklich positiv überrascht. „Wenn ihr zwei so gut zusammen kochen könnt, werdet ihr bestimmt ein perfektes Paar." Obwohl die Sonne noch nicht ganz aufgegangen ist, können alle die Röte in Daniels Gesicht sehen. Zur Ablenkung fragt er schnell, wer was zum Frühstück möchte.

Tanja schaut, wo sich der Übergang befindet und fragt Helene, ob es ein Problem mit dem Überqueren geben könne. Helene kaut auf ihrem Stück Brot herum und schaut Richtung Brücke. „Ich weiß selbst nicht so genau.

Aus früheren Erzählungen kann ich nur sagen, dass es vielleicht ein paar Goldstücke kostet." Anastasia schwenkt die Pfanne mit dem Speck und lächelt: „Also ich bin ja zum ersten Mal bei so einer gefährlichen Reise dabei. Wenn sich mir wieder welche in dem Weg stellen, bekommen sie einfach meine gespickte Metallpfanne auf den Schädel. Beim letzten Kampf hat es ja auch geklappt." – „Vielleicht kann ich euch dieses Mal mit mehr Magie helfen", sagt Elke. „Wenn wieder so ein Magier dabei ist, der den Zauber blockiert, kann ich leider nicht viel tun." Sandra merkt, dass sich Elke etwas wertlos fühlt und boxt ihr mit der Faust leicht gegen den Oberarm: „Jetzt sag' sowas nicht, Elke. Du bist genauso wichtig wie wir alle. Du hast damals diesen schwarzen Magier in der Topasburg besiegt – das hätte niemand von uns geschafft. Darauf kannst du sehr stolz sein." Sandra zeigt auf jeden einzelnen aus der Gruppe: „JEDER, aber auch wirklich JEDER von uns hat seine Stärken! Also: Kopf hoch, liebe Elke!" „Dankeschön", haucht sie leise.

Nachdem sie alles eingepackt haben, geht es weiter Richtung Brücke. Währenddessen fällt Daniel ein: „Sollen wir Jess nicht lieber in einen Mann verzaubern? Nachher kontrollieren sie die Kutsche und das Versteckspiel muss scheitern." – „Gute Idee, aber leider ist diese Verwandlung bei einem Zauberer nicht möglich", antwortet Elke. „Wir müssen hoffen, dass wir ohne Probleme durchkommen. Sollen wir nicht besser überlegen, was wir im Notfall erwidern sollen?" Alle halten an. „Stimmt, Elke. Wem fällt was Geeignetes ein?"

Alex schnippt mit den Fingern: „Wie wäre es mit Bestechung? Mit Gold funktioniert es normalerweise immer. Außerdem hätten wir auch noch das Ferkel. Daraufhin ruft Jess aus dem Kutschwagen: „Bitte gebt es nicht her. Ich hab' es schon irgendwie ins Herz geschlossen." Sandra blickt auf ihren Streitkolben, der an ihrem Sattel hängt und denkt sich: *Oh man. Jetzt freundet sich die Prinzessin schon mit unserem Essen an. Die hat doch echt einen Knall.*

Als sie in der Mitte der langen Holzbrücke angekommen sind, entdecken sie vier bewaffnete Männer und eine kleine Hütte auf der anderen Seite des Baches. Die Brücke hat zwar kein Geländer, aber sie scheint stabil gebaut zu sein. Elke versucht herauszufinden, ob sich Personen im Gebäude befinden – aber die Magie scheint wieder geblockt zu werden. *Passt auf. Es ist wohl wieder ein Magier in der Gegend. Ich kann nicht herausfinden, wie viele sich innerhalb dieser Bude befinden.*

Alex, Daniel und Sandra reiten vor. Zwei Männer stoppen sie mit einem lautstarken: „HALT! Alle absteigen!" Die zwei auf der Brücke haben ihre Waffen gezückt und halten sie angriffsbereit. Alex steigt ab und hält einen kleinen Sack Gold in den Händen. „Ihr wollt doch bestimmt wissen, wer wir sind und wo wir hinwollen, oder? Können wir das nicht mit einem Säckchen Gold klären?" Einer der beiden nimmt den Beutel an sich und schaut sich dessen Inhalt an. Dann pfeift er Richtung Hütte. Alex und Daniel schauen sich fragend an. Nun geht die Tür auf und eine dunkle Gestalt, der den Schergen aus Jessicas Haus sehr ähnlichsieht, kommt auf sie zu. Er übergibt der Person den Beutel und sagt, sie solle das Gold auf Echtheit prüfen. Die Gestalt murmelt etwas vor sich hin. Der Beutel leuchtet für wenige Sekunden grell auf. Er gibt das Säckchen nickend seinem Kameraden zurück. Dieser geht zu Alex und klopft ihm lächelnd auf die Schulter: „Dann wünschen wir euch viel Spaß im Gebirge des Grauens."

Auf einmal spüren Jess, Elke und Helene die Magie des dunklen Zauberers. Sie rufen wie aus einem Munde: „Scheiße!"

„ALARRRM", brüllt der Magier. „Da ist die Prrrinzessin in derrrr Kutsche. Schnappt sie euch!" Die Gruppe kann sehen, wie drei weitere Männer mit Schwertern aus der kleinen Behausung stürmen. Alex, Daniel und Sandra reagieren schnell, ziehen ihre Waffen und stellen sich vor die Kutsche. Anastasia stellt entsetzt fest, dass sie ihre Waffe vergessen hat. Aber da steigt Helene zum

Glück schon samt Dolch und Bratpfanne aus dem Wagen. Jess spannt ihre Armbrust. Elke bleibt erst einmal sitzen und überlegt, was sie als Waffe benutzen könnte. Sie nimmt sich den kleinen Schild und die zwei Pfeile, die Tanja reparieren wollte und geht nach draußen. Elke sieht, wie sich der böse Zauberer in die Blockhütte zurückzieht.

Der Kampf auf der Brücke beginnt. Tanja stellt sich auf die Kutsche, um die Pfeile gegen die Widersacher besser ab feuern zu können. Alex ist gerade dabei, seinen Widersacher mit der Axt zu besiegen. Anastasia geht auf den kleinsten und wahrscheinlich schwächsten Widersacher zu und versucht, ihm sein Kurzschwert aus der Hand zu schlagen. Daniel und Alex kämpfen gemeinsam, indem sie sich nebeneinanderstellen und sich gegenseitig decken. „Die Gegner sind sehr widerstandsfähig", brüllt Alex, nachdem er den Schild des Angreifers in viele Stücke zerschlagen hat. Tanja hat bereits mehrere Pfeile durch die Körper der Widersacher gebohrt. Trotzdem stehen alle nach wenigen Sekunden wieder kampfbereit auf – als sei nichts gewesen. Sandra schlägt ihrem Widersacher mit dem Streitkolben den Schädel ein. „Zielt weiterhin ausschließlich auf den Kopf. Nur so können wir sie besiegen. Tanja und Jess: Stellt das Feuer lieber ein, bevor ihr uns trefft." Tanja sieht, wie einer ihrer Pfeile in Sandras Bein steckt und hört sofort mit dem Schießen auf. Die Prinzessin hält ihre

Armbrust weiterhin feuerbereit, aber hört ebenfalls auf Sandras Worte. Während die Schlacht auf Hochtouren läuft, bemerkt keiner, wie Elke um die Blockhütte schleicht.

Weiterhin klirren die Waffen. Doch langsam, aber sicher gewinnt das Team die Oberhand.

Nach dem Sieg springt Helene sofort zu Daniel, um die Heilung durchzuführen. „Fang' erstmal bei Sandra an, Helene. Meine Verletzung ist nicht so schlimm." Die Heilerin schaut auf seine blutende Wunde und fragt, ob er sich wirklich sicher sei. Jess kommt mit einem Tuch angerannt und bindet ihm kurzerhand das Bein ab. „Ich bleib' bei ihm. Kümmere dich bitte zuerst um Sandra." Währenddessen schaut sich Alex um und fragt: „Wo sind eigentlich Elke und der böse Zauberer?"

Tanja lässt ihren Bogen liegen und steigt von der Kutsche ab. In diesem Moment sieht die Bogenschützin, wie der Magier aus der Hütte kommt, sich auf die andere Seite der Brücke stellt und auflacht: „Harrr harrr harrr. Ihr Narren. Ihrrr werrrdet jetzt alle qualvoll sterrrben." Alex greift zur Axt und fragt sich, wie er es schaffen soll, alle gleichzeitig zu besiegen. Der Zauberer lacht erneut so düster, dass es jedem durch Mark und Bein geht. „Es ist ein Leichtes für mich, einen Teil der Brrrrücke für einen Moment verrrrschwinden zu lassen. Ich wünsche euch einen qualvollen Tod." Als der Zauberer die Arme hebt und mit dem Zauberspruch beginnen möchte, sagt Daniel zu Jess: „Ich liebe Dich" – und alle warten auf das schnelle Ende ihrer Reise.

Auf einmal rennt Elke auf den Zauberer zu. „Lass meine Freunde in Ruhe!", schreit sie. Der Zauberer dreht sich erschrocken um und sieht, wie Elke auf ihn zukommt. Sie schupst ihn direkt in den Giftbach. Allerdings kann er sich im letzten Moment an Elkes Ärmel festhalten und zieht sie mit in Richtung des Baches. Anastasia und Tanja spurten zu Elke, um sie vor ihrem sicheren Ende zu bewahren – doch zu spät: Beide stürzen von der Brücke. Während der Magier schreiend ins tödliche Gewässer fällt, kann sich Elke gerade noch mit einer Hand am Rande der Brücke festhalten. Sie merkt, dass die Kraft in ihrer Hand nachlässt und sagt mit einem letzten Lächeln: „Jetzt konnte ich euch doch noch helfen. Gleich werde ich bei Flo und Silke im Himmel sein." Anastasia wagt noch einen Hechtsprung in Richtung Elkes Hand – umsonst. Alle schließen die Augen.

Die Freunde bleiben wie angewurzelt stehen und wissen nicht ein noch aus. Es herrscht Totenstille.

Einige Zeit vergeht, bis sich Tanja traut, etwas zu sagen: „Elke, du bleibst immer in unserem Herzen. Wir werden dich niemals vergessen." Sie nimmt eines ihrer Zauberfläschchen und stellt es an den Ort des Geschehens. Trotz Daniels und Sandras

Beinverletzungen stehen beide mit Jess' und Helenes Hilfe auf und stellen sich mit allen gemeinsam tief trauernd um das Glasgefäß herum.

Während Ingrid und René am Trainieren sind, kommt Gandulf auf seinem Pferd angetrabt. Ingrid schmunzelt: „Will er jetzt etwa mit uns trainieren? Er muss sich ja nicht mehr auf den Illusionszauber von Jess konzentrieren." Der Zauberer steigt ab, nimmt einen Beutel mit und fragt: „Wollt ihr ein kleines Reaktionstraining haben? Ich hätte es euch gerne früher gezeigt, aber ich bin nicht mehr der Jüngste und deswegen leicht vergesslich." Er öffnet den Beutel, in dem sich viele faulige Beeren befinden. René schaut nachdenklich hinein: „Sollen wir die jetzt etwa essen?!? Ist das ein Magen-Training?" Der Zauberer lacht: „Nein, René. Wie ich schon sagte: Es ist ein Reaktionsspiel. Ich werde mithilfe der Magie die Beeren auf euch schleudern und ihr müsst natürlich versuchen, ihnen geschickt auszuweichen. Habt ihr Lust oder soll ich die anderen Soldaten fragen?" Ingrid schaut zu René und wie aus heiterem Himmel haben beide gleichzeitig dieselbe Idee. Ingrid geht zu den Soldaten und René sagt zu Gandulf: „Das Spiel gefällt uns. Ingrid fragt gerade die anderen, ob wir eine Art Turnier machen sollen. Wir organisieren weiße Kleidung und zählen zum Schluss die Treffer." Gandulf schmunzelt: „Dafür brauchen wir aber noch mehr Beeren. Diese hab' ich auf dem

Komposthaufen hinter dem Haus gefunden. Da sind noch viel mehr. Kann einer von euch noch welche holen?"

Ingrid kommt mit fünf Soldaten zurück, die gerne an diesem *Turnier* teilnehmen würden. Zwei erklären sich dazu bereit, eine Kiste verfaulter Beeren zu holen. Ein anderer kümmert sich um die weiße Kleidung.

Kurze Zeit später kommen sie zurück. Ingrid blickt in die Kiste und meint: „Also damit sieht man wirklich jeden einzelnen Treffer. Hoffentlich lass ich meinen Mund schön geschlossen." Die Soldaten lachen und alle ziehen sich die weiße Kleidung an. René hat aus dem Lagerraum eine Tafel und Kreide geholt. Damit wird jeder einzelne Treffer notiert. Gandulf erklärt die Regeln: „Also zuerst stellen sich alle hinter mich. Derjenige, der von mir aufgerufen wird, wird in einem schnellen Tempo mit jeweils 30 Beeren beschossen. Die anderen zählen die Treffer und notieren sie auf der Tafel." Er blickt in die Kiste: „Wenn es reicht, gibt es insgesamt drei Runden. Dann wird der Beerenkönig ermittelt und erhält von den anderen einen Preis seiner Wahl." Als sich alle bereitgemacht haben, flüstert René zu Ingrid: „Ich hab' Gandulf noch nie so gut gelaunt gesehen. Es freut mich sehr, ihn so zu erleben." Als er sich umdreht, kommt eine faulige Beere angeflogen und trifft ihn direkt zwischen die Beine. René zuckt zusammen und Gandulf lacht, wie er noch nie zuvor gelacht hat. Als er seine Freudentränen weggewischt hat, entschuldigt er sich bei René: „Tut mir leid, aber ich bin echt gut gelaunt. Vielleicht liegt es daran, dass ich nicht mehr in diesem muffigen Raum sitzen muss, um den Illusionszauber durchzuführen." Er stellt die Kiste euphorisch vor sich: „Dann lasst uns mal beginnen!"

Die Gruppe reitet stillschweigend Richtung Gebirge. Vor allem Daniel und Tanja können es immer noch nicht fassen, dass Elke tot ist. Sandra bricht das Schweigen: „Da vorne taucht schon das Gebirge des Grauens auf." Auch Daniel fasst all seinen Mut zusammen und schlägt vor, dass sie am besten noch vor dem Gebirge eine Rast machen sollten. Alle nicken einverstanden und erreichen noch vor Anbruch der Dunkelheit die Bergkette.

Tanja berichtet, dass sie in den Karten einen Pass gefunden habe, der sogar für die Kutsche geeignet sein könnte. „Das wäre natürlich praktisch, denn sonst hätten wir ein ziemlich großes Problem mit unserem vielen Gepäck", spricht Anastasia, während sie das Kochgeschirr für das Abendessen aus dem Karren holt. „Könnt ihr mir bitte eine Handvoll dieser gelben Blumen sowie ein paar schwarze Beeren bringen? Wie ich es in einem Buch gelesen habe, sollte diese Mischung nach langem kochen genießbar sein." Sandra dreht sich Richtung Ferkel, das brav auf Jess' Schoß liegt: „Wir können doch diese Sau als Vorkoster verwenden. Wenn das Viech blau anläuft und umkippt, nehmen wir lieber etwas aus unserer Vorratskiste." Als Jess abermals ihren bitterbösen Blick zeigt, streichelt Sandra schnell über den Kopf des kleinen Borstenviehs. „Das war ein Scherz, Jess. Du darfst gerne wieder lächeln." Dann schaut Sandra wieder ernst: „Aber wenn die Sau unsere Vorräte auffrisst, wird sie gebraten."

Nach dem Essen legen sich alle bis auf Alex und Tanja zum Schlafen. Auch Daniel bleibt noch ein bisschen wach und unterhält sich mit den beiden. Natürlich wollen sie von ihm wissen, ob er das auf der Brücke ernst gemeint habe. Daniel stochert mit einem Stock im Feuer herum, wodurch kleine Funken durch die Luft sprühen. „Ja, das ist wahr. Aber bisher hat sie mir noch keine Antwort darauf gegeben. Ich warte jetzt einfach ab."

Als ihn nun doch langsam die Müdigkeit überkommt, bittet er beide um absolutes Stillschweigen über das angesprochene Thema und legt sich nahe des Lagerfeuers zum Schlafen auf die Erde. In dem Moment, als er die Augen schließt, hört er eine leise Stimme in seinem Kopf, die nach Jess klingt: *Ich liebe Dich auch, Daniel. Ich bin froh, dass wir uns gefunden haben.*

Bei Sonnenaufgang werden alle von den beiden sanft geweckt. Tanja und Alex sagen nichts über das Gespräch mit Daniel. Selbst als Helene fragt, ob in der Nacht etwas

Erwähnenswertes gewesen sei, schweigen sie darüber. Jeder nimmt sich ausreichend zu essen und zu trinken. Als ihre Waffen sicher am jeweiligen Sattel befestigt sind, geht die Reise weiter.

Erst am späten Morgen werden René und Ingrid langsam wach. Durch manche Beeren, die durch ihr hohes Tempo den ein oder anderen blauen Fleck verursacht haben, war ihr Schlaf leider nur von kurzer Dauer. Auf Ingrids Frage hin, ob sie sich nicht lieber von Silvi heilen lassen sollten, blickt René auf die dunklen Flecken an seinem Oberschenkel und nickt eifrig. Direkt nach dem Frühstück gehen sie zu Silvi und bitten um ihre Heilkünste.

Sie fragen sich, ob sich das Team bereits in der Nähe des Hexenmeisters befinde. René ist optimistisch und meint, dass sie mit Sicherheit schon sehr nahe am Ziel seien. Silvi macht sich dennoch etwas Sorgen: „Ich hätte doch mitgehen sollen. Irgendwie habe ich ein schlechtes Gefühl." Ingrid nimmt ihre Hand: „Du vermisst dein Team, oder?" Sie nickt kurz, steht auf und geht zurück zu Jess' Haus. Als René etwas sagen möchte, flüstert Ingrid: „Lass' sie gehen. Ein Teil des Teams ist wie eine Familie für sie. Ich würde mir bestimmt auch große Sorgen machen, wenn du für längere Zeit nicht da wärst. In ein paar Stunden wird es ihr bestimmt besser gehen."

Tanja sitzt auf dem Karren neben Helene, die es auch mal mit dem Führen der Kutsche probieren möchte. Mit der Karte in der Hand kann sie ihr genau sagen, wohin es gehen soll. „Wir haben wirklich Glück, dass wir bisher so wenig Widerstand erfahren mussten", meint Jess. „Dann scheint Gandulfs Zauber weiterhin zu funktionieren."

Da die Straße für das hölzerne Gefährt nicht optimal ist, hat Helene das langsame Tempo gut im Griff. Tanja bewundert sie, wie sie die Pferde elegant um die Steine und Schlaglöcher geleitet. Anastasia findet es nicht wirklich schlimm, dass es so langsam vorwärts geht, aber Sandra und den Herren kann man eine gewisse Genervtheit und die einschläfernde Langeweile regelrecht ansehen. Daniel nimmt sein Schwert und schneidet nebenher die ausgetrockneten Sträucher am Straßenrand. Alex versucht, Elkes Pferd mit den Zügeln im Griff zu behalten. Sandra hofft nur, nicht einzuschlafen und Anastasia ist dabei, auf dem Pferd ein Kochbuch zu lesen.

Als sie an eine Weggabelung kommen, hält Helene das Gefährt an. Während Tanja nochmals überprüft, welcher Weg der bessere sei, legen die anderen eine Pinkelpause ein. Alex bindet das Pferd an den Kutschkarren. *Vielleicht geht es jetzt etwas schneller*, denkt er und will sich aus der Vorratskiste etwas zu Essen holen. Als er die Tür öffnet, kann er es kaum glauben: Jess und das

Ferkelchen schlafen tief und fest. Die Sau liegt allerdings unglücklicherweise auf der großen Vorratskiste. *Will die mich verarschen!?*, denkt er sich, und würde es am liebsten einfach rauswerfen. Als er versucht, es sanft zu heben, flüstert Jess streng: „Wehe, du tust Siggi etwas an." „Die Sau heißt Siggi?? Ist das dein Ernst?" Jess klopft ganz leicht auf ihren Schoß und Siggi springt sofort hoch. Alex wünscht Jess weiterhin schöne Träume und geht kopfschüttelnd zu seinem Ross.

Anastasia schaut in Alex' nachdenkliches Gesicht und fragt ihn, was los sei. Daraufhin nimmt er einen kleinen Stein und wirft ihn mit voller Wucht den Abhang hinunter. „Jetzt hat MEINE Sau, die ICH gewonnen habe, einen Namen von der Prinzessin bekommen. Soll ich nächstes Mal meinem Schnitzel einen Namen geben? Ich wollte das Vieh eigentlich essen und..." Als Anastasia das hört, fängt sie an zu prusten und muss so gewaltig lachen, dass ihr die Tränen kommen. Tanja und Helene haben nochmals genau die Karte studiert und werden sich einig. Tanja zeigt entschlossen auf den linken Weg: „Dieser scheint besser für die Kutsche zu sein. Wenn es nicht klappen sollte, müssen wir eben den kleinen Karren nehmen, den wir auf das Dach geschnallt haben." Sie reiten in einem gemächlichen Tempo los.

Silvi kommt nach wenigen Stunden wieder ins Heilzentrum. René und Ingrid, stehen auf und gehen auf sie zu. „Es ist alles ok, ihr zwei. Mir geht es wirklich gut und ich freue mich, hier helfen zu können." René freut sich sehr darüber. „Willst du mit deinen Patienten alleine sein oder sollen wir dir helfen?" Ingrid sieht Silvi an, dass sie ungerne allein bleiben will. „Ich hätte eine Idee, Silvi. Soll ich mich mit René abwechseln? Ich übernehme die erste Hälfte des Tages und René löst mich ab, wenn er mit seinem Training fertig ist." – „Wollt ihr nicht wieder zusammen ins Trainingslager nach Schotterhausen zurück? Schließlich wird der böse Zauberer bestimmt schon beim Hexenmeister sein oder es ihm irgendwie über Magie mitgeteilt haben, dass Jess nicht mehr hier ist." Ingrid denkt kurz nach und antwortet: „Die wissen doch nur, dass sie nicht mehr im Schloss ist. Vielleicht denken sie nur, dass sie woanders untergetaucht ist." Ingrid setzt sich. „Wir bleiben bei dir. Alleine sein, ist nicht schön." – „Ich mach' mich auf den Weg, um Gandulf zu holen", sagt René. „Dann können wir gemeinsam überlegen, wie wir weitermachen sollen."

Alex und Daniel steigen vor lauter Langeweile ab und gehen gemütlich neben den anderen her. Helene wendet sich an Tanja und fragt, ob sie nicht doch etwas schneller reiten sollten. „Achte einfach nicht auf Alex und Daniel. Erstens hast du zuvor noch nie eine Kutsche gelenkt und zweitens ist das in so einem Gebirge ganz schön schwierig. Übrigens bin ich wirklich sehr stolz auf dich. Du wirst in jeder Sekunde besser." Helene lächelt und versucht, das Tempo minimal zu erhöhen. Jetzt wird es den beiden wandernden Herren doch zu schnell und sie springen mürrisch auf die Pferde.

„Es wundert mich wirklich, dass hier so wenig los ist", meint Jess. „Ich kann mir nicht vorstellen, dass hier wirklich alles so verlassen ist." Kaum hat sie den Satz zu Ende gesprochen, spürt sie die Anwesenheit mehrerer Personen und fragt Helene per Telepathie, ob sie auch etwas bemerkt habe. Sie stoppt die Kutsche und vermittelt allen, dass sie ruhig bleiben sollen: *Dieses Mal erkenne ich fünf Personen mit Kurzschwertern, aber keinen Zauberer. Wie sieht es bei dir aus, Helene? Nein, Jess. Dieses Mal scheint es nur eine kleine Gruppe von Gaunern zu sein.* Tanja schnappt sich Pfeil und Bogen und lächelt: „Endlich kann ich meine Pfeile wieder nach Lust und Laune abschießen." Sandra blickt sehr nachdenklich. „Irgendwie gefällt mir das nicht. Wir sollten wirklich sehr vorsichtig sein. Diesem Land trau' ich nicht so ganz." Daraufhin schmunzelt Alex und streichelt seine Axt: „Ach, jetzt sei nicht so ängstlich. Wir konnten bisher jeden Gegner ausschalten und da wohl keine Magier dabei sind, sollte es kein Problem werden."
– „Passt aber trotzdem auf", warnt Helene. „Der Abgrund auf der linken Seite kann tödlich sein. Bleibt lieber weiter rechts." Alex und Daniel gehen voran und schauen sich gezielt um – nichts Verdächtiges zu sehen.

Doch seltsamerweise haben die Feinde weder Pferde noch Ausrüstung dabei. Als sie in Sichtweite sind, greifen drei der fünf Personen an. Stirnrunzelnd packt er seine Axt und schlägt dem ersten den Kopf ab. Daniel hat mit dem zweiten auch keine Probleme und setzt ihm einen Stich mitten ins Herz. Dem dritten kann Tanja mit einem gezielten Pfeilschuss in den Hals ein jähes Ende versetzen. Während der kurzen Metzelei haben sich die anderen beiden in Falken verwandelt und fliegen Richtung Süden. Jess hat es sogar in der Kutsche gespürt und springt mit ihrer Armbrust heraus. „Schieß die Vögel ab, Tanja. Sie dürfen nicht entkommen!" Tanja nimmt noch einen Pfeil aus ihrem Köcher und versucht mit Jess zusammen, die Falken zu erwischen. Dummerweise haben beide auf denselben gezielt. Während der eine von Jess getroffen wird und bei der Rückverwandlung auf dem Boden aufknallt, fliegt der andere davon.

Anastasia fragt Jess, was das gewesen sei. Jess seufzt und sagt mit einer Stimme des Misserfolges: „Die zwei Falken sind starke Zauberer des Hexenmeisters. Wir konnten ja selbst nicht erkennen, dass es Magier sind. Die drei Krieger waren nur Ablenkung. Sie haben sich bestimmt gedacht, dass ich unterwegs sei, aber jetzt wissen sie definitiv, dass ich dabei bin. So habe ich es mir nicht vorgestellt." Als Tanja von der Kutsche absteigt, um den Pfeil aus dem Getöteten zu ziehen, sieht sie, wie die Wut in Jess aufsteigt. Sie legt die Armbrust ab und geht auf den Kopf des Enthaupteten zu. Sie tritt ihn den Abhang hinunter. Als sie Richtung des zweiten geht, hält Tanja sie an der Schulter fest. Jess schupst sie zu Boden, nimmt einen großen Stein und geht weiter. „HÖR AUF JESS, ODER ES HAT SICH MIT UNS ERLEDIGT", brüllt Daniel in einem bitterbösen Ton und steigt ab: „BIST DU BESCHEUERT? SCHAU, WAS DU MIT TANJA GEMACHT HAST!" Jess lässt den Stein fallen und bleibt abrupt stehen. Sie dreht sich langsam zu Daniel und dann zu Tanja. Als sie ihre Schürfwunden sieht, lässt sie die Armbrust fallen und läuft tränenüberströmt zu Daniel. „Es tut mir so leid, Daniel. Bitte, bitte, bitte verzeih' mir. Es hat mich einfach überkommen." Daniel blickt zu den anderen, die leicht nicken. „Ich würde sagen, dass du erstmal zu Tanja gehst. Später reden wir nochmal, ok?" Sie wischt sich die Tränen weg und geht zu ihr. Sie entschuldigt sich für ihr absolutes Fehlverhalten. Während Helene Tanjas Heilung durchführt, nimmt sie die Entschuldigung an und sagt schmunzelnd: „Ich kann froh sein, dass du mich nur geschuppst hast. Du hättest mich ja auch den Abhang hinunterwerfen können. Dann hätte ich dem zerbersten Kopf Gesellschaft leisten können." Man merkt, dass Tanja nur sehr selten nachtragend ist. Als sich die beiden herzlich umarmen, klatscht die komplette Gruppe.

„Wir sollten langsam weiter", meint Tanja. „Vielleicht haben wir ja Glück und diese Gebirgskette ist wirklich nicht so groß. Laut Karte sollten wir an der nächsten Gabelung nach rechts abbiegen. So kommen wir am schnellsten vorwärts." – „Falls wir nicht wieder auf solche bekloppten Überraschungen treffen", grummelt Alex. „Ich will einen richtigen Kampf und nicht so eine Zauberscheiße haben." Helene blickt zu Alex: „Da wirst du aber nicht drum herumkommen. Viele seiner Anhänger sind leider Magier. Du musst versuchen, dass sich dein Geist gegen die schwarze Kunst wehrt." – „Das sagst du so leicht", antwortet er. „Du kennst dich ja mit diesem Müll aus. Ich muss harte Taten mit der Axt sprechen lassen."

Helene kann die Kutsche dank dem recht ebenen Weg etwas schneller bewegen. Als sie die Abzweigung erreichen, prüfen Tanja und Helene nochmals den Weg. Die zwei sind sich sicher, dass der rechte Pfad die bessere Wahl sei. Helene spürt, dass jemand mit einer guten Seele in der Gegend ist. „Hoffentlich ist es nicht wieder so ein Trick von diesem Blödmann, der Hartmut festhält." – „Nein, das glaube ich nicht, Anastasia. Eine gute Seele kann man bisher nicht verfälschen."

Die Weiterreise geht problemlos vonstatten. Nur manchmal müssen Alex, Sandra und Daniel ihre Muskelkraft einsetzen, um Hindernisse wie Geröll und Baumreste aus dem Weg zu räumen. Zum Dank reicht Jess ihnen einen Krug Bier, der mit Freude angenommen wird. Weiterhin spürt Helene die Anwesenheit eines möglichen Freundes in unmittelbarer Nähe und hält mit Ansage die Kutsche an. Tanja und die anderen schauen sich um: Auf der linken Seite befindet sich Felsgestein und auf der rechten ein Abhang mit trockenen Tannen. Anastasia steigt ab und fragt Helene, ob ihr Spürsinn durch die Sonne vielleicht etwas abbekommen habe. Sie streckt der Köchin die Zunge heraus und meint, dass es von der Felswand komme. Jetzt zeigt ihr die Köchin den Vogel: „Wo soll das denn bitte herkommen?" Sie sieht einen großen grünen Käfer, der am Boden umherkrabbelt. Sie zeigt mit Humor auf ihn: „Vielleicht ist es ja dieses Krabbeltier hier..." Plötzlich ist das Insekt nicht mehr zu sehen. „Was zum Kochtopf ist denn jetzt passiert?! Es ist verschwunden!" Jetzt steigen Alex und Helene ab, stellen sich vor die Steinwand und kratzen sich am Kopf. Alex bückt sich und schaut sich den Felsen genau an. „Hier ist keine Stelle, wo sich das Tier hätte hindurchzwängen können." Anastasia schiebt ihn vorsichtig mit ihrer Bratpfanne zur Seite: „Vielleicht ist etwas genau hinter diesem Spalt. Das ist doch ein guter Härtetest für meine Waffe." Alex geht lieber zwei Schritte zurück. Sie nimmt die Pfanne in beide Hände und holt Schwung – die Pfanne saust zur Wand. Doch es ist kein Aufprall zu hören, sondern nur Anastasias kurzer Aufschrei Sie verschwindet urplötzlich in der Felswand. Alle – bis auf Helene – verstehen die Welt nicht mehr.

Helene steigt von der Kutsche und stellt sich vor die Stelle, wo die Köchin verschwunden ist. „Das scheint wieder eine geeignete Stelle zu sein, wo sich Personen mit einer reinen Seele verstecken können. Dieses Mal ist sie für alle unsichtbar." Helene dreht sich um: „Wer kommt mit?" Daniel, Alex und Tanja erklären sich bereit, draußen zu bleiben. Siggi ist immer noch in der Kutsche und schläft weiterhin tief und fest.

Helene geht mutig voran und legt ihre Hand auf die Wand. Als diese darin verschwindet, nimmt sie all ihren Mut zusammen und tritt einen Schritt nach vorne. Auch sie verschwindet und alle tun es ihr nach.

Als Gandulf und René vor dem Heilzentrum stehen, können sie sehen, wie alle Geheilten mit einem Lächeln herauskommen. Gandulf kann auch ohne Magie spüren, dass jeder mit der Arbeit der Ersatzmagierin mehr als zufrieden ist. Ingrid wartet im Vorzimmer schon auf die beiden. Grinsend flüstert sie: „Schön, dass ihr da seid. Silvi heilt gerade den letzten Patienten. Er hat sich kochendes Wasser in den Schritt gekippt. Sie muss wohl selbst aufpassen, dass sie vor lauter Grinsen nicht den falschen Heilzauber verwendet.

Kurze Zeit später kommt der junge Mann freudestrahlend aus dem Behandlungszimmer. Als er an den dreien vorbeiläuft, müssen sie sich ziemlich anstrengen, nicht loszulachen. Nachdem Ingrid die

Eingangstür abgeschlossen hat, gehen sie zu Silvi, die sich vor Lachen nicht mehr halten kann. Nachdem sich alle wieder beruhigt und die Lachtränen aus den Augen gewischt haben, setzen sie sich in einen kleinen Stuhlkreis. „Wie es aussieht, wird der Hexenmeister Liehnu bald wissen, dass die Prinzessin nicht mehr hier ist", sagt Gandulf. „Deshalb würde ich wieder zurück nach Schotterhausen gehen. Wollt ihr mitkommen?" Ingrid sieht, wie Silvi auf diese Worte reagiert und schüttelt entschlossen den Kopf: „Nein, Gandulf. Ich werde hier bei Silvi bleiben und sie – so gut es geht – unterstützen. René kann gerne mitgehen, wenn er möchte." Er denkt nach: „Dann reite ich mit Gandulf nach Schotterhausen zurück, um Herbert im Trainingslager zu helfen. Zum Abschied können wir gerne ein gemeinsames Abendessen genießen."

Die Gruppe findet sich in einer großen Höhle wieder. Rundherum sind viele blaue Fackeln, die alles erhellen, angebracht. Am Ende des langen Ganges können sie eine blau gekleidete Person erkennen, der einen kristallbesetzten Stab in der Hand hält. Helene tritt einen Schritt vor, um sich selbst und die Mannschaft vorzustellen und ihr Ziel mitzuteilen. Der Zauberer mit dem Namen Phil denkt nach und meint: „Ihr seid wirklich auf den Weg zum Hexenmeister Liehnu, um den entführten König Topas zu befreien? Habt ihr euch da draußen schon mit den Zauberern angelegt?" Sandra lächelt: „Also bisher hatten wir es nur mit Waschlappen zu tun. Da sind ja die Soldaten aus König Topas Reich stärker." Phil schaut zu Sandra und schwingt seinen Stab – Sandra bekommt wie aus dem Nichts ihre Beine nicht mehr vom Boden weg. Kurze Zeit später kann sie ihre Beine wieder bewegen und sieht zu Phil, der ihr lächelnd zuwinkt. „Der Hexenmeister hat mehr gute Zauberer als gute Kämpfer. Deshalb müsst ihr wirklich aufpassen, bevor sie die Schwarze Magie einsetzen. Ich hoffe, ihr habt jemanden mit dem schwarzen Yin dabei."

Das Team zeigt lächelnd auf Jess. Etwas zerknirscht sagt sie zu Phil: „Ich habe in letzter Zeit nicht mehr viel mit der schwarzen Magie gearbeitet. Ich kenne zwar ein paar Magiekünste, aber gegen solche starken Zauber habe ich keine Chance." Phil schaut etwas überrascht. „Sonst habt ihr niemanden, der die schwarze Yin-Magie durchführen kann?!" Jess blickt traurig zu den anderen; jeder weiß, welche Geschichte nun kommen muss. „Du musst wissen, dass wir eine weitere schwarze Zauberin in unserer Gruppe hatten. Sie ist am Giftbach ums Leben gekommen. Sie ist dort mit einem bösen Zauberer zusammen in das tödliche Gewässer gestürzt. Damit hat sie sich für uns alle geopfert."

Für einen kurzen Moment herrscht erschütternde Stille im ganzen Raum. Anastasia fasst all ihren Mut zusammen und fragt, ob sie nicht ab und zu mal nach

Alex, Daniel und Tanja schauen sollten. Schließlich seien
sie da draußen schutzlos ausgeliefert. Sie fragt Phil:
„Kann man nicht versuchen, die Täuschung der Felswand
etwas zu vergrößern, damit alle geschützt sind?" Phil
schüttelt den Kopf. „Das ist unmöglich. Die Schergen
wissen genau, wie weit die Felsformationen aufgebaut
sind. Wenn sie sehen, dass sie sich plötzlich vergrößert
haben, wird unser Versteck sehr schnell gefunden."

Helene hat noch eine andere Idee: „Kannst du uns nicht
ein Stück begleiten und Jess noch etwas beibringen?"
Auch hier verneint Phil: „Ich muss hier in der Nähe
bleiben, sonst verschwindet leider der Felswandzauber."

Phil schaut zu Jess: „Ich schlage vor, dass du noch eine
Weile bei mir bleibst und ich dir zumindest einen
Magieblocker beibringe. Die anderen können sich
draußen im Wald der Täuschung verstecken. Dort gibt es
eine Höhle, die groß genug für alle ist. Selbst die Kutsche
hat darin Platz." Phil kramt eine Karte hervor. Er zeigt
auf eine Stelle hinter dem Gebirgspass. „Dort befindet
sich die Höhle. Wenn ihr bei der nächsten Kreuzung links
abbiegt, könnt ihr mithilfe der Karte zum Versteck
gelangen." Helene schaut sich alles ganz genau an:
„Kann ich bitte Tanja dazu hereinholen? Sie ist draußen
und kennt sich damit am besten aus. Ich will uns nicht
Richtung eines Abgrunds oder in eine Sackgasse führen."
Phil lacht auf und wartet auf Tanja. Kurze Zeit später ist

sie zur Stelle. Sie ist, wie alle anderen, von dieser Höhle sehr fasziniert. Nach einer kurzen Vorstellung lässt sie sich den Weg zur sicheren Höhle abseits der Berge auf der Karte zeigen. „Ich dachte nicht, dass dieses Gebirge so klein ist. Da haben wir ja schon mehr als die Hälfte geschafft! Ich habe wirklich schon Panik bekommen, dass wir unser ganzes Equipment auf die Pferde und auf unseren eigenen Rücken verladen müssen." Phil lächelt: „Nein, nein, Tanja. Wieso diese Gebirgskette jemals diesen furchteinflößenden Namen erhalten hat, verstehe ich auch nicht. Wahrscheinlich wäre der Hexenmeister mit einem anderen Namen nicht einverstanden gewesen und hätte die Namensgeber in den Giftbach geworfen." Sandra kratzt sich am Kopf und meint, dass sie unbedingt noch vor Einbruch der Dunkelheit bei der Höhle sein sollten. Der Zauberer blickt zu Jess: „Ich denke, das Zaubertraining wird lohnenswert für dich sein. Drei Tage sollten ausreichen. Das Pferd können wir hier in der Höhle lassen. Die Verunreinigungen beseitige ich dann einfach mit einem schnellen Zauberspruch." Sandra bietet dem Zauberer ein paar Köstlichkeiten aus der Kutsche an. „Es müsste auch noch etwas Bier im Fass sein. Ich nehme an, dass Alex damit einverstanden sein wird." – „Da sage ich natürlich nicht nein", antwortet Phil. „Dann seht ihr die Prinzessin in ein paar Tagen wieder. Bringt Jessicas Hab und Gut einfach in die Höhle. Wir kümmern uns dann um den Rest.

Während die anderen nach draußen gehen, flüstert Sandra Jess zu: „Du darfst Alex ruhig erzählen, dass ich sein restliches Bier Phil gegeben habe. Ich halt' mir aber lieber jetzt schon mal die Ohren zu." – „Ok, Sandra", kichert Jess. „Aber dafür darfst du dich um meinen Siggi kümmern. Ich kann dir nur sagen: Passiert ihm etwas, kann ich für nichts garantieren, was ich mit dir anstelle."

Gandulf kommt pünktlich zur Gaststätte. Er spürt, dass sich die drei bereits im Haus befinden und ein Bier vor sich stehen haben. Jetzt ärgert er sich, dass er seine Bestellung nicht schon per Telepathie durchgegeben hat. Als er die Tür öffnet, ruft ihm die Bedienung zu, dass sein Tee sofort bei ihm sei. Leicht verwirrt begrüßt er alle und setzt sich neben Ingrid. Er sieht zu Silvi und meint: „Du hast wirklich schon viel gelernt. Ich hätte nicht gedacht, dass ich so leicht zu durchschauen bin." Silvi blickt lächelnd zurück: „Um ehrlich zu sein, habe ich geraten, aber da du so gerne Tee trinkst… Was du essen möchtest, weiß ich aber leider nicht."

Als sie fertig gegessen haben, halten sich nur noch wenige Gäste im Wirtshaus auf. Ingrid dreht ihren leeren Bierkrug mit einer Hand im Kreis. „Ich werde euch sehr vermissen. Wir haben wirklich gute Arbeit zusammen geleistet! Vielleicht glaubt der Hexenmeister ja immer noch, dass sich Jess nach wie vor in ihrem Schloss befindet." Plötzlich schaut Gandulf René sehr nachdenklich an. René sieht, wie der Zauberer mit seinen Augen unauffällig einen einzelnen Gast fokussiert. Er beugt sich unmerklich nach vorne und flüstert: „Meint ihr, dass er...?" Gandulf nickt. Ingrid und Silvi schauen sich fragend an. René steht auf und rennt in Windeseile auf den Mann zu – doch schon zu spät: Er hat sich bereits in einen Falken verwandelt und fliegt aus dem offenen Fenster. „So eine Scheiße!", flucht René, „Ist das am Ende dieser Zauberer aus dem Haus?" – „Gut möglich", antwortet Gandulf, „Es könnte natürlich auch ein anderer sein. Jedenfalls wissen sie jetzt mit absoluter Sicherheit, dass Jess nicht mehr hier ist." René schlägt mit der Faust auf den Tisch, sodass die Krüge einen kleinen Tanz aufführen.

Ingrid schaut zu ihrem Trainingspartner und meint, dass man jetzt sowieso nichts mehr ändern könne. „Ingrid hat recht. Jetzt liegt alles in den Händen unserer Freunde", sagt Silvi. Gandulf schnappt sich seinen Mantel und meint: „Dann schlage ich vor, dass wir uns langsam auf den Weg machen. René, holst du jemanden, der uns mit der Kutsche nach Hause fährt? Ich hole noch meine Sachen aus Jess' Haus." Bevor sie sich trennen, gibt es erst einmal noch viele herzliche Umarmungen. Danach gehen Silvi und Ingrid zum Heilungszentrum, um dort zu übernachten. Silvi wünscht Ingrid eine gute Nacht und flüstert: „Hoffentlich kommen die beiden sicher in Schotterhausen an. Ich hoffe so sehr, dass all unsere Freunde gesund und munter zurückkommen. Ab sofort können wir nichts mehr für sie tun."

Das Team hat es dank Tanjas Hilfe geschafft, noch vor Einbruch der Dunkelheit die Höhle zu erreichen. Daniel schüttelt nur den Kopf und fragt sich, wie man als normal Sterblicher diesen Höhleneingang überhaupt finden könne. „Kartenlesen ist neben Pfeil und Bogen mein Fachgebiet", sagt Tanja stolz. „Ich finde immer den richtigen Weg, Anastasia kocht das gute Essen und du machst aus den Gegnern blutige Koteletts." Da vor dem Eingang sehr viele überaus große Büsche und Sträucher stehen, kann man die Kutsche dort gut verstecken. Selbst die Pferde haben vor der Grotte genug Platz, um sich bequem ausruhen zu können. Während sie die Höhle betreten, schaut Alex zu Anastasia. „Ich hoffe, dass du uns jetzt ein richtig gutes Essen zubereiten wirst. Ich werde jetzt erstmal das restliche Bier aus dem Fass lassen." Anastasia räuspert sich und versucht, ihm auf sanfte Weise zu erklären, dass das restliche Bier bei Phil geblieben sei. Zum Glück reagiert Sandra schnell und hält Alex den Mund zu. „Ganz ruhig, Alex. Wir haben noch Schnaps und Wein. Vielleicht finden wir bald mal wieder ein leckeres Bier für dich. Alex schiebt ihre Hand rasend schnell zur Seite: „Willst du mich verarschen?!? Wir konnten schon froh sein, dass wir von diesen Typen genug Verpflegung und Wasser bekommen haben. Dass es hier sowas wie Bier gibt, glaubst du ja wohl selbst nicht!" Helene kramt nebenher den Schnaps aus einer Kiste und überreicht ihn dem verärgerten Brummbären. Auf die Frage hin, ob er denn ein Glas haben wolle, streckt er nur seinen Mittelfinger in die Höhe und setzt direkt an. Daniel flüstert Anastasia zu: „Das wird noch eine lustige Reise. Mach' bitte schnell ein leckeres Essen für unseren Grummelkopf." Sie blickt nachdenklich zum selig schlafenden Ferkel hinüber. „Wir müssen wirklich gut auf die Sau aufpassen. Irgendwann dreht Alex durch und es ist um sie geschehen."

Während sich die Köchin um das Essen kümmert, schnappt sich Tanja eine Fackel aus dem Wagen und fragt in die Runde, wer mit ihr das Höhleninnere besichtigen möchte. Helene kommt gerne mit.

Sie stellen schnell fest, dass der Gang durch die Höhle länger als gedacht ist. Auf der rechten Seite tropft Wasser herunter und Pflanzen wachsen aus dem Felsen. „Diese Grotte nimmt wohl kein Ende", ahnt Tanja. „Zum Glück werden wir hier wohl nicht verdursten. Nach dem Essen schicken wir unsere kräftigen Männer hier herein. Dann können sie all unsere Gefäße mit Wasser füllen." – „Gute Idee! Lass' uns noch ein kleines Stück gehen. Tanja willigt ein. Aber als es immer steiler bergab geht, zieht sie Helene am Ärmel und meint, dass sie sich die

Höhle besser morgen in aller Ruhe gemeinsam anschauen sollten.

Die köstlich zubereitete Speise besteht aus frischen Beeren, Obst und einem erlegten Tier. Selbst Sandra scheint es zu munden. Daniel und Alex nehmen ihr Abendessen mit nach draußen, um Wache halten zu können. Auch in der Nacht beschützen die beiden Herren die Gruppe; sie werden jedoch sehr schnell müde. Durch Elkes Tod und durch die Abwesenheit von Jess kann leider niemand den Zauber der Kraftübertragung, der beide ohne Probleme wach halten würde, ausüben. Sandra und Anastasia lösen die schläfrigen Männer ab. Dankend nehmen sie das Angebot an.

3 Tage vergehen

Am frühen Morgen sitzt Tanja vor dem Versteck und hält Wache. Auf einmal sieht sie, wie sich etwas bei den Büschen bewegt. Sie nimmt Flos Dolch in die Hand und wirft einen Stein in die Höhle, damit die Gruppe aufmerksam wird. Sandra und Anastasia schnappen sich sofort ihre Waffen und schleichen zu Tanja: „Was ist los?" Sandra flüstert: „Da vorne scheint jemand zu sein!" Auf einmal kommt Helene aus der Höhle gerannt und ruft fröhlich: „Hier sind wir!" Die drei Damen schauen sie entsetzt an und wollen ihr den Mund zuhalten. Wie aus dem Nichts steht auf einmal Jess vor ihnen. Mit guter

Laune sagt sie: „Endlich habe ich euch gefunden. Auch wenn es nur wenige Tage gewesen sind: Ich habe euch wirklich sehr vermisst!" Mit Tränen in den Augen drückt sie jeden und gibt allen ein liebevolles Bussi. Jess umarmt Daniel und flüstert verführerisch: „Wir sehen uns gleich in der Kutsche.". Da Helene die Worte gehört hat, schmunzelt sie und sagt zu den anderen, dass sie nun alle zusammen zu den Pferden müssten. Dabei zwinkert sie jedem zu, damit sie es verstehen. Alex schüttelt lächelnd den Kopf und winkt die Gruppe zu sich: „Kommt, Mädels. Wir haben noch viel zu tun mit den Zossen. Ich nehme mal lieber das Schwein mit. Schließlich will es bestimmt an die frische Luft."

Als Jess und Daniel nach einiger Zeit zu den anderen kommen, meint Tanja, dass sie sich so langsam fertig machen sollten. „Du hast recht", sagt Jess. „Ich hoffe wirklich, dass wir es ohne Kampf in den Wald der Täuschung schaffen." Sandra unterbricht sie: „Tut mir leid Jess, aber wir dürfen die Verwandlung von Daniel und Alex auf keinen Fall vergessen. Wir haben schon oft genug gehört, dass die Frauen dort Männer auf den Tod nicht ausstehen können." Tanja schmunzelt und meint, dass die Namen Daniela und Alexandra ideal wären. Die zwei Herren überlegen, ob sie ihr den Mittelfinger zeigen sollen, akzeptieren es dann aber doch zähneknirschend. „Es dauert sowieso noch ein bisschen. Außerdem hat uns Jess wegen der Flirterei in der Kutsche noch gar nicht erzählen können, was sie in der Zwischenzeit so alles an Zauberei gelernt hat. Sie kratzt sich am Hinterkopf: „Also den Blockaden-Zauber habe ich – so gut es geht – gelernt. Bei leichter bis mittelschwerer Magie sollte ich in der Lage sein, den Zauber abzuwehren. Phil meint sogar, dass wir Glück haben und bei den Damen im Wald noch mehr dazu lernen könnten – falls sie uns mögen." – „Na klasse!", nörgelt Alex, „Ich dachte, sie mögen nur Frauen. Das kann ja heiter werden."

Sandra klopft ihm auf die Schulter: „Ganz ruhig, Alex. Helene wird euch rechtzeitig in eine Frau verwandeln." Nachdenklich dreht sie sich zu Helene: „Wie lange hält dieser Zauber nochmal an?" – „Da Elke nicht mehr da ist, werde ich es höchstens schaffen, euch zwei Stunden zu verwandeln." Jetzt meldet sich Tanja zu Wort: „Vielleicht können wir die Frauen ja davon überzeugen, dass ihr zwei ganz nette Männer seid. Oder wir haben Glück, wenn wir von unserer Mission erzählen. Jetzt sollten wir aber wirklich aufbrechen, bevor irgendwelche Späher herausbekommen, wo wir sind."

Während des Ritts ruft Tanja der Köchin zu: „Anastasia, wozu brauchst du eigentlich diese giftigen Kräuter, die du aus der Höhle mitgenommen hast? Ich dachte, die seien für jedermann absolut tödlich." Gelassen sagt sie: „Vielleicht helfen sie uns mal aus der Patsche. Also nochmal der Appell an alle: Finger weg von dem kleinen rot getönten Glas!"

Am späten Nachmittag erspähen sie den geheimnisvollen Wald, dessen Größe unendlich erscheint. Als Helene die Zügel der Kutsche anzieht, blicken alle fragend zu Tanja. Sie lässt sich die Karte geben und grübelt lange nach. „Es tut mir wirklich leid, aber ich kann beim besten Willen nicht sagen, wie wir hier durchkommen sollen. Auf der Karte steht auch eine Warnung: *Wer nicht von uns begleitet wird, kommt nicht lebend aus dem Wald. Die Wölfe werden sich über Euer Fleisch freuen.*"

Sandra streichelt ihren Streitkolben. „Es ist doch nur ein Wald. Wir gehen einfach geradeaus durch und fertig. Tanja: Du hast doch deinen Kompass. Dann sollte es doch wirklich kein Problem werden. Wer bitte hat vor so einer lächerlichen Warnung Angst!?" Jess steigt aus der Kutsche. „Unterschätze die Magie dieses Waldes nicht, Sandra. Ich spüre von weitem schon einen großen Blockaden-Zauber, den selbst ich nicht durchschauen kann. Phil hat mich auch schon vor dem Durchqueren gewarnt!" Sie schaut auf die Kutsche: „Die große Kutsche wird uns leider nicht mehr begleiten können. Die kleine Karre können wir aber noch nutzen. Das restliche Gepäck müssen wir aufteilen.

Nachdem sich alle dafür entschieden haben, vor dem Wald zu übernachten, möchten sich Jess und Daniel dazu bereit erklären, die Nachtwache zu übernehmen. „Das haben wir uns schon gedacht, aber leider kannst du dir den Kraftübertragungszauber für die Nacht nicht selbst geben", grinst Alex. „Ich werde mit deinem Lover zusammen das Lager bewachen. Die Kraft dafür kann mir Sandra liefern und für Daniel stellt sich bestimmt auch jemand zur Verfügung."

Als die Prozedur erledigt ist, ist es bereits Nacht und alle suchen sich einen Platz auf dem kargen Boden.

Am nächsten Morgen wird die kleine Karre mit einem Teil des Inventars vollgepackt. Der Rest kommt auf die Pferde und alle gehen zu Fuß. Während sie sich zwischen den Bäumen hindurchschlängeln, riechen sie das üppige Moos und das Harz der Bäume. Das kleine Ferkel, das Jess an der Leine führt, quiekt fröhlich im Takt der klappernden Töpfe und Pfannen. Sandras Gesicht nimmt so langsam zornige Züge an: „Also durch dieses Geklapper hört uns ja jeder schon von Weitem! Am liebsten würde ich das ganze Geschirr in den nächsten Bach werfen." Anastasia stellt sich schnell neben die Karre. „Ganz ruhig, Sandra. Ich habe eine Idee. Ich stecke ganz viel Moos zwischen das Kochgeschirr und schon wird es viel leiser werden." Sandra hilft der Köchin bei der Umsetzung ihrer Idee. Als sie damit fertig sind, gehen die Freunde mit leiseren Schritten weiter. Sandra hört immer noch einen Topf, dessen kaputter Henkel klappert. „Tut mir leid, Anastasia, aber der muss weg." Sandra greift den Topf und schmeißt ihn auf die nahegelegene kleine Lichtung. Anastasia wirft ihm noch einen letzten wehmütigen Blick zu, bevor er nicht mehr zu sehen ist.

Nach einiger Zeit braucht die Gruppe eine kurze Pause. Tanja zeigt nach vorne: „Dort ist eine kleine Lichtung. Da können wir uns kurz ausruhen." Alle sind einverstanden und freuen sich auf eine kleine Mahlzeit. Als Tanja die Lichtung erreicht, erstarrt sie: Sie sieht Anastasias glänzenden Topf, den Sandra vor einiger Zeit auf die Lichtung geworfen hatte. Alle fragen sich überrascht, wie das passieren konnte. Tanja grübelt und meint, dass sie vielleicht im Kreis gelaufen seien. „Das ist unmöglich", sagt Jess, die Siggi unter dem Arm trägt. „Wir sind doch immer – so gut es ging – geradeaus gegangen." Daraufhin setzt sich Alex auf einen Baumstumpf und grummelt nachdenklich: „Das kann doch nicht sein. Wir sind immer geradeaus gegangen und trotzdem wieder bei diesem blöden Topf angekommen." Er steht auf und ritzt seine Initialen in den Baumstumpf. „Kommt, Leute", sagt Alex, „ich will ganz sicher gehen, ob dies derselbe Topf ist. Lasst uns weitergehen. Bestimmt kommen wir dann endlich aus diesem verrückten Wald heraus!"

Einige Zeit später meint Alex erleichtert, dass sie es jetzt doch geschafft hätten. „Seht ihr?", sagt er triumphierend, „Da vorne sehe ich keinen blöden Topf von uns. Wir sind endlich weitergekommen!" Während Alex jubelnd weitergeht, wird er plötzlich von Daniel gestoppt. „Was hast du denn, Daniel? Dieses Mal sind wir nicht im Kreis gegangen." Daniel hustet und zeigt in Richtung eines Busches, neben welchem etwas Silbernes glänzt. Alex schaut sofort nach und hebt einen Topf, dessen Henkel kaputt ist, auf. Er wirft ihn gleich wieder zur Seite, blickt auf den Baumstumpf und kann es kaum fassen: Dort sind seine Initialen exakt so eingraviert, wie er es gerade eben getan hat.

Auch Tanja ist ratlos. „Ich glaube, dieser Satz auf der Karte behält recht. Wir müssen von den Frauen aus dem Wald geführt werden. Aber wie und wo sollen wir sie finden?"

Da in diesem dichten Wald die Dunkelheit früher als draußen eintritt, beschließen alle, vor dem Schlaf noch etwas zu essen. Jeder nimmt sich eine Kleinigkeit von den langsam ausgehenden Vorräten. Alle – bis auf Tanja und Sandra – legen sich auf das schöne weiche Moos und schlafen schnell ein.

Mitten in der Nacht fängt Siggi an zu quieken. Tanja löst die Leine von Jessis Hand, damit sie nicht von ihm geweckt wird. Als sie lächelnd den Schweinerüssel anstupst, quiekt es vor Freude und springt auf ihren Schoß. Sandra sieht durch das kleine Lagerfeuer, wie sich Siggi auf den Rücken dreht und sich am Bauch kraulen lässt. Sandra schüttelt nur den Kopf und geht langsam um das Lager herum, um ihre Beine zu vertreten.

Als die Sonne langsam durch die Äste schaut, springt Siggi von Tanjas Schoß und rennt glücklich auf Jess zu. Er springt sie mit einem Lächeln an – so etwas hat bisher bestimmt noch niemand bei einem Schwein gesehen. Die Prinzessin schaut zu Tanja, die sie achselzuckend anschaut. „Siggi wollte einfach gekrault werden… Selbst vor Sandra hatte er heute Nacht keine Angst. Vielleicht mögen sie sich jetzt doch…" Als Anastasia das hört, muss sie schnell die Hand vor ihr grinsendes Gesicht halten. Sandra geht zur Köchin und flüstert ihr ins Ohr: „Soll ich dem Schwein mal erzählen, wie viele seiner Artgenossen dank dir auf grausame Weise ihr Leben lassen mussten?"

„Ach, jetzt hört doch auf", sagt Helene. Wir sollten lieber überlegen, wie wir durch diesen verfickten Wald kommen. Ich habe keine Lust, in diesem Dreck zu enden." Tanja und Daniel schauen sich überrascht an und fragen sich, seit wann sie diese derbe Ausdrucksweise habe. Sie werden in ihrem Gedankenspiel gestört, als Sandra mit ihrem Streitkolben versucht, mit unerklärlicher Wut ein unschuldiges Eichhörnchen zu erwischen. „Jetzt bleibt

bitte alle mal ganz ruhig", mahnt Jess. „Wir wollen alle
heil aus diesem Wald herauskommen, aber ich muss
zugeben, dass ich selbst keine Ahnung habe, wie wir das
schaffen sollen.

Jess sieht, wie auch Siggi bemerkt, dass sich alle
Gedanken machen. Er springt von ihrem Arm und zieht
sie mit der Leine heftig und zielsicher nach rechts.
Anastasia meint, dass es vielleicht ein Trüffelschwein sei.
„Halte es bloß gut fest, Jess. Trüffel wären für das
nächste Essen nämlich perfekt." Da es keiner besser
weiß, folgen alle schweigend dem Schwein.

Nach einiger Zeit meint Sandra zu Alex: „Was hast du nur
für ein beklopptes Schwein gewonnen?! Wir als Krieger
gehen mit Pferd und Karren der Sau nach. Das dürfen
wir niemandem erzählen. Sonst ist eine ewige Blamage
vorprogrammiert." Sandra sieht zu ihrem Streitkolben
und seufzt: „Ich hätte doch einfach draufhauen sollen
und sagen, es wollte mich angreifen." Jess hat Sandra
zwar genau verstanden, aber ignoriert es einfach und
folgt gespannt dem grunzenden Siggi.

Zum ersten Mal sehen sie einen Bach mit frischem
klarem Wasser vor sich plätschern. Natürlich machen
alle sofort Halt und füllen das große Fass. Jess hebt das
Schweinchen hoch: „Braver Siggi. Das hast du wirklich
gut gemacht." Während sie die Sau herunterlässt, schaut
sie zu Sandra: „Und du wolltest ihn wirklich mit deiner

Waffe..." So langsam bekommt Sandra ein schlechtes Gewissen und entschuldigt sich bei den beiden. Als das Fass gefüllt ist, nimmt Sandra die Leine von Siggi. Alle folgen der fröhlich quiekenden Sau immer tiefer in den Wald.

Der Kriegergruppe fällt auf, dass sie bisher nicht noch einmal an der Lichtung mit dem silbernen Topf vorbeigekommen sind. Tanja blickt zur Sau hinunter, die weiterhin vergnügt den Weg zeigt. „Kann es irgendwie sein, dass das Schwein den Weg durch den Wald kennt?" – „Du hast Recht", sagt Jess. „Aber woher weiß es...?" In diesem Moment fängt das Ferkel an, wie wild an der Leine zu ziehen. Da Sandra überhaupt nicht damit gerechnet hat, lässt sie es aus Versehen los. Siggi rennt samt der Leine geradeaus weiter. Jess eilt hinterher und ruft ihm nach, dass er sofort stehenbleiben solle. Als die Prinzessin einen hohen Strauch auf die Seite drückt, bleibt sie abrupt mit offenem Mund stehen. Ebenso ergeht es den anderen.

Vor ihnen liegt ein offenes Feld, auf welchem viele Holz- und Strohhütten stehen. Im Zentrum der Häuser befindet sich eine Feuerstelle mit vielen Kochutensilien. Anastasia ist natürlich gleich begeistert. Ein paar Frauen sehen zuerst einmal nur Jess und Sandra – aber dann auch Daniel und Alex. Sofort schlagen sie Alarm. Etwa 15 Frauen bewaffnen sich in Windeseile mit Speer, Schwert und Bogen und umzingeln innerhalb kürzester Zeit das gesamte Team.

Eine Frau mit Schwert tritt nach vorne und sieht die ganze Gruppe erbost an. Siggi hat sich hinter Jess' Beinen versteckt und zittert am ganzen Leib. „Wer seid ihr und wie habt ihr es geschafft, UNS zu finden?!" Alex tritt etwas in den Vordergrund: „Wir sind eigentlich nur auf der Durchreise und…" Alex hört sofort auf zu reden, als er sieht, wie drei Damen ihre Bogen spannen und direkt auf ihn zielen. Tanja fasst all ihren Mut zusammen und stellt sich zwischen Alex und die Bogenschützen. „Jetzt lasst uns doch wenigstens mal aussprechen. Wir sind hier, um König Topas vor seinem Tod zu bewahren. Hier seht ihr seine Tochter Jessica, die mit uns gekommen ist, um ihn zu befreien. Wir haben auf unserer Reise leider schon eine sehr gute Freundin verloren, die sich am Giftbach geopfert hat, um uns zu retten. Alex hat dieses Schwein aus der Betrugsstadt gerettet, indem er sich auf einen gefährlichen Kampf eingelassen hat und so sind wir…" „STOPP, STOPP, STOPP!!", sagt die Kriegerin. „Wollt ihr mir damit sagen, dass euch ein Schwein hierhergeführt hat?" Jess geht einen Schritt zur Seite, sodass alle das kleine Ferkel, das weiterhin am Zittern ist, sehen können. Die Kriegerin klatscht dreimal in die Hände und alle sehen, wie sich eine große, mit einer Keule bewaffnete Frau nähert. Sie geht auf das Ferkel zu und schaut ihm tief in die Augen.

Plötzlich werden Siggis Augen immer größer. Er nimmt Anlauf und springt auf ihren Arm. Sie lässt ihre Keule fallen, damit sie Siggi herzlich in die Arme schließen kann. Die Gruppe ist sprachlos und verwirrt. Die Kriegerin nimmt Siggi unter den Arm und sagt zu den bewaffneten Kriegerinnen in ernstem Tone: „Jetzt nehmt doch endlich eure Waffen runter. Sie haben ihn gefunden und ihr wisst, wieviel er mir bedeutet." Eine Kriegerin kommt auf sie zu und fragt, was sie denn jetzt mit den Männern machen sollten. „Jetzt hört aber auf. Diese Herren scheinen wohl eine reine Seele zu haben. Sie sind ja nicht einmal auf die Idee gekommen, ihn zu verspeisen." Anastasia grinst Alex an und meint: „Also ich bin die Köchin unserer Gruppe und bisher ist Siggi noch nicht einmal in der Nähe meines Hackmes..." – „Siggi??", fragt sie. „Ihr habt mein Schweinchen Siggi genannt?" Jetzt meldet sich Jess zu Wort: „Ja, ich habe es so genannt. War das ein Fehler? Welchen Namen hat es denn von euch erhalten?" Die große Kriegerin lacht auf: „Ich hatte ihm noch gar keinen Namen gegeben, aber Siggi klingt wirklich gut – nicht wahr, Siggi?" Jetzt lächelt die Kriegerin. „Wenn wir schon bei Namen sind: Ich heiße Lea. Ich bin die Häuptlingsdame aller Frauen aus diesem Wald." Lea reicht jedem die Hand. Als sie vor den beiden Männern steht, zögert sie und dreht sich kurz zu ihren Kriegerinnen um. Sie holt tief Luft und gibt dann auch ihnen die Hand. Sie fragt Alex: „Du bist also derjenige, der Siggi das Leben gerettet hat? Ich bin echt stolz auf dich." Die anderen Kriegerinnen sind ziemlich geschockt, als sich Lea und Alex umarmen, aber sie schweigen.

Nach und nach stellen sich alle gegenseitig vor. Lea fragt, ob sie denn Hunger hätten. Die Gruppe blickt zuerst zu Alex, um seine Antwort abzuwarten. „Also ich würde mich erstmal gerne ein bisschen ausruhen und danach etwas essen." Tanja, Sandra und Jess würden gerne in Begleitung zweier Kriegerinnen die komplette Lichtung des Kriegerdorfs betrachten. Helene fragt Lea, wie sie diese Magie durchgehend aufrechterhalten könnten, sodass kein ungebetener Gast ins Dorf komme. „Wir haben einen großen magischen Kristall im Zentrum unseres Dorfes, der den Zauber der Täuschung aufrechterhält. Alle, die den Kristall jemals berührt haben, finden ohne Probleme den Weg zu uns zurück." Lea schaut zu Siggi, der wieder zurück in die Karre gekrochen ist, um ein Schläfchen zu halten. Sie schüttelt lächelnd den Kopf: „Der kleine Schlawiner hat damals den Kristall als Rückenkratzer benutzt. Deshalb war er auch in der Lage, euch hierher zu führen." Daraufhin antwortet Helene: „Ich hab' mir wirklich schon überlegt, wie viele Zauberinnen man für diese Magie benötigt." Eine Kriegerin, die gerade vorbeiläuft, sagt leise und etwas bedrückt: „Wir haben leider keine Zauberin mehr. Unsere letzte Heilerin, Evi, wurde am Waldrand durch einen Hinterhalt von den bösen Schergen getötet. Die zwei Frauen, die sie zu uns bringen wollte, waren in Wirklichkeit Kriegerinnen des Hexenmeisters Liehnu."

Helene senkt den Kopf: „Das tut mir echt leid. Ich kann eure Heilerin leider nicht zurückbringen, aber ich kann Kriegerinnen, die aktuell verletzt sind, heilen. Ich helfe euch sehr gerne." Die Kriegerin bedankt sich und klopft Helene auf die Schulter. Sie rennt in viele Hütten, woraufhin einige verletzte Kriegerinnen in ihre Richtung kommen. *Ich glaube, dass wird ein langer Tag*, denkt sich Helene und macht es sich auf einem Baumstumpf bequem. Sie lässt sich einen Krug Wasser geben und beginnt nach und nach, die Wunden zu heilen.

Alex und Daniel fragen eine geheilte Frau, ob es hier so etwas wie ein Trainingslager gebe. Zuerst einmal hält sie erschrocken einen gebürtigen Abstand zu den Herren. Alex spricht zu ihr: „Du brauchst wirklich keine Angst vor uns zu haben. Wir können verstehen, dass ihr Frauen uns aus einem anderen Blickwinkel seht. Wenn du willst, halten wir auch großen Abstand zu dir." Als sie das hört, zeigt sie den beiden ihren Arm: „Dieser Arm wurde vor vielen Wochen von einem Mann aus der Betrugsstadt gebrochen. Es gab keinen Grund dafür; er wollte es einfach tun." Alex und Daniel schauen sich fassungslos und kopfschüttelnd an und sehen, wie ihr die Tränen kommen.

Sie wischt sie sich weg und sagt leicht schluchzend: „Dank der Hilfe eurer Magierin kann ich nach Wochen den Arm wieder schmerzfrei bewegen.

Alex geht zu ihr und umarmt sie vorsichtig. Daniel kann sehen, wie Alex sie festhält und nicht mehr loslassen möchte. Er flüstert ihr ins Ohr: „Es tut mir wirklich leid, was dir dieser Mistkerl angetan hat, aber ich kann dir eins versprechen: Auch wenn wir keine Frauen sind, werden wir euch nichts tun. Im Gegenteil: Wir helfen jedem, der unsere Hilfe wünscht." Er zeigt auf Helene, die gerade wieder eine Frau geheilt hat und meint schmunzelnd: „Wenn es dir lieber ist, kann Helene uns für ein paar Stunden in eine Frau verwandeln. Dann bin ich *Alexandra* und Daniel wird zu *Daniela*."

Beide Herren sehen im Gesicht der Kriegerin ein rasches Lächeln aufleuchten. Alex ist positiv überrascht, als er sogar ein Küsschen von ihr auf die Wange bekommt. „Ich bin Regina", sagt sie mit einem bezaubernden Gesichtsausdruck und rennt leicht errötet in ihre Hütte. Alex überlegt, ob er ihr nachlaufen soll und schaut zu Daniel. Dieser zuckt nur lächelnd mit den Schultern. „Pass' bitte auf meine Axt auf, Daniel."

Wo ist eigentlich Jess?, überlegt Daniel und sieht Helene, die gerade eine Pause macht. Er blickt zu Anastasia, die sich gerade mit der Dorfköchin anlegt, welche Gewürze unbedingt in den Topf müssen. Daniel geht zur Karre und ruft Siggi her. Sie setzen sich zu Helene, damit niemand alleine sein muss.

Gegen Abend treffen sich alle am großen Lagerfeuer. Die Gruppe merkt, dass sich Anastasia mit der anderen Köchin langsam angefreundet hat. Beide stehen an den Kochtöpfen und unterhalten sich prächtig über sämtliches Gemüse und Kräuter, die man verzehren kann. Alex sitzt neben Regina und zeigt ihr stolz seine Axt. „Komisch", sagt Tanja, „ich sehe nirgendwo tote Tiere. Glaubt ihr wirklich, dass Alex diesen Gemüseeintopf essen wird? Wer ist eigentlich die Frau, die neben ihm sitzt?" Daniel lächelt und klärt die anderen über die Bekanntschaft mit Regina auf und erzählt auch, dass die beiden für längere Zeit alleine in ihrer Hütte verschwunden seien. „Ohooo", sagt Tanja und schaut zu Daniel und Jess, die Händchen halten. „Hat sich etwa noch ein Pärchen auf unserer Reise gefunden?" Helene grinst und meint: „Sollen wir Regina erzählen, was er und Sandra mit Siggi machen wollten?" Daraufhin fliegt Helene ein Klumpen matschiger Erde an den Kopf. Als sie sich vor Wut umdreht, sieht sie Sandra mit einem hämischen Grinsen im Gesicht: „Tut mir leid, der ist mir ausgerutscht." Tanja schaut hoch in den Himmel und spricht leise: „Flo hätte es hier gefallen. Bei so vielen Frauen wäre er nie wieder gegangen. Es tut mir leid, dass ich es jetzt sage, aber ich vermisse ihn sehr." Daniel versucht Tanja etwas aufzuheitern und sagt, dass er zum Glück Silke und Elke um sich habe. „Bestimmt schauen uns die drei vom Himmel aus zu und drücken uns weiterhin ganz fest die Daumen."

Als das Essen verteilt wird, schaut die Gruppe zu Alex und Sandra. Jess lacht sich ins Fäustchen, als Alex von Regina mit dem Gemüseeintopf gefüttert wird. Sie sieht in seinen Gedanken sowas wie: *ekelhaft* und: *Ich kotze gleich,* aber auch sowas wie: *Was tut man nicht alles für eine schöne Frau?* Der nächste Blick geht zu Sandra, die sich mit ihrer Schüssel an die Karre gesetzt hat. Sie schneidet sich ein paar Stücke Schinken ab und wirft sie in ihren Gemüseeintopf. Grinsend schaut sie zu Alex, nimmt ein Stück Fleisch in die Hand und streckt ihm die Zunge raus. Was Jess in Alex' düsteren Gedanken sieht, sagt sie lieber niemandem.

Am Abend fragen sie Lea, ob sie vor dem Lagerfeuer schlafen dürften. Lea schaut die Gruppe an und zeigt allen den Vogel: „Ihr spinnt doch total. Ihr könnt es euch natürlich in den hinteren Hütten bequem machen. Alex wirft einen Blick in Richtung Reginas Hütte; Regina winkt ihn lächelnd zu sich. Alex schnappt seine Axt und sagt voller Freude: „Also ich habe meinen Platz schon gefunden. Wir werden uns morgen wiedersehen." Daniel ruft ihm noch nach, er solle nicht zu laut sein und geht kopfschüttelnd zusammen mit der Gruppe zu den hinteren Häuschen. Jeder findet schnell einen schönen und gemütlichen Platz für sich. Ein wunderschöner Tag geht zu Ende.

Am nächsten Morgen werden sie von einer Kriegerin mit einem lauten Schrei geweckt. Jess bekommt noch einen zusätzlichen Weckdienst, als Siggi freudestrahlend in ihr Zelt rennt und auf ihren Bauch springt und ihr quiekend die Wange ableckt. Jess nimmt ihn hoch und drückt ihre Nase an seine Schnauze. Während sich Helene anzieht, fragt sie sich, ob sie nicht in den nächsten Tagen versuchen solle, jemandem die Heilkunst beizubringen. Sandra zieht ihre Schuhe an und sagt: „Sie haben gesagt, sie hätten ein kleines Trainingslager. Da können wir denen doch ein paar Tricks zeigen und du versuchst es mit deiner Zauberei. Wir besprechen das am besten mal mit Lea."

Beim Frühstück sieht Alex zu seinem Entsetzen die gleichen Töpfe wie gestern Abend. Die Köchin bereitet gerade das Essen vor. „Zum Frühstück gibt es Resteessen vom gestrigen Abend." Die Gruppe schaut wieder direkt zu Alex und kann an seinem Gesichtsausdruck sofort erkennen, dass er sich am liebsten übergeben würde. Sandra kann es nicht lassen und sagt zur Kriegerköchin, dass Alex eine große Portion haben möchte. Daniel holt Alex' Schüssel, überreicht sie Regina und wünscht beiden einen guten Appetit. Sandra kramt wieder etwas Schinken aus der Karre und fragt, wer etwas davon haben möchte. Tanja nimmt ihr Stück Fleisch und sieht zu Alex, der traurig in seiner Schüssel stochert. Sie überlegt sich: *Wir sind doch ein tolles Team und das soll auch weiterhin so bleiben* und sieht zu ihrem Fleisch. „Hei Alex! Fang!", ruft sie und wirft ihm ihr Stück Schinken zu. Voller Dankbarkeit fängt er es mit seiner linken Hand auf und zerrupft es mit Freude in kleine Stücke.

Als die Köchin sieht, dass sich die Gruppe etwas Fleisch in die Gemüsesuppe tunkt, geht sie auf Sandra zu. „Warum sagt ihr nicht, dass ihr etwas Fleisch zum Eintopf haben wollt?! Hinten im Haus hängt doch ganz viel. Wir essen nur alle vier Tage Fleisch, aber ihr könnt euch jederzeit nehmen, was ihr wollt." – „Das ist ja super", sagt Sandra. „Wir haben nämlich nichts mehr." Helene sitzt während des Essens neben Lea. „Soll ich eigentlich versuchen, jemandem ein paar Heilkünste beizubringen? Ich denke, dass wir ein paar Tage hier sind und…" Jess unterbricht sie, indem sie ihr per Telepathie mitteilt, dass sie nur wenige Tage hierbleiben werden. Lea kann sich denken, was Helene gerade gesagt wurde. „Es ist wirklich sehr nett, dass du jemandem von uns deine Heilkünste zeigen willst." Lea schaut nach oben und dann in die Richtung des Hexenmeister-Turms. „Ich habe eine sehr gute Nachricht für euch. Solange ihr auf dieser Lichtung bleibt, läuft die Zeit viel langsamer als normal. Sieben Tage auf der Ebene neben dem Kristall entsprechen nur einem einzigen Tag in der normalen Welt. Ihr müsst wissen: Ich bin bereits 77 Jahre alt. Als Tanja das hört, verschluckt sie sich und Jess klopft ihr schnell zwischen die Schulterblätter, bevor sie noch zu ersticken droht.

Während sich Tanja erholt, spricht Helene die Häuptlingsdame nochmals auf das Angebot der Magiekünste an. Lea überlegt, wer von den Damen dafür geeignet sei. Nach kurzer Zeit schnippt sie mit dem Finger und ruft eine Frau zu sich. „Helene, das ist Anita. Sie war stets an der Seite von unserer getöteten Heilerin Evi." Helene begrüßt Anita und fragt, ob sie sich vorstellen könne, die Künste der Weißen Magie zu erlernen. Anita, eine zierliche junge Dame, sieht zu Lea und fragt, ob sie dafür wirklich die beste Wahl sei. Sie streichelt lächelnd über Anitas Haare: „Natürlich kannst du das, Anita. Ich habe volles Vertrauen zu dir und Evis Bücher kennst du bestimmt schon auswendig."

Bei dem Wort *Bücher* wird Helene hellhörig und fragt, ob sie diese Zauberbücher ausleihen dürfe. Lea holt eine Kriegerin zu sich, die sich sofort auf den Weg macht, um diese für Helene zu holen.

Als die Temperaturen immer höher steigen, riecht Tanja an ihren Achselhöhlen und fragt, wo man sich hier eigentlich waschen könne. Eine Kriegerin zeigt mit der Hand hinter die Behausungen: „Dort hinten befindet sich ein kleiner See. Dort könnt ihr euch vom Dreck befreien." Lea sieht zu den beiden Herren: „Ich glaube, dass das den anderen Frauen unangenehm sein wird. Dann sollen die Männer einfach erst am Abend zum See gehen." Tanja hat sich mit Sandra und Jess zum Schwimmen verabredet, damit sie nicht mehr müffeln. „Regina, passt du bitte darauf auf, dass die Herren nicht zum See gehen?" Sie schaut zu Alex und Daniel und verspricht, auf die beiden aufzupassen. Die anderen Damen schauen sich an und meinen ebenfalls, dass ihnen ein Waschvorgang guttun werde und folgen den anderen.

Als das erholsame Frauen-Schwimmen vorbei ist und sie wieder zurück sind, schauen sie zu Alex und Daniel. Die haben es sich auf der Wiese gemütlich gemacht und dösen vor sich hin. „Los, ihr Faulpelze!", rufen die Damen. Daniel gähnt erst einmal lange und versucht dann, irgendwie aufzustehen. Gleichzeitig springt Alex schnell auf und möchte wissen, was denn los sei. Tanja baut sich vor den beiden auf und spricht in ernstem Ton: „Wir sollten diese Woche wirklich ausnutzen. Deshalb schlage ich vor, dass Helene Anita die Heilkünste beibringt. Anastasia und die Köchin können bestimmt Erfahrungen untereinander austauschen." Sie schaut zu Daniel, der es erst jetzt geschafft hat, aufzustehen. Sie klopft den Dreck von ihm ab: „Alex, Daniel, Sandra und ich werden auf diesem Trainingsplatz zeigen, was wir mit unseren Waffen draufhaben." Als Jess nach ihrer Aufgabe fragen möchte, antwortet Tanja sofort, dass sie ihre Magiekünste trainieren solle. Tanja legt ihren Arm auf Jessicas Schulter und sagt leise: „Ich habe das Gefühl, dass du noch sehr wichtig für uns sein wirst…" Jess versteht nicht ganz, was Tanja mit diesem Satz meint, aber ist mit dem Vorschlag einverstanden.

Am Abend treffen sie sich bei einem leckeren Wildschweinbraten. Alex ist überglücklich! Während des Essens erzählen sich alle gegenseitig, was sie am heutigen Tag so alles erlebt und erfahren haben.

Beim Essen wird Helene am Rücken zart angetippt. Als sie sich umdreht, sieht sie ein junges sehr schüchternes Mädchen. Helene erkennt es wieder. Es war heute Mittag mit einer Verbrennung, die sie schnell heilen konnte, bei ihr. Helene stellt ihren Teller zur Seite. „Hallo kleines Mädchen. Ich hoffe, dass du keine Schmerzen mehr hast." Die Kleine geht nach vorne und überreicht ihr einen kleinen Kuchen. „Ich möchte mich bei dir für deine große Hilfe bedanken. Obwohl ich mir ganz viel Zeit gelassen habe, ist der Kuchen leider nicht besser geworden. Bitte verzeih' mir."

Mit Tränen in den Augen nimmt Helene das Geschenk dankend entgegen. „Vielen lieben Dank. Der Kuchen ist wirklich wunderschön. Ein Geschenk ist so viel Wert, wie die Liebe, mit dem es gemacht worden ist." Sie wischt sich die Tränen weg und umarmt das Mädchen – mit Applaus der anderen – ganz fest und bedankt sich nochmals sehr für das wunderbare Geschenk.

Eine Woche vergeht.

Morgens werden sie durch laute Geräusche außerhalb der Hütten geweckt. Als alle gähnend aufstehen, gehen sie aus ihren Behausungen und erleben eine Überraschung: Viele Kriegerrinnen satteln ihre Pferde mit ihren Waffen und vielen Vorräten. Lea geht zu Tanja und übergibt ihr die versprochenen Karten. Helene bekommt ein Buch, das ihr wirklich sehr wichtig erscheint. Die Gruppe bedankt sich für die große Hilfsbereitschaft und wartet, bis Regina mit Alex aus der Hütte kommt. Siggi, der quiekend um das ganze Team rennt, weiß wohl auch, dass eine Verabschiedung ansteht.

Als alles fertig gepackt ist, schaut Tanja zu Alex. So traurig hat sie ihn das letzte Mal beim Tod seiner Schwester gesehen. Dieses Mal ist es die Verabschiedung von Regina, die ihm alles andere als leicht fällt. Jess drückt Siggi nochmal ganz fest und Helene freut sich darüber, dass Anita in dieser kurzen Zeit so viel von ihr gelernt hat.

Nach der großen Verabschiedung macht sich die Gruppe auf den Weg. Lea begleitet sie ein Stück und zeigt ihnen den besten Weg durch den Wald. Als sie den Wald verlassen, winkt Lea nochmal und verschwindet dann zwischen den Bäumen. Da Helene das Reiten gelernt hat, steigt sie zum ersten Mal auf ihr eigenes Pferd – der Ritt kann beginnen.

„Das war jetzt eine wirklich schöne Zeit", meint Sandra und dreht sich nochmal um. „Ihr werdet es kaum glauben, aber ich vermisse Siggi jetzt schon. Wenn ich mir überlege, wie gerne ich ihn verspeisen wollte…" Sie streichelt über ihren Streitkolben. „Wenn ihm heute jemand etwas antun würde, könnte der sich warm anziehen." Die anderen lächeln und Jess meint, dass sich eben jeder Mensch ändern könne. „Ich hätte auch nie gedacht, dass ich so einen Süßen wie Daniel finden werde. Es wundert mich, dass nicht jeder von euch einen Partner hat." Tanja reitet sehr langsam weiter und sagt: „Ich glaube, wir wollen niemanden aufgrund unserer gefährlichen Reisen alleine lassen müssen." Sie dreht sich lächelnd zu Daniel, Jess und Alex: „Aber man kann sich ja irgendwann mal ändern." Alex grummelt vor sich hin und Daniel fragt ihn, was los sei. „Ich habe darüber nachgedacht, Regina mitzunehmen, aber ich will sie nicht vor meinen Augen sterben sehen. Wir mussten bereits Silke, Flo und Elke gehen lassen – das Töten soll endlich aufhören."

Während sie in gemütlichem Tempo weiterreiten, ist Helene wieder dabei, eins der neuen Bücher zu lesen. Plötzlich stößt sie einen Freudenschrei aus; Anastasia fällt vor Schreck fast aus dem Sattel. „Was ist los, Helene? Hast du ein leckeres Rezept entdeckt?" – „VIEL besser, Anastasia. Ich habe einen weiteren Teil des Wiederbelebungszaubers gefunden. Es fehlen nur noch wenige Abschnitte, bis ich diesen Zauberspruch durchführen kann."

Alle stellen sich unmittelbar vor, wie es wäre, wenn Silke, Flo und Elke wieder leben würden, aber Helene nimmt ihre Euphorie gleich wieder etwas zurück: „Wie gesagt: Zum einen fehlen noch Teile des Zauberspruchs und zum anderen kann ich nicht sagen, ob und wie er funktioniert." Sandra ist optimistisch und meint: „Also wir haben schon vieles geschafft. Dann klappt das mit diesem Hokuspokus bestimmt auch. Ich habe zwar keine Ahnung, wie wir diese Bücher finden sollen, aber das schaffen wir bestimmt."

Nach ein paar Stunden machen sie eine Rast und während die meisten eine Pinkelpause machen, studiert Tanja die Karten, die sie von Lea erhalten haben. Anastasia fragt, ob jemand etwas trinken möchte. Tanja scheint so vertieft zu sein, dass sie auch nach dem dritten Ruf der Köchin nicht reagiert. Sandra geht direkt zu ihr und brüllt: „HAAALLLLOOO!", sodass ihr vor

Schreck der Stift aus der Hand fliegt. „Bist du bescheuert, Sandra? Was soll der Scheiß?" Sie hält ihr einen Krug Wasser hin: „Hier trink mal was, Tanja. Vielleicht werden deine Ohren dadurch wieder frei. Du scheinst ja mit deinen Fresszetteln in einer anderen Welt zu sein." Tanja entschuldigt sich, nimmt einen Schluck und ruft alle her. Sie zeigt auf der Karte die aktuelle Position der Gruppe. „Wir sind jetzt direkt vor Death-Village. Lea meinte, dass dieses genauso düster wie die Betrugsstadt sei." Sandra sieht sie lächelnd an und entscheidet: „Dann werde ich mich wieder in *Sascha* verwandeln. Es war schon lustig, ein Mann zu sein." Tanja verdreht daraufhin nur die Augen und erklärt allen den weiteren Weg.

Daniel fragt, ob sie dann direkt zum Turm des Hexenmeisters gehen sollten. „Das würde ich lieber nicht tun", meint Jess. „Ich habe dank Phil bei der Schwarzen Magie schon viel dazugelernt. Ich bin auch dafür, dass wir uns, solange es geht, verstecken. Leider weiß er jetzt bestimmt auch, wer und wie viele wir sind."

Alex zeigt unten rechts auf die Karte und fragt, was das sei. Lea meint, dass er in diesem großen Gebäude seine Hexer und Magier ausbilde. Dort sollten wir keinesfalls hingehen. Tanja schaut zu Jess und Helene: „Bitte nicht falsch verstehen, aber wenn sie ihre geballte Kraft gegen uns einsetzen, haben wir leider keine Chance." Alex

denkt grummelnd nach und streichelt seine Axt. „Aber
dieser Mistkerl lässt sich schon töten, oder kann er von
seinen Zauberern wieder zusammengesetzt werden?"
Jetzt kommt Helene zu Wort: „Solange wie der Kopf auf
seinem Nacken sitzt, können sie ihn wiederbeleben.
Mindestens der Halswirbel muss durchtrennt werden,
damit er wirklich tot ist." – „Hat er auch so eine lustige
Glaskugel, wie sie bei Hartmut in der Topasburg stand?",
fragt Sandra. Tanja zuckt mit den Schultern: „Dafür
bräuchten wir wirklich noch mehr Informationen, die wir
wahrscheinlich nur im Death-Village bekommen werden.
Sandra, ich glaube, du kannst wieder mit Alex und Daniel
zusammen die Stadt unsicher machen – aber vergesst
nicht: Wir kommen unserem Ziel immer näher!"

Nach einiger Zeit hebt Helene die Hand. Alle werden
sofort langsamer und bleiben neben ihr stehen. „Was ist
los?", fragt Anastasia. Die Heilerin meint, dass sich hinter
den hohen Felsen, die sich vor ihnen auftürmen, drei
Personen befänden. „Es können auch Späher sein", hofft
Tanja. „Was sollen wir jetzt machen?" – „Ich versuche es
gleich mit diesem Zauber, der gegnerische Magie
blocken kann. Hoffentlich kann er diesen drei Magiern
standhalten. Ihr spürt die Zauberwirkung, sobald es euch
etwas kalt vorkommt." Tanja hält ihren Bogen mit
einigen Pfeilen bereit und legt Jess ihre Armbrust hin.

Jess murmelt ein paar Zaubersprüche – plötzlich leuchtet die ganze Gruppe in einem silbernen Licht, welches schnell wieder erlischt, auf. Daniel spürt einen kühlen Luftzug, und hofft, dass es nicht noch kälter wird. *Jetzt werden wir sehen, ob der Zauber klappt*, denkt er sich und hält sein Schwert fest in der Hand. Tanja klettert flugs auf die Felsen und sieht, wie sich zehn – anstelle von drei – Gestalten unterhalten. Jess kommt leicht erschöpft mit ihrer Armbrust zu Tanja hoch und zielt auf den rechten, während Tanja den linken anvisiert. Tanja hält den Bogen weiterhin gespannt und fragt, ob sie jetzt schießen sollten. Jess blickt intensiv auf die zehn Personen hinunter und schüttelt den Kopf: „Da stimmt etwas nicht. Irgendwie spüre ich lediglich zwei Personen. Da ist doch was faul."

Die Gruppe ruft leise nach oben, was los sei.

„Jetzt ist mir alles klar", flüstert Jess. „Fällt dir auf, dass nur die beiden linken einen Schatten besitzen? Wahrscheinlich sind die anderen nur Illusionen oder Fallen." Tanja dreht sich zu den anderen und teilt ihnen ganz leise mit, was Jess aufgefallen ist. Die Gruppe nickt und hält sich angriffsbereit.

Plötzlich merkt Tanja, dass die kühle Luft wieder wärmer wird und teilt es Jess mit. „Scheiße, der Zauber lässt schon nach bei mir. Wir müssen handeln." In diesem Moment drehen sich die Gestalten um und erkennen

Jess und Tanja auf dem Felsen. Die Magier lösen im
Handumdrehen einen Zauber aus – aber für den einen
kommt dieser zu spät: Er wird mit Jessicas Pfeil direkt in
den Kopf getroffen und sackt sofort zu Boden. Dadurch
erlischt der Illusionszauber, der die acht Falschen
erzeugt hat. Tanjas Pfeil, der direkt auf den zweiten
realen Magier zufliegt, zischt auf unerklärliche Weise
weit an ihm vorbei. Tanja ist geschockt und kann nicht
glauben, was passiert ist. Jess erklärt ihr kurz, dass der
böse Zauber alle metallischen Gegenstände abblockt.
„Dann können wir ihn doch zu siebt ohne Waffen
erledigen, oder?" Jess schüttelt den Kopf: „Fasst ihn
lieber nicht an. Ich kann mir vorstellen, dass er auch
dagegen einen Giftzauber parat hat. Wenn man ihn
berührt, kann das tödlich enden. Das hat mir Phil erzählt.
Ich habe leider vergessen, es euch zu erzählen."
Während Jess all diese Warnungen per Telepathie
mitteilt, kommt Alex eine Idee. Er flüstert Anastasia
etwas zu und sie nickt lächelnd. Während die Köchin mit
ihrer Waffe und einem Apfel alleine zum bösen Magier
spaziert, geht Alex zu seinem Pferd und holt etwas aus
einer Tasche. Anastasia spürt noch weiterhin den kühlen
Zauber um sich herum und traut sich. Der Bösewicht
sieht Anastasia mit ihrer Bratpfanne samt Apfel und
lacht sich kaputt: „Wollt ihr mich etwa mit euren
Kochkünsten vergiften?" Anastasia bleibt mutig stehen
und lacht zur Ablenkung mit: „Vielleicht seid ihr ja gegen

den Apfel, den ich euch gleich zuwerfe, allergisch. Euer Zauber blockt nur Metallisches ab, oder?" Der böse Magier findet Anastasia, die den Apfel mehrmals leicht in die Höhe wirft, amüsant.

Anastasia redet mit dem Feind über viel Quatsch, während sich Alex um die Felsen herumschleicht. Er nähert sich dem Bösewicht und als er knapp hinter ihm steht, stößt er einen lauten Kampfschrei aus. Der Magier zuckt zusammen und dreht sich schnell um. Alex hält den hölzernen Morgenstern aus Edelheim fest in seiner Hand. Mit voller Wucht schlägt er ihm damit den Schädel ein. Der Magier stürzt bauchwärts zu Boden. *Verzeih' mir, Silke*, denkt Alex und schlägt mit dem Morgenstern mehrmals auf den Zauberer ein, bis ihn Sandra und Daniel festhalten. „Er ist tot, Alex. Ein Teil von seinem Schädel liegt neben ihm. Du kannst wirklich aufhören." Alex lässt die hölzerne Waffe zu Boden sinken und bleibt einfach stehen. Er sieht sich das blutige Elend am Boden nachdenklich an und bekommt ein schlechtes Gewissen. Tanja geht zu ihm und legt ihre Hand auf seine Schulter: „Lieber Alex. Es ist besser, wenn du den hölzernen Morgenstern jemand anderem gibst. Ich kann mir vorstellen, dass du durch ihn deine Schwester siehst und spürst, aber solche Aggressionen müssen wirklich nicht sein." Er dreht sich zu Tanja und blickt ihr lange in ihre freundlichen Augen. Dann hebt er die blutige hölzerne Waffe auf und überreicht sie ihr mit folgenden Worten:

„Du hast recht, Tanja. Ich danke dir dafür", und gibt ihr ein kleines Küsschen auf die Wange.

„Was sollen wir jetzt mit den Besiegten machen? Einfach liegen lassen?", fragt Helene, die auf die blutigen Leichen schaut. Daniel dreht sich zu Jess und zuckt mit einem zerknirschten Gesicht mit den Schultern. „Hab' schon verstanden", meint Jess zu Daniel und führt den Feuerzauber durch, woraufhin die beiden Bösen in Flammen aufgehen.

„Wir sollten lieber weitergehen, bevor noch mehr Gesindel auftaucht", meint Tanja. „Also reiten wir Mädels am besten weiter nach Westen, während Daniel, Alex und Sandra ins Death-Village gehen." Bevor sie sich aufteilen, ruft Sandra Helene zu, ob sie denn nichts vergessen habe. Helene lächelt und sagt nur: „Ups." Während Tanja ihr passende Klamotten für *Sascha* sucht, gehen Sandra und Helene hinter den kleinen Hügel und führen die Verwandlung durch.

Kurze Zeit später kommen die beiden erfolgreich zurück. Sie verabschieden sich gegenseitig und Tanja zeigt den drei Männern, dass sie sich ganz im Westen in diesem kleinen Wäldchen aufhalten werden. Jess wirft Daniel einen kleinen Beutel mit Goldstücken sowie einen Handkuss zu. Daniel nimmt beides mit großer Freude an. Nun trennen sich ihre Wege.

Da Alex und Daniel nicht wissen, wie lange der Verwandlungszauber von Sandra wirken wird, beeilen sie sich und legen einen Zahn zu, um Death-Village schnellstmöglich zu erreichen. Während des Ritts fragt Daniel, ob es in dieser Stadt wieder einen Wettkampf gebe, wobei man ein süßes Schwein oder sowas gewinnen könne. „Da würde sich Jess bestimmt sehr freuen." Daraufhin lacht Alex laut auf: „Also, ich glaube, dass diese Stadt noch übler als die vorherige sein wird. Bestimmt sind dort richtig viele Magier am Start, bei denen Muskelkraft nicht viel bringen wird." Tanja sieht es locker: „Dann prügelt euch dieses Mal bitte nicht die Schädel ein. Schaut lieber nach neueren Karten und Informationen über den Turm und über Liehnu selbst."

An einem kleinen Waldstück angekommen, schauen sich Helene und Jess an und sind froh, als Zauberinnen dieses Problem nicht zu haben. Tanja erzählt nach ihrer kurzen Pinkelpause freudestrahlend, dass sie eine weitere Lichtung ausfindig gemacht habe und dass ihr alle folgen sollten. *Es ist wirklich faszinierend*, denkt sich Tanja. *Immer wenn ich Pipi machen muss, finde ich die schönsten Rastplätze; wie damals am Goldpass. Ich erzähle es aber besser niemandem* und zeigt stillschweigend Richtung Lichtung. Nachdem es sich alle auf dem weichen Moos bequem gemacht haben, setzt sich Jess neben Tanja und flüstert ihr kichernd ins Ohr: „Soso. Du hast wohl magische Kräfte im Urin. Aber keine

Sorge. Ich erzähle es niemandem weiter." Daraufhin steht Tanja auf, holt Pfeil und Bogen aus der Satteltasche und fragt, wer einen kleinen Spaziergang mit ihr machen wolle. Helene sieht, dass irgendwie keiner Lust dazu hat und erklärt sich deshalb dazu bereit, ein paar Schritte mit ihr zu gehen. Sie nimmt Flos Dolch und hofft, ihn nicht verwenden zu müssen.

Schon vor ihrem Ziel wird die Dreiergruppe langsamer – sie hören viel Geschrei aus dem Inneren der Stadt. Beim Absteigen kommen ihnen drei Männer aus einem kleinen Häuschen entgegen, die einen Mann mit den Worten: „Bleib' stehen!" verfolgen und erwischen. Sie sehen, wie sie ihn mit Eisenstöcken zusammenschlagen, bis er tot am Boden liegt. Alex fasst all seinen Mut zusammen und fragt die Schläger, was er denn gemacht habe. Einer der Männer meint: „Er hat gemeint, ohne Geld in die Stadt kommen zu können." Alex dreht sich zu Daniel, der gleich weiß, was zu tun ist. Er nimmt ein Goldstück aus dem Beutel und wirft es den Männern zu. „Ich denke, dass sollte reichen!" Die drei betreten die Stadt.

„Ich glaube, hier geht es noch schlimmer als in Betrugsstadt zu", meint Daniel. „Ich hab' wirklich keine Ahnung, wie wir hier lebend an Informationen kommen sollen." Sandra sieht es wirklich gelassen und meint nur, dass ihnen das Gold bestimmt viel helfen werde.

Daraufhin dreht sich Alex nochmal zu den drei Schlägern um. „Daniel. Gib mir bitte noch ein Goldstück. Vielleicht haben wir bereits welche gefunden, die uns helfen können." Sandra und Daniel bleiben mit den Pferden stehen und beobachten, was er am Eingang der Stadt macht.

Nach einiger Zeit sind beide erleichtert: Alex kommt mit einem Blatt Papier und einem Lächeln zurück. Er zeigt ihnen an, dass sie einfach weiter gehen sollen und sagt leise: „Es sieht gut aus. Mit Gold kommt man hier wohl immer vorwärts." Sie stellen sich etwas abseits und Alex zeigt den beiden den Zettel, worauf zwei Namen notiert sind. „Sie meinen, diese Menschen können für Gold die ein oder andere Information für uns haben – zumindest solange sie noch am Leben sind." Sandra dreht sich zu Alex: „Na dann hoffen wir mal, dass diese Herrschaften bei unserer Ankunft nicht zerstückelt am Boden liegen."

Seltsamerweise halten viele der dunklen Gestalten auf der Straße Abstand von den dreien. Nach kurzer Zeit kommt die Gruppe erneut zu einer Kampfarena. Hier ist die tobende Menge noch viel größer als Betrugsstadt. Sandra und Daniel halten Alex fest: „Heute nicht, Alex. Wir müssen uns dieses Mal auf unsere Aufgaben konzentrieren" – doch zu spät. Einer der Männer scheint Alex erkannt zu haben und ruft: „Da ist der, der Rellik aus der Betrugsstadt besiegt hat!" Die meisten der

Zuschauer drehen sich um und die drei hören Wörter wie: *gewalttätig, erbarmungslos, unbesiegbar, Massenmörder* aus der Menschenmenge auf sich einprasseln. Sandra schaut erst Alex, dann Daniel an: „Sie haben das Wort *Säufer* vergessen", flüstert sie ihm zu. Alex hat es natürlich gehört und schupst sie sachte. Leider rutscht sie in diesem Moment aus und fällt zu Boden.

„SCHLÄGEREI!", brüllt sofort einer und alle schauen gespannt auf Alex und Sandra. „Scheiße, was sollen wir jetzt tun?", flüstert Daniel. Alex hat eine glänzende Idee und sagt ihnen ganz leise, dass sie jetzt einfach mitspielen sollen.

Alex stellt sich vor Sandra, streckt seine Hand aus und zieht sie nach oben. Dann kniet er vor ihr nieder und sagt: „Es tut mir leid, mein Trainer. Bitte vergebt mir." Die Menschenmenge ist zwischenzeitlich still geworden und möchte wissen, was los ist. Sandra versteht sofort, was Alex damit bezwecken will und tut vor allen so, als würde sie Alex verzeihen. Sie gestikuliert, dass er aufstehen soll. Als er das getan hat, ruft Alex allen zu: „Das ist Sascha, mein Trainer. Er hat mir alles beigebracht, was ich kann und ich rate euch, ihn in Ruhe zu lassen. Wir wollen schnellstmöglich zu folgenden Personen, mit denen wir noch was abklären wollen. Wer kennt diese Herren?" Daniel liest die Namen auf dem

Zettel vor und wartet, bis jemand aus der
Menschenmenge antwortet. Einer ruft, dass der eine vor
vielen Wochen von Liehnus Magiern getötet worden sei.
Ein anderer geht direkt auf die drei zu und will ihnen
zeigen, wo sich die zweite Person befindet.

Einige Schritte von der Menschenmenge entfernt führt
der Mann sie in einen abgelegenen Winkel. Unerwartet
zieht er einen kleinen Dolch und hält ihn Daniel an die
Kehle: „Bleibt, wo ihr seid oder euer Freund stirbt in
seinem eigenen Blut!" Sandra und Alex bleiben sofort
stehen. Alex fragt ihn, was los sei. „Folgt mir einfach mit
gebührendem Abstand." Das tun sie, bis er mit Daniel in
ein verlassenes Haus geht. „Bleibt draußen und wartet
einen Moment", sagt er zu Alex und Sandra in einem
rauen Ton und knallt die Tür hinter sich zu.

„Wollt ihr mich jetzt abstechen oder was habt ihr vor?",
fragt Daniel, als der Mann den Dolch von seiner Kehle
nimmt. Er hält den Dolch weiterhin in der einen und
zieht mit der anderen Hand einen kleinen Stab mit
einem blauen Kristall an der Spitze hervor. Diesen hält er
an Daniels Kopf, der plötzlich anfängt, hellgrün zu
leuchten.

Er nickt ihm zu, legt den Dolch zur Seite und senkt den
Kristallstab. „Ihr seid in Ordnung und gehört nicht zu
Liehnus bösen Schergen. Ihr könnt eure Freunde jetzt
gerne hereinholen." Daniel macht die Tür auf und hält

Alex fest, der sofort auf den Mann losstürmen möchte. „Ganz ruhig, Alex. Es sieht so aus, als sei er ein Freund." „Ganz recht", sagt der Mann. „Ich bin nämlich derjenige, den ihr sucht. Ich bin Refleh und ihr seid Daniel, Alex und Sandra, richtig? Sandra ist etwas überrascht und fragt sich, woher er weiß, dass sie eine Frau ist. Daraufhin lächelt Refleh. „Ich bin selbst ein Zauberer und wenn ich diesen alten Zauber nicht durchschauen könnte, müsste ich noch sehr viel lernen." Er streicht über sein Kinn. „Ich kann euch leider nicht begleiten. Der Zauberer Adnilem wurde von einem der Gehilfen des Hexenmeisters erwischt. Er wurde mit seiner eigenen Magie auf grauenvolle Weise in Stücke gerissen. Noch habe ich das Glück, am Leben zu sein."

Bevor Daniel dazu kommt, Refleh nach Karten und weiteren Informationen zu fragen, sagt der Zauberer lächelnd: „Ihr braucht mir nichts sagen. Ich weiß, was ihr wollt und ihr habt Glück. Ich kann euch helfen." Refleh verschwindet in einen Raum und kommt mit einem Stapel Papier zurück. Er breitet alles auf dem Tisch aus und zeigt ihnen den Weg zu Liehnus Turm.

Nachdem sich Sandra viele Notizen gemacht hat, bedanken sich alle bei Refleh und öffnen vorsichtig die Tür. Erst als sie niemanden mehr sehen können, begeben sie sich nach draußen. Sie steigen auf ihre Pferde und reiten so schnell es geht aus der Stadt.

Als Sandra, Alex und Daniel samt Notizen zurückreiten, spürt Sandra, dass die Wirkung des Zaubers nachlässt. „Wir müssen uns wirklich beeilen, denn ihr könnt euch ausrechnen, was mit der Kleidung passiert, wenn mein Zauber erlischt." Eigentlich möchten Daniel und Alex bei dem Gedanken, dass Sandra halbnackt in Kleidungsfetzen reiten muss, loslachen. Sie versuchen aber, ernst zu bleiben. Daniel ruft, dass er das kleine Waldstück schon sehen könne. „Halte irgendwie durch. Ich hab' zwar keine Ahnung wie, aber du wirst es schaffen."

Bitte haltet Sandras Kleidung bereit. Ihr Zauber lässt nach, denkt Daniel und hofft, dass Jess seine Nachricht irgendwie empfangen kann.

Als sie vor dem Wäldchen ankommen, steht Helene bereits mit der richtigen Kleidung bereit. Sandra steigt zügig ab und Helene sieht, wie zu dieser Sekunde der Zauber erlischt. Ein greller Blitz umgibt Sandra und sie steht mit wenigen Stofffetzen wieder als Frau da.

Während sie sich umzieht, denkt sie sich: *Ich glaube, Daniel und Alex haben mich auch schon nackt gesehen, aber jetzt ziehe ich mich einfach hier um.* Als sie wieder ihre passende Kleidung trägt, geht sie mit der Köchin ins Dickicht und freut sich auf eine vorzügliche Mahlzeit von ihr. „Du hast wirklich Glück", sagt Anastasia „Tanja hat ein ergiebiges Wildschwein erwischt und es zusammen mit Helene quer durch den Forst gezogen. Ich hoffe auf Regen, denn durch die Blutspur kann man uns leicht finden."

Während Anastasia das von Tanja erlegte Wildschwein zubereitet, fragen natürlich alle, wie es in der Stadt gewesen sei. Da Alex einen grummelnden Magen hat, übernimmt Sandra die gesamte Erzählung. Sie spricht über Refleh, die ausführlichen Notizen über Liehnus Turm und über einen versteckten Ort, der nützlich für sie sein könnte. Sie zeigt auf ihren nachgemalten Karten auf die äußerste südwestliche Ecke: „Refleh meint, dass wir dort vorbeireiten sollen und mit viel Glück etwas Nützliches finden könnten." Tanja schnappt sich das Gekritzel und meint: „Vielen Dank, Sandra. Wir schauen uns alles in Ruhe nach dem Essen zusammen an." Sie stimmt zu, denn ihren Hunger kann man genauso laut hören wie den von Alex, der schon ziemlich ungeduldig ist.

Bis tief in die Nacht schauen sich alle mit Sandras Hilfe die Notizen an. Aufgrund des Lagerfeuers können sie die Zeichnungen gut erkennen. Tanja macht sich noch zusätzliche Notizen und findet eine Route, die ideal sein könnte. Sie tippt gezielt auf den Punkt im Südwesten und dreht sich zu Sandra: „Hier soll etwas Nützliches für uns sein? Was das genau ist, hat er aber nicht gesagt, oder?" Sandra schüttelt den Kopf: „Leider nein. Er weiß auch nur von Adnilem, einem Freund, der von den Zauberern getötet worden ist, dass dort etwas Besonderes sein soll." Daraufhin drückt Jess Daniel schmunzelnd an sich und flüstert: „Vielleicht gibt es dort ja einen Traualtar für uns." Hierauf zuckt er kurz zusammen, steht auf und meint, dass er kurz pinkeln müsse. Jess schaut ihm lächelnd hinterher und sieht mit diesen schönen Gedanken dann ins Lagerfeuer, welches knisternd ein paar Funken nach oben sprüht.

Helene streckt sich und sagt gähnend: „Wir sollten langsam schlafen gehen. Schließlich wollen wir ja morgen über diesen Stinkfluss kommen. Habt ihr was von Refleh darüber erfahren?" Sandra sieht zu den beiden Herren, die bloß mit den Achseln zucken. „Ich glaube, das haben wir irgendwie vergessen", spricht Alex. „Vielleicht müffelt dieser Stinkfluss so, als hätten wir viele Tage nicht gebadet." – „Das sehen wir morgen", lacht Anastasia. „Ich kann gerne die Nachtwache übernehmen. Wer macht mit?" Jess erklärt sich bereit, sie zu unterstützen.

Am nächsten Morgen machen sich alle flink fertig, um direkt Richtung Süden zu reiten. Tanja prüft zur Sicherheit nochmal ihren Kompass und jeder gibt seinem Ross die Sporen.

Kurze Zeit später riechen sie einen üblen Gestank und rufen Daniel zu, ob er sich denn nicht beherrschen könne. „Ihr spinnt doch. Ich rieche den Gestank genauso wie ihr. Schaut doch mal nach vorne." Die Gruppe sieht eine pechschwarze Brühe im Fluss. Tanja, Anastasia und Helene halten sich schnell ein Tuch vor die Nase. Jess und Sandra schützen sich mit ihren Oberteilen. Glücklicherweise dreht sich der Wind und bläst nun in die andere Richtung. Die Damen atmen auf und wundern sich, warum sich Daniel und Alex nicht die Nase zuhalten. Sandra lacht: „Bestimmt sind die Herren den Gestank von früher gewohnt. Tanja – haben sich die zwei nie gewaschen?"

Bevor es zu Streitigkeiten kommt, ruft Jess: „Schaut mal! Da vorne! Ist das nicht eine Brücke?" Die anderen sind auch der Meinung, dass es ein Übergang sein könnte. Aber Jess spürt böse Wesen aus dieser Ecke und sagt es unverzüglich den anderen. Alex fragt: „Sind es Zauberer oder normale Wesen, die wir einfach töten können?" Jess konzentriert sich zwar, aber kann nichts Magisches erkennen. „Ich weiß nicht, ob sie einen Magieblocker oder sowas haben. Vielleicht haben wir aber auch Glück und es sind wirklich nur ein paar menschliche Handlanger. Tanja nimmt Pfeil und Bogen in die Hand und meint: „Dann müssen wir es herausfinden. Jess soll uns mit diesem Zauberblockdingsbums ausstatten und wir schauen, dass uns Helene später so wenig wie möglich zusammenflicken muss. Geht´s los?" Die Gruppe schaut sie zwar erstaunt an, meint aber gleichzeitig, dass die Idee gut sei. Jess fängt an, ihren Zauber einzusetzen, damit die Gruppe weitgehend vor Magieangriffen geschützt ist.

Kurz vor dem Ziel sehen sie, wie sich die Gestalten zusammentun und die Brücke verlassen. Auch sehen sie, dass sie bewaffnet sind. „Vielleicht haben wir echt Glück und es sind wirklich nur normale Menschen", sagt Helene. Die Gruppe wird langsamer und noch vor dem Übergang springen sie ab und gehen auf die Männer zu. Kurz vor den Gestalten, die mit Schild und Schwert bewaffnet sind, werden sie angehalten. „Wer seid ihr und wo wollt ihr hin?"

Leider haben sie die Antwort darauf nicht perfekt abgestimmt. Tanja sagt was von einem gemütlichen Ausritt und Daniel von einem Besuch bei seiner Familie. Jess sagt ihnen per Telepathie: *Ich glaube nicht, dass sie uns noch glauben. Haltet euch kampfbereit.* In diesem Moment verwandeln sich zwei der Männer in Falken und versuchen zu entkommen. Die anderen vier starten ohne Vorwarnung den Angriff.

Tanja hat bereits den Bogen in der Hand und feuert einen Pfeil nach dem anderen Richtung der Vögel ab; Jess spannt ebenso die Armbrust und schießt in die Luft. Anastasia bleibt mit ihrer Bratpfanne bei ihnen und stellt sich zur Verteidigung vor sie. Alex und Sandra übernehmen den Hauptangriff und versuchen, die Schilde mit Axt und Streitkolben zu zerschlagen. Helene bleibt lieber bei Anastasia, um den anderen nicht im Weg zu stehen. Während des Kampfes merkt niemand, dass sich der Wind erneut gedreht hat und der bestialische Gestank in ihre Nasen zieht. Die einzigen, die es riechen, sind die Pferde.

Nach diesem langen Kampf mit vielen Schnittwunden eilt Helene zu den Verwundeten, um die Heilung durchzuführen. Jess verlangt von Alex, jeden der möglichen Magier zu enthaupten, damit auch wirklich nichts mehr passieren könne. Da er aber einige Verletzungen erlitten hat, übernimmt es Daniel und schlägt jedem Einzelnen den Kopf ab. Während die Kopflosen von Tanja und Anastasia in den stinkenden Fluss geworfen werden, kickt Sandra die Schädel hinterher. „Habt ihr die Vögel eigentlich erwischt?", will Alex wissen, während Helene ihm eine Fleischwunde heilt. „Ja, erwischt schon. Ich hoffe nur, dass trotz Verletzung keiner entkommt", meint Jess und geht die Falken suchen.

Als alle geheilt sind, ruft Jess: „Ich hab' die beiden Falken gefunden! Dieses Mal scheint Tanja gewonnen zu haben. Sie hat beide erwischt." Als Jess zur Gruppe zurückkommt, legt sie beide Falken auf den Boden.

Helene zeigt auf den einen: „Seht mal: Der eine zuckt noch. Er ist noch nicht tot." Sandra möchte am liebsten ihren Streitkolben nehmen und dem bösen Zauberer ein Ende setzen. Sie bleibt aber friedlich und fragt alle, was sie nun machen sollten. Jess denkt nach und murmelt: „Der Zauber für den Gedächtnisschwund würde wahrscheinlich nichts bringen. Er ist schließlich ein Magier." Helene sieht den Falken etwas traurig an: „Wir können ihn doch nicht einfach ohne Grund töten. Wir sind doch keine Monster!" „Glaubt ihr wirklich, dass sie genauso denken wie wir?", fragt Alex. „Tut mir echt leid, aber wenn wir den am Leben lassen, wird er im dümmsten Fall wieder gesund. Dann wird bald die ganze Armee von Liehnu vor uns stehen. Vielleicht dürfen wir uns dann sogar selbst aussuchen, wie wir sterben wollen."

Helene geht auf den verletzten Falken zu, nimmt ihn in die Hand und sagt, dass sie ihn in diesem stinkenden Gewässer ertränken würde. „Ich möchte mich bei ihm für das, was ich gleich machen werde, zuvor entschuldigen. Kann ich dazu bitte allein sein?" Die Gruppe ist einverstanden und lässt Helene mit dem verletzten Vogel hinter einem kleinen Felsvorsprung zurück. „Ich hätte niemals gedacht, dass Helene zu sowas fähig ist", sagt Daniel, als sie nicht mehr in Sichtweite ist. Nach einiger Zeit hören sie einen Platsch und Helene kommt langsam mit abgesenktem Kopf zurück. Alle begeben sich wieder auf ihre Pferde. Mit zugehaltener Nase überqueren sie die Brücke und reiten weiter Richtung Süden.

Nach einiger Zeit sagt Tanja: „Ich bin so froh, dass wir diesen widerlichen Gestank los sind. Selbst Flos Gase rochen nach meinem leckeren Bohneneintopf nicht so extrem. Zum Glück mussten wir diese Brühe nicht berühren." Helene spürt, wie Tanja sie nachdenklich anschaut. Sie wird langsamer, woraufhin die anderen auch langsamer werden und schließlich anhalten. „Reitet weiter", sagt Tanja. „Wir kommen gleich nach." Tanja steigt ab und geht auf Helene, die etwas zu schwitzen anfängt, zu. Sie schaut ihr tief in die Augen. „Du hast den Vogel nicht ertränkt, stimmt's?" Nun kommen Helene die Tränen. Sie schluchzt: „Ich konnte ihn nicht einfach töten. Er tat mir so leid." Tanja wischt ihr mit einem Tuch die Tränen aus dem Gesicht. „Wie ich dich kenne, hast du ihn auch geheilt, oder?" Schniefend und mit gesenktem Kopf nickt sie. Tanja umarmt die Heilerin ganz fest. „Du bist eben ein guter Mensch, Helene. Ich sage den anderen nichts, versprochen." Helene wischt sich die letzten Tränen selbst weg und drückt Tanja nochmal ganz fest. Dann steigen beide auf und reiten zur Gruppe.

Langsam geht die Sonne unter und das Team macht eine Rast. Anastasia durchsucht alle Taschen und meint, dass die Vorräte nicht mehr lange ausreichen würden. Jess schaut grinsend zu Alex: „Ich glaube, Alex bekommt ab sofort keine Zusatzportion mehr. Nur so halten unsere Vorräte noch lange genug." Alex überlegt sich intensiv, ihr den Mittelfinger zu zeigen. Da er aber vor ihrer Magie ziemlichen Respekt hat, grinst er sie nur etwas blöde an.

Am Abend denken alle darüber nach, was sie hier im Südwesten finden werden – manche hoffen, dass es dort etwas Essbares gibt, andere, dass irgendwo Verbündete aufzufinden sind. Tanja und Helene erklären sich für die Nachtwache bereit und teilen sich einen der letzten Äpfel aus der Tasche.

In der Nacht hören Anastasia und Tanja eine leise weibliche und ruhig klingende Stimme. Sie schauen sich um, aber trotz des hellen Lagerfeuers können sie niemanden sehen. „Hören wir jetzt schon Geister?", fragt Anastasia und hält die gespickte Pfanne fest in ihren Händen. Tanja bleibt mit gespanntem Bogen in Helenes Nähe. Nach wenigen Minuten entspannt sie ihn wieder. „Vielleicht sind wir auch nur müde, Anastasia. Falls wir bis zum Morgen nichts mehr Verdächtiges gehört haben sollten, lassen wir die anderen in Ruhe.

Sie hören die Nacht über nichts mehr – alles bleibt still und friedlich. Sie sehen zu, wie alle gähnend und streckend versuchen, ihre Äugelein in der Morgenröte zu öffnen. Nachdem es Daniel als Erster geschafft hat, schreit er: „WAS IST DENN DAS?!?", und zeigt zitternd hinter Anastasia und Tanja. Die Wächter der heutigen Nacht drehen sich erschrocken um. Sie sehen ein großes grünschimmerndes Gebäude vor sich.

Sandra und Alex starren auf das riesige Bauwerk und kratzen sich am Hinterkopf. „Ich glaub', ich sollte wirklich mit dem Trinken aufhören" kommt zeitgleich aus ihren Mündern geschossen. Daniel klopft den beiden auf die Schultern. „Keine Angst, ihr zwei. Wir sehen es auch – und sind nüchtern." Helene starrt mit geöffnetem Mund und weit aufgerissenen Augen auf den Komplex. Anastasia hält winkend ihre Hand vor Helenes Augen, aber sie reagiert nicht ansatzweise darauf. Erst, als sie direkt vor ihr steht, blinzelt sie und kommt wieder zu sich. Das ganze Team stellt sich um Helene und fragt, ob alles in Ordnung bei ihr sei. „Wartet mal kurz", antwortet sie und geht zielsicher an die Tür und liest aufmerksam die Inschriften.

Sie dreht sich um und stottert: „Da-das ist das Gebäude aus den Sagen und Erzählungen. Wi-wir haben es wirklich gefunden." Plötzlich sehen alle, wie Helene anfängt, vor Freude hin und her zu tanzen. Tanja geht auf sie zu und versucht, sie zu beruhigen und fragt, WAS genau sie denn gefunden hätten. Helene wischt sich die Freudentränen weg, holt Luft und erzählt: „Das ist der

Ort, wo Melinda, die Fee der Wiederbelebung, haust. Vielleicht haben wir Glück und sie kann uns helfen."

Plötzlich ist es still. Alex geht zu Helene. „Sollen wir einfach reingehen oder müssen wir an einer Glocke läuten?" Daniel fragt aus Spaß, ob sie irgendein Codewort sagen müssten. „Ich schlage vor, wir gehen einfach mal rein und legen direkt nach dem Eintreten die Waffen nieder", schlägt Helene vor. Das kann zwar gefährlich sein, aber laut den Erzählungen ist sie auf unserer Seite. Wir können ja nichts verlieren, oder?" – „Nur unser Leben", meint Tanja. Sie gehen zur großen Tür, die sich plötzlich von alleine öffnet.

Als sie sich in einem grünleuchtenden Raum wiederfinden, schließt sich hinter ihnen langsam die Tür. Sie lassen Waffen und Pferde zurück und gehen gemächlich den riesigen Korridor, der mit grünleuchtenden Fackeln erhellt wird, entlang. „Das sieht wirklich wunderschön aus", sagt Jess und streicht sanft an den Wänden entlang. „Sie sind sehr glatt und spiegeln diese grüne Farbe bezaubernd wider. Aus welchem Material mag diese Behausung wohl gebaut sein?"

Der Korridor scheint kein Ende zu nehmen. „Schaut mal, da vorne!", ruft Tanja. Am Ende des Gangs schimmert es bläulich und der Korridor verwandelt sich plötzlich in einen großen kreisförmigen Raum. In der Mitte können

sie jemanden an einer silbernen Schale stehen sehen –
jedoch nur von hinten. Helenes Schritte werden etwas
schneller; sie möchte die Person als Erste erkennen. Es
ist ein kleines zierliches Wesen mit Flügeln auf dem
Rücken. Helene kann sehen, dass die Schale mit Wasser
oder einer anderen klaren Flüssigkeit gefüllt ist. Plötzlich
dreht sich die Person zu ihnen um. Dann beginnt diese
mit ihren Flügeln zu flattern und schwebt zu den
Kriegern. Die Gruppe betrachtet sie emotionslos –
Helene jedoch lächelt sie an.

„Willkommen Helene - ich habe euch erwartet. Willst du
mich deinen Freunden vorstellen oder soll ich es lieber
selbst machen?" Helene bleibt stumm stehen und weiß
nicht, was sie sagen soll. Daniel blickt zu Alex und
flüstert: „Das ist ja eine süße und sexy Stimme." Er nickt
grinsend und beide sehen, wie sie flatternd auf sie
zukommt. „Ihr müsst Daniel und Alex sein, richtig? Freut
mich, dass ihr Siggi nicht gebraten und gegessen habt."
Jetzt flattert sie zu den anderen, die sich schon wundern,
woher sie das alles weiß. „Ihr müsst Anastasia, die
Wunderköchin sein, oder? Dann sind da noch Tanja und
Sandra: Immer für einen Spaß zu haben." Zum Schluss
dreht sie sich zu Jess und flattert mit einem etwas
ernsteren Blick auf sie zu: „Ihr seid Prinzessin Jessica.
Wegen euch ist der Hexenmeister Liehnu wohl etwas
mies gelaunt. Ich glaube, ihr habt damals einen seiner
besten Freunde getötet." Jess überlegt, wer das

gewesen sein könnte, bis ihr der Fall in ihrem Haus einfällt. „Meint ihr etwa denjenigen, der bei mir zuhause am Boden lag und den ich mit der Armbrust getötet habe?" Die flatternde Dame nickt kurz und bleibt stehen.

Helene geht einen Schritt auf die Dame zu: „Entschuldigung, aber dürfen wir auch wissen, wer ihr seid und woher ihr alles über uns wisst?" Die Unbekannte lächelt und geht ein paar Schritte zurück, damit sie alle gut sehen kann. „Wo bleiben nur meine Manieren? Eure Helene hatte schon Recht damit: Ich bin Melinda. Ich freue mich, euch endlich persönlich kennenzulernen."

„Habt ihr auch so eine Magie, wie sie in der Oase der Wahrheit herrscht? Sodass nur Menschen mit einem reinen Herzen das Gebäude sehen können?", fragt Jess. „Wenn das der Fall ist, hätten wir dann das Gebäude nicht schon vorher sehen müssen…?" Melinda lächelt und tippt Jess an die Nase: „Diesen Zauber habe ich selbst kreiert. Ich kann mein Gebäude verschwinden oder erscheinen lassen, wie ich will – einfach so. Der Zauber von den Oasen war bereits da, aber ich weiß leider nicht, von wem er stammt. Ich kann aber noch viel mehr tun, glaubt mir." Jetzt macht Helene große Augen: „Heißt das, ihr könnt Menschen wieder zum Leben erwecken? Ich habe zwar schon drei Bücher zu diesem

Thema gefunden, aber mir fehlt noch mindestens eins dazu."

Melinda wird neugierig und verlangt nach diesen Büchern. Sandra schaut zu Helene und fragt, ob sie sie aus der Satteltasche holen soll. Melinda schüttelt lächelnd den Kopf. „Spar' dir den Weg, Sandra. Die Pferde sind schon unterwegs zu uns. Schließlich wollen sie nicht alleine sein." Kaum hat sie ausgesprochen, sehen alle, wie die Pferde angetrabt kommen. Helene zieht die Bücher heraus und überreicht sie Melinda, die sie kurz durchblättert. Nachdem sie den Part mit der Wiederbelebung durchgelesen hat, fängt sie an zu lachen. „Was ist los?", fragt Helene. Melinda nimmt die Bücher und lässt sie durch Zauberhand in Flammen aufgehen.

Die Gruppe sieht die Asche lautlos auf den Boden rieseln. „Warum hast du das getan?", will Helene entsetzt wissen. Melinda schaut die Gruppe an, aber vor allem die Heilerin, die weiterhin zutiefst entsetzt blickt. „Dieser beschriebene Zauber ist ein Witz und funktioniert überhaupt nicht. Viele glauben, man brauche nur ein paar kleine Sprüche – und fertig." Jetzt tritt Alex einen Schritt nach vorne: „Aber bei den bösen Zauberern heißt es, sie könnten jeden zum Leben erwecken. Was ist damit?" – „Das stimmt nur teilweise. Sie können zwar Getötete zum Leben erwecken, aber das sind danach nicht mehr *die* Personen, die sie einst waren. Es sind dann nur noch willenlose Krieger ohne Seele. Die richtige Wiederbelebung kann nur *ich*."

Nach diesem Satz herrscht absolute Stille im Raum. Tanja fragt Melinda ganz vorsichtig: „Soll das heißen, ihr könnt wirklich *jeden* zum Leben erwecken? Wir haben im Kampf unsere besten Freunde, die sich sogar für uns geopfert haben, verloren. Gibt es also eine Möglichkeit, sie wieder in unsere Arme schließen zu können?"

Melinda wusste, dass diese Frage kommen wird und blickt zu den Pferden, die ziemlich hungrig und durstig aussehen. Sie geht zu ihnen und führt einen Zauber durch. Als die Pferde plötzlich äußerst zufrieden dreinblicken, sagt sie: „Ich habe gerade einen Zauber, der bewirkt, dass sie die nächsten Wochen weder Essen noch Trinken benötigen, angewandt. Soll ich ihn auch bei euch durchführen?" Tanja lächelt zu Alex: „Dann gibt's die nächsten Wochen kein Schnitzel mehr. Ich hoffe, du wirst es überleben." Alex zeigt ihr den Mittelfinger: „Verhungern kann ich dann ja wohl nicht mehr, du Depp." Melinda findet die Streitigkeiten amüsant und säuselt nebenbei zwei Magiesprüche. Nachdem alle einmal gelb und einmal braun aufgeleuchtet haben, klatscht sie in die Hände: „Hunger, Durst und Schlaf gibt es für euch nun in den nächsten Wochen nicht mehr. Leider kann ich euch diesen Zauber nicht dauerhaft verleihen." Melinda schaut zu Anastasia, die etwas traurig blickt. „Sei nicht traurig, Anastasia. Es geht schneller vorbei, als du denkst und danach erfreuen sich dann alle bestimmt noch mehr an deinen Kochkünsten."

„Melinda", beginnt Tanja erneut, „ich will ja nicht aufdringlich sein, aber was ist denn jetzt mit unseren getöteten Freunden? Kannst du sie wirklich wieder zum Leben erwecken?" – „Zuerst will ich euch sieben helfen, damit ihr König Hartmut retten könnt, aber…" Jess unterbricht Melinda: „Tut mir leid, aber meine Freunde helfen mir bei der Rettung meines Vaters und Elke musste schon ihr Leben dafür lassen. Ich denke, die getöteten Freunde zurückzuholen, steht an erster Stelle. Das würde mein Dad bestimmt genauso sehen." Melinda denkt kurz nach und versteht Jessicas Flehen: „Ok, Jess", antwortet sie. „Ich habe in dein Herz gesehen und gemerkt, wie wichtig das für dich ist. Folgt mir bitte."

Die Gruppe geht mit Melinda an die silberne Schale. Deren Glitzern und Funkeln spiegelt sich in ihren Augen wider. „Ich möchte euch eure Euphorie nicht wegnehmen, aber nicht jede getötete Person kann zum Leben erweckt werden. Sie muss nämlich ein absolut reines Herz besitzen. Hatten das auch wirklich alle?" Daniel spricht über Flo: „Ich kannte Flo viele Jahre. Abgesehen davon, dass er mit vielen Frauen geflirtet hat, war er stets sehr hilfsbereit. Er hat mich zum Beispiel auch davon abgehalten, Katharinas Vater zu töten." Melinda lächelt und nickt Richtung Daniel, dem ein paar Tränen die Wangen herunterlaufen. Sie streicht über Daniels Gesicht und lässt seine Tränen in die silberne Schale tröpfeln. Dann schaut sie zu Alex und fragt ihn, was er über Silke erzählen könne. Noch bevor er zu berichten beginnt, kommen ihm die ersten Tränen. „Silke war mehr als eine Schwester für mich. Sie hat mir immer und überall geholfen. Es war schlimmer als ein Stich ins Herz, als sie getötet wurde." Auch Alex' Tränen taucht Melinda in die Schale. Tanja spürt, dass Melinda jetzt gleich auf sie zukommen wird. Sie fängt mit glasigen Augen an zu sprechen: „Elke war eine wirklich liebenswerte Person. Sie hat uns in sehr vielen Bereichen geholfen – und hätte sie sich nicht für uns geopfert, wären wir alle im Giftbach gestorben." Auch diese unzähligen Tränen kommen in die silberne Schale.

Plötzlich wird die durchsichtige Flüssigkeit hellgrün. Melinda dreht sich zu Tanja, Daniel und Alex und verlangt nach einem persönlichen Gegenstand der verstorbenen Freunde. Sie holen Silkes Morgenstern, Flos Dolch und eine der Phiolen von Elke herbei. Melinda legt alles zusammen in die Schale. Die Sachen versinken sofort und sind nicht mehr zu sehen. Melinda murmelt ein paar Zaubersprüche mit den Namen Silke, Flo und

Elke. Plötzlich leuchtet es dunkelgrün in der Schale – alle schauen wie gebannt auf die gefärbte Flüssigkeit.

Nach einiger Zeit fragt Anastasia: „Ähm – was passiert jetzt?" Alex würde ihr am liebsten mit ihrer eigenen Pfanne auf den Kopf schlagen, aber Melinda schüttelt lächelnd den Kopf: „Der Zauber ist nun getan. Ob und wann es klappt, kann ich leider nicht sagen. Ihr müsst Geduld haben. Wenn es funktioniert, werden plötzlich und völlig unerwartet eure Freunde erscheinen."

Die Freude scheint bei allen so groß zu sein, dass es selbst die Pferde bemerken. Jeder bedankt sich einzeln bei Melinda. Alex und Sandra passen auf, dass Melindas zarte Flügel bei der Umarmung nicht verletzt werden.

Melinda begleitet das Team zum Ausgang. Auf dem Weg dorthin fragt sie nochmal, ob sie ihnen noch bei irgendetwas helfen könne. Jess spricht den Zauber, der die böse Magie teilweise blocken kann, an. Melinda hält kurz an und schaut zu Jess: „Der Zauber ist zwar nicht schlecht, aber wartet mal kurz. Ich hole schnell etwas." Melinda flattert in rasantem Tempo durch den Korridor und ist innerhalb kürzester Zeit nicht mehr zu sehen.

Schnell kommt sie zurück und hat zwei kleine Fläschchen mit einer gelben Flüssigkeit dabei. Diese überreicht sie Jess. „Ich habe auf die Schnelle zwei Portionen für euch gefunden, die böse Magie zu 100 Prozent abblocken können. Es hält so lange an, bis man eine enorme Kälte spürt." Daniel schmunzelt und meint, dass es wie Urin aussehe. Als er Melindas ernsten Blick sieht, entschuldigt er sich sofort für den blöden Witz und bleibt ruhig. Dann blickt sie zu Tanja und sagt, dass dies zum vorherigen Zauberspruch dazugehöre. Erleichtert freut sich Tanja und bedankt sich nochmals bei ihr. Die anderen zucken nur mit den Schultern.

Als sie das Gebäude verlassen, winkt Melinda zum Abschied allen zu und lässt das Haus im sandigen Wind verschwinden.

Tanja sieht zu Daniel und meint: „Glaubst du, wir werden unsere Freunde eines Tages wiedersehen?" – „Ich glaube fest daran, Tanja. Mir fehlen sie wirklich sehr." – „Uns auch!", stimmen die anderen mit ein und steigen auf. Der finale Ritt Richtung Liehnus Turm beginnt.

Während der ewigen Reiterei sind alle froh, weder eine Rast machen zu müssen noch müde zu werden. Daniel ruft Tanja zu, ob sie nicht mal wieder eine Pinkelpause brauche. Tanja reitet gelassen neben ihm her und meint: „Melindas Zauber verhindert auch, dass wir aufs Klo müssen. Wir können jetzt ohne Unterbrechung durchreiten." Als Jess das hört, gibt sie es gleich allen freudig per Telepathie durch. *Ich als Magierin hatte das*

Problem noch nie, denkt sie und blickt zur Satteltasche mit Melindas Zaubertränken.

Als es langsam dunkel wird, überlegen sich alle, ob sie nicht doch einmal eine Rast machen sollten. „Wir hätten Melinda fragen können, ob sie einen Zauber auf Lager hat, der uns im Dunkeln alles sehen lässt", meint Anastasia, die jetzt gerne etwas kochen würde. „Dafür ist es leider zu spät", antwortet Tanja. „Wir sollten uns gut überlegen, zu welcher Zeit wir in den Turm gehen." Alex streichelt seine Axt und sagt: „Er erwartet uns ja mit Sicherheit. Dieser Falke aus dem Gebirge ist bestimmt schon angekommen und hat ihm alles berichtet. Wenigstens konnten wir die anderen Falken am Stinkfluss aufhalten." Nachdem Alex diesen Satz fertig ausgesprochen hat, stoppt Helene den Ritt, steigt ab und fängt an, bitterlich zu weinen. Tanja weiß ganz genau, was los ist und stellt sich schützend vor sie.

Alex fragt sofort überrascht, ob er gerade etwas Falsches gesagt habe. Jess denkt schnell über den Sachverhalt nach und spricht per Telepathie zu Tanja: *Geht es etwa um den Falken am Stinkfluss, den sie umbringen wollte? Sie konnte es nicht tun, oder?* Tanja schaut zu ihr und nickt mit geschlossenen Augen.

Jess denkt kurz über alles nach, holt Luft und fängt an, der Gruppe alles zu erklären. Da Tanja bereits alles weiß, spricht sie in Helenes Namen, die weiterhin am Weinen ist. Als das Gespräch beendet ist, schauen alle auf Helene, die sich zwischenzeitlich auf den Boden gesetzt hat. Sie erschrickt etwas, als alle gleichzeitig auf sie zukommen und ihr hochhelfen. Jeder drückt sie ganz fest mit Worten wie: „Es ist alles ok", oder: "Ich hätte es bestimmt auch nicht tun können." „Ihr müsst doch jetzt bestimmt stinksauer auf mich sein, oder?", schnieft Helene und wischt sich die Tränen weg. Sandra geht zu ihr und hält sie liebevoll fest. „Liebe Helene. Auch wenn wir gerade in einem düsteren Land sind, heißt das nicht, dass wir genauso sind. Was du gemacht hast, ist einfach etwas ganz Besonderes. Du heilst jemanden, der dich mit Sicherheit töten würde. Du bist einfach eine gute Seele und hilfst jedem, der Hilfe benötigt." – „Danke Sandra", antwortet Helene mit leiser Stimme und freut sich über all die schönen Worte. Daniel meint lächelnd: „Jetzt sind wir ja schon von den Pferden abgestiegen. Eigentlich können wir deshalb auch eine kurze Pause machen. Tanja kann gerne prüfen, wie weit unser Ziel noch entfernt ist." Daraufhin geht Tanja zu den Karten und meint, dass es nicht mehr weit sein könne. „Also, wenn wir so weitermachen, könnten wir bereits im Morgengrauen am Turm sein. Hoffentlich werden wir nicht von 1000 Zauberern oder Kriegern erwartet." – „Ich hoffe, du hast Recht, Tanja", sagt Daniel. „Sonst muss Jess mithilfe ihrer Magie alles alleine durchführen. Unter diesen Umständen wären die Erfolgschancen leider sehr gering." Jess sagt, dass sie den Zauber erst kurz vor dem Turm einsetzen würde. „Damit seid ihr auf bestimmte Zeit gegen feindliche Magie geschützt." Tanja hält den Bogen fest in ihren Händen. „Ich glaube, wir müssen das Überraschungsmoment nutzen. Solange sie ihren Schutzzauber nämlich nicht einsetzen, sind sie genauso verwundbar wie wir, nicht wahr, Jess?" Sie nickt und hofft, dass sie ohne des Hexenmeisters Wissen in den Turm gelangen werden.

Als die ersten Lichtstrahlen zu sehen sind, steht Daniel auf und streckt seine Faust den anderen entgegen: „Wir haben schon so viele schwierige Aufgaben gehabt und trotzdem haben wir nie aufgegeben! Jetzt sind wir schon so weit gekommen – DAS schaffen wir auch, oder? Jetzt stehen alle auf und legen die offenen Hände auf seine Faust, damit der Erfolg beschlossene Sache ist. Daniel freut sich und spricht: „Dann lasst uns los. Tanja: Du reitest vor und zeigst uns, wie wir hinter den Turm kommen." – „Geht klar", antwortet Tanja und reitet im sanften Sonnenlicht voran. Schneller als gedacht befindet sich die Gruppe hinter dem pechschwarzen Turm. Kurz davor führt Jess den Zauber durch und alle bestätigen, dass ihnen ziemlich kalt geworden sei.

Sie steigen von den Pferden ab und sehen, dass es hinten, wie auch bei der Topasburg, einen kleinen schmalen Eingang gibt, aus welchem braunes Abwasser abfließt. Tanja schaut auf die Karten und meint, dass dies der einzige Weg, ohne großes Aufsehen zu erregen, sei. Alex nimmt eine brennende Fackel, die Jess aus einem Ast und einem Kleidungsstück gebastelt hat und beginnt mit dem Einstieg. Nach und nach folgen ihm die anderen bewaffnet in den nassen und übelriechenden Gang. Bei der ersten Weggabelung fragt Alex Tanja, wo es nun weitergehe. Sie meint, dass es links zu den Kerkern gehe und es rechts einen Weg gebe, der mit Sicherheit nach oben führe.

„Also ich werde nach links gehen, damit ich meinen Daddy retten kann. Wer kommt mit?" Nach langen Hin und Her entscheiden Anastasia und Sandra, ebenfalls den linken Weg einzuschlagen. Bevor sich ihre Wege trennen, nimmt Jess einen der beiden Zaubertränke von Melinda und überreicht ihn Helene. „Vergiss nicht, Helene: Jeden Trank kann man nur einer Person verabreichen und außerdem blockt er die Schwarze Magie nur für kurze Zeit." Helene nimmt ihn dankend an und jeder wünscht dem anderen Team viel Glück.

Während Jess, Anastasia und Sandra Richtung Keller unterwegs sind, überlegen alle, was sie tun könnten, um mögliche Gegner vor der Zelle auszuschalten. Am Ende des Ganges sehen sie, wie zwei Wachen vor einer großen Zelle sitzen. Jess spürt die Anwesenheit ihres Vaters und teilt es Anastasia und Sandra unmittelbar leise mit. Plötzlich kommt Sandra eine tolle Idee. Sie flüstert Jess etwas ins Ohr, während Anastasia weiter durch den stinkenden Gang geht. Jess grinst und meint, dass das eine wirklich gute Idee sei. Sandra geht auf Anastasia zu und fragt, ob sie diese giftigen Kräuter aus dem rotgetönten Glas dabeihabe. Anastasia zieht, ohne nachzufragen, das kleine Glas aus ihrer Tasche. „Das ist perfekt", sagt Jess. „Kannst du uns bitte zwei große Gefallen tun?" Anastasia sieht, wie Jess und Sandra etwas hämisch grinsen. Die Köchin verdreht die Augen und fragt, was sie tun solle. Jess fragt sie in einem lieben Ton: „Kannst du dir vorstellen, den Wachen einen vergifteten Trank zu geben? Wasser tropft ja genug von der Decke und ich kann ihn dann mit einem Zauber köcheln lassen." – „Aber ich bin doch kein Mann oder willst du mich etwa..." Sandra nickt und grinst: „Du hast es erkannt: Jess verwandelt dich in einen Mann. Ich bin gespannt, wie du dann aussehen wirst."

Die Köchin schaut erst zur flehenden Jess, dann zur grinsenden Sandra. Sie denkt sich: *Ich wusste, dass diese Sache einen Haken hat.* Sie verdreht erneut die Augen und willigt schlussendlich stillschweigend ein.

Währenddessen geht die Viereгgruppe den schier endlosen langen Gang entlang. Alex regt sich über die Spinnweben, die ihn überall benetzen, auf: „Jetzt reicht es mir", grummelt er und lässt Daniel den Vortritt.

Zuerst wundert sich dieser darüber, warum er auf einmal an der Spitze laufen soll, aber kurz darauf spürt er es. *Das zahle ich dir heim*, denkt er sich. Er schnappt sich eine große Spinne und wirft sie Richtung Alex. Da dieser gerade den Mund offen hat, fliegt sie ihm direkt in den Mund; er verschluckt sie. Daniel kann sich vorstellen, was Alex nun mit ihm vorhat. *Das war es mir Wert*, denkt Daniel und sagt: „Da vorne scheint der Gang zu Ende zu sein. Ich bin gespannt, wo wir rauskommen.

Jess ist mit dem Verwandlungszauber fertig. Als die beiden zurückkommen, muss sich Sandra den Mund vor lauter Lachen schnell zuhalten. Die *männliche* Köchin hat zwar ihre tatsächliche Größe behalten, aber sehr hübsch sieht sie nicht aus. „Du siehst aus, als hättest du mehrere Jahre kein Tageslicht gesehen", schmunzelt Sandra. Jess schaut sich ihr Zauberwerk genau an und sagt: „Du kannst denen ja sagen, dass du den Auftrag unmittelbar nach der Arbeit im tiefsten Keller bekommen hast." Anastasia kratzt sich am Hinterkopf und hofft, dass alles wie geplant klappen wird. Sandra hat in der Zwischenzeit viel Wasser gesammelt und Jess wendet im Handumdrehen den Hitzezauber an, damit die Kräuter nicht mehr zu erkennen sind. Die Köchin macht sich mit dem Dreck der Wände etwas schmutzig und bewegt sich langsam nach draußen. Sie geht zielsicher, aber bedacht zu den Wächtern, um ihnen den Gifttrank zu übergeben.

In der Zwischenzeit sind die anderen am Ende des Ganges angekommen. Vor ihnen befindet sich eine abgeschlossene eiserne Tür. Alex versucht, sie mit viel Kraft aufzustoßen – vergebens! „Es kann doch nicht sein, dass wir jetzt an dieser Tür scheitern! Helene, hast du einen Zauber, der uns helfen könnte, parat?" Die Heilerin tritt an die Tür und denkt nach. Schon nach kurzer Zeit schüttelt sie den Kopf: „Tut mir leid, aber da kann ich leider nichts tun. Tanja meint: „Tja, dann müssen wir umkehren und zu Jess…" In diesem Moment leuchtet das Türschloss hellrot auf. Es macht ein knacksendes Geräusch und das Leuchten verschwindet. Die Gruppe schaut sich fragend an und Daniel versucht erneut, die Tür zu öffnen: Sie geht problemlos auf.

„Was zur Axt ist jetzt passiert?", will Alex wissen. Tanja zuckt mit den Schultern: „Ist doch egal. Lasst uns einfach weitergehen", antwortet Tanja nüchtern. „Wir müssen leise, schnell und vorsichtig sein. Ihr wisst ja: Nur solange es uns kalt ist, schützt uns der Blockaden-Zauber." Alle halten ihre Waffen fest in den Händen und gehen mit leisen Schritten weiter.

Anastasia geht langsam, aber sicher auf die beiden Wärter zu. Da sie unbewaffnet dasitzen, vermutet die Köchin, dass es Zauberer sind. Als sie von den beiden bemerkt wird, stehen sie auf und fragen, was sie hier treibe. Mit tiefer Männerstimme sagt sie: „Ich wurde direkt nach meiner Arbeit von Liehnu aufgefordert, euch einen Stärkungstrank zu bringen. Er hat ihn selbst zubereitet." Als sie das Getränk auf den Tisch stellt, meint der eine: „Also, zum einen kenne ich dich nicht und zum anderen sollten wir den Trank testen, bevor wir ihn trinken."

Jetzt bekommt Anastasia langsam Angst, aber versucht trotzdem, ruhig zu bleiben. In diesem Moment eilt ein dritter schwarz gekleideter Magier herbei. Etwas außer Atem fragt er die beiden, ob sie den Trank des Hexenmeisters noch nicht getrunken hätten. „Wir waren uns noch nicht darüber im Klaren, ob er wirklich von ihm kommt. Wir wollten ihn gerade testen und…" – „Seid ihr verrückt? Der Hexenmeister will nachher prüfen, wer von allen seinen Trank getrunken hat. Wenn ihr einen Echtheitszauber durchführt, wird er es merken. Was er dann mit euch macht, brauch' ich ja wohl nicht erklären! Er hasst Zweifler!" Daraufhin bedanken sich beide für den Hinweis und nehmen einen kräftigen Schluck.

Plötzlich schnappen sie vergebens nach Luft, röcheln und fallen mit offenen Augen zu Boden. Anastasia schaut zuerst zu den toten Magiern, dann zum unbekannten Zauberer mit der dunklen Kleidung. Er dreht sich zu Anastasia: „Euren Freunden habe ich die Tür geöffnet, damit sie zu Liehnu durchkommen. Nehmt den zweiten Gang rechts – so trefft ihr euch gleich.

Beeilt euch, bevor die restlichen Magier aus dem
Trainingslager kommen. Viel Glück euch allen."
Anastasia hält ihn geschwind am Arm fest und fragt ihn,
warum er ihnen überhaupt helfe. „Eine von euch hat
mich beim Stinkfluss am Leben gelassen und geheilt. Sie
hat mir die Augen geöffnet. Jetzt muss ich aber los,
bevor jemand Verdacht schöpft." Der Zauberer
verwandelt sich im Handumdrehen in einen Falken und
fliegt schnell davon. Sandra und Jess rennen zu
Anastasia und fragen, ob sie das alles richtig gehört
hätten. „Ja, das scheint der Zauberer, den Helene am
Leben gelassen hat, zu sein. Er muss auch Daniel, Alex,
Helene und Tanja geholfen haben. Es scheint so, als
hätten wir einen neuen Freund gefunden." Plötzlich hört
Jess ein leises Klopfen hinter sich. „Daddy, bist du das?"
Sie rennt zu einer eisernen verschlossenen Tür. „Sandra
und Anastasia. Könnt ihr schauen, ob die zwei einen
Schlüssel bei sich haben?" Sie durchforsten sofort deren
Taschen. „Bingo!", ruft Sandra und wirft ihn Jessica zu.
Voller Euphorie öffnet sie die Zelle. Sie hat tausend
Freudentränen in den Augen, als sie ihren – wenn auch
sehr abgemagerten – Papa endlich vor sich stehen sieht.
Sie nimmt ihn fest in die Arme und merkt schnell, dass er
ziemlich an Kraft verloren hat. „Jessica! Es ist so schön,
dich wiederzusehen. Wie hast du es geschafft,
hierherzukommen?" Sie winkt Anastasia und Sandra her.
Hartmut schaut etwas nachdenklich und fragt, wer denn

der Mann neben Sandra sei. Jess lacht und erklärt ihm, dass es die Superköchin Anastasia aus dem Trainingslager von Schotterhausen sei. „Wissen sie, um sie zu befreien, musste mich Jess in einen Mann verzaubern." Hartmut geht auf die beiden zu und bedankt sich herzlich für seine Rettung. „Anastasia, du hast mir das Leben gerettet und ich würde mich geehrt fühlen, wenn wir beim Du bleiben könnten. Ist das ok für dich?" Sie ist einverstanden und denkt sich still: *Der König fühlt sich geehrt, mit mir per Du zu sein.* „Es wäre aber zu gefährlich, wenn mein Daddy hierblieb", meint Jess ernst. „Anastasia! Kannst du mit ihm zurück zu Melinda reiten, damit er in Sicherheit ist? Wir haben noch etwas Zeit, bis sämtliche Zauberer zurück sind. Die müssen wir auf jeden Fall nutzen. Wir knöpfen uns jetzt nämlich diesen Liehnu vor." Hartmut findet es zwar schade und zu gefährlich, seine Tochter erneut verlassen zu müssen, dennoch stimmt er zu. Schweren Herzens verabschieden sich Hartmut und Anastasia von der Gruppe. Hier also trennen sich ihre Wege.

Die Vierergruppe eilt die endlos lange Wendeltreppe hinauf. Daniel sagt ächzend: „Ich glaube, Flo hätten wir hochtragen müssen." – „Oder er hätte dem Hexenmeister zugerufen, er möge bitte nach unten kommen", fügt Tanja schelmisch grinsend hinzu. Daniel schaut aus dem Fenster und blickt nach oben. „Ach du Scheiße. Wir haben noch einen sehr weiten Weg vor uns." Daniel sieht, wie zwei Personen Richtung Westen reitend das Gelände verlassen. Er winkt schnell die anderen her. Tanja kneift die Augen leicht zusammen: „Es sind zwei Männer. Der eine könnte Hartmut sein, aber wer ist der andere?" Helene meint: „Für mich sieht der andere rein klamottentechnisch wie Anastasia aus. Vielleicht haben sie ihn gefunden und sie bringt ihn jetzt in Sicherheit."

Plötzlich hören sie Geräusche von unten. „Ich hab' mich schon gefreut, dass wir keine Gegenwehr bekommen", sagt Daniel. Alle halten die Waffen für den anstehenden Kampf bereit. „Du bist ein Feigling, Daniel", brummt Alex und stellt sich mit seiner glitzernden Axt nach vorne. Sie sehen zwei Schatten an den Wänden, die immer näherkommen. Tanja hält ihren Bogen vor sich und spannt ihn schießbereit. Da Helene keine Waffe mehr hat, bleibt sie in Deckung und hofft, dass nach dem Kampf niemand sterben muss.

„Senkt die Waffen", sagt Helene. „Ich weiß, wer das ist." Alle hören auf die Heilerin und sehen, wie Sandra und Jess nach oben kommen. Jeder erfreut sich, die anderen zu sehen. Jess erzählt von der Rettung ihres Vaters sowie vom helfenden Magier. Als Helene die Geschichte von diesem netten Zauberer hört, kommt ihr eine kleine Freudenträne. Sie denkt: *Jeder hat etwas Gutes in sich. Man muss es nur finden.* Jess fragt, ob die Kälte von ihrem Schutzzauber noch vorhanden sei. Sandra und Helene meinen, dass sie bei ihnen langsam nachlasse. Deswegen setzt Jess den Zauber vorsichtshalber erneut ein. Als man die Gänsehaut an ihren Händen sieht, grinst Jess zufrieden und meint, dass es funktioniere. „Es ist aber schon komisch, dass niemand hier ist", wundert sich Sandra. „Am Ende ist es eine Falle und wir gehen allesamt drauf."

Auf dem langen Weg nach oben kommt ihnen ein Diener mit einem Tablett entgegen. Jess schießt diesem, ohne zu zögern, einen Pfeil in den Kopf und die unbewaffnete Helene springt nach dem Tablett, welches dadurch fast zu Bruch geht. Sie kann es gerade noch halten, bevor es mit ohrenbetäubendem Lärm die Treppe hinunterfällt. „Gute Reaktion, Helene", sagt Daniel. „Du solltest in einem Gasthaus arbeiten." Sie lächelt und bedankt sich für das Lob. Den toten Diener legen sie so zur Seite, sodass es aussieht, als würde er mit dem Kopf zur Wand schlafen. „Da die Teller und Gläser leer waren, muss jemand da oben sein", meint Sandra. „Glaubt ihr, er hat dort so eine Zauberkugel, die alle mit dunkler Magie füttert?" Jess dreht sich zu Sandra: „Ich bin mir da sehr sicher. Wenn wir sie zerstören, könnte das auch Frieden über dieses Land bringen. Zumindest herrsche dann kein böser Zauber mehr." – „Ich glaube kaum, dass es so eine kleine Kugel wie in der Topasburg sein wird", brummt Alex. „Bei der hatten wir ja schon Glück, dass die rohe

Kraft ausgereicht hat, sie zu zerstören." – „Mensch, Alex", sagt Daniel, „sei nicht so negativ drauf; wir schaffen das schon. Überleg' doch mal: Willst du deine Regina nicht mehr wiedersehen? Jetzt gehen wir die letzten Stufen nach oben und sehen, was uns erwartet. Ganz egal was passiert: Wir halten zusammen, verstanden?"

Als sie die letzte Stufe erreicht haben, stehen sie vor einer Tür, die mit Skeletten verziert ist. *Flo hätte diese Tür für unsere WG gefallen*, denkt sich Tanja. Aus dem Inneren des Raumes hören sie laute Geräusche und zwei Personen: eine, die laut schreit und eine, die um Gnade winselt. „Könnte das der Zauberer sein, der uns geholfen hat?", flüstert Jess, „Bevor wir reingehen, sollten wir die beiden Tränke mit dem absoluten Schutzzauber verteilen. Wer von uns soll sie trinken?" Nach kurzem Überlegen nehmen sie Alex und Sandra; sie trinken sie auf Ex aus. Kurz darauf treten die beiden die Tür ein und stürzen in den Raum. Jess und Helene bleiben zunächst versteckt neben der Tür und lauschen.

Alex und Sandra erblicken eine Person mit pechschwarzem Mantel und rotleuchtenden Augen. Mit der einen Hand berührt er die Zauberkugel, mit der anderen packt er den Zauberer, der nur noch schwach am Röcheln ist, am Hals. Neben ihm sehen sie ein gigantisches Fenster in Form eines Totenkopfs. Aus der riesigen Magiekugel erscheinen leuchtende Blitze, die durch das Fenster schnellen.

Mit dem letzten Atemzug stöhnt der Zauberer: „Zerstört die Kugel! Dann hat er…" – *Knacks*! – Die düstere Gestalt bricht ihm das Genick und wirft seinen toten Körper aus dem offenen Fenster. Er blickt zu den Gruppenmitgliedern und fängt hämisch an zu lachen: „Ich muss schon sagen: Ich hätte ja niemals gedacht, dass ihr es wirklich zu mir schafft. Mein Bote aus dem Gebirge sagte mir, dass er euch gesehen habe. Aber hier und jetzt ist eure Reise zu Ende. Ich habe König Topas im dunkelsten Verlies eingesperrt. Soll ich ihn mit meinen beiden Magiern nach oben holen?"

Alex geht einen Schritt nach vorne und sagt ganz kühn: „Wir nehmen an, dass ihr Liehnu seid." Er nickt lächelnd. Alex fährt fort: „Wie wollt ihr ihn denn nach oben bringen? Könnt ihr etwa so laut nach ganz unten in den Keller rufen?" Die anderen erkennen, dass der Hexenmeister immer zorniger wird. Er bleibt an der Magiekugel stehen und berührt sie mit einer Hand. Plötzlich leuchtet die Kugel rot auf. Sandra und Alex hören, wie er leise murmelt: „Warum kann ich keinen Kontakt zu den beiden aufnehmen?" Es sieht so aus, als versuche er es immer und immer wieder, aber Alex und Sandra merken, dass es nicht funktioniert.

„Was ist los?", fragt Sandra lächelnd. „Sucht ihr etwa DEN hier?" Sie wirft ihm den Kerkerschlüssel zu. „Wie zum Teufel habt ihr das geschafft? Hat er euch wirklich geholfen? Aber warum? Er war einer meiner stärksten Magier. Ich musste ihn töten, weil er seine Gedanken gegen mich blockiert hat. Jetzt weiß ich auch, wieso." Seine Augen leuchten von Sekunde zu Sekunde stärker. „Naja, dann werde ich euch eben vernichten. Der Rest eurer erbärmlichen Bande hat es, wie es aussieht, ja wohl nicht geschafft." Alex bleibt mutig und versucht herauszufinden, ob er eigentlich immer direkt an seiner Kugel bleiben muss, um seine magischen Kräfte zu erhalten. „Besitzt ihr denn keine eigene Magie? Dann solltet ihr euch besser ein Klo neben die Kugel stellen." Liehnu hält seine Hand weiterhin an die Kugel und streckt die andere direkt Richtung Alex. Der Hexenmeister murmelt ein paar Worte und ein heller Strahl zischt direkt auf Alex zu. „Geh' in Deckung!", brüllt Daniel – doch zu spät: Der Strahl trifft direkt auf Alex' Oberkörper. Ein greller Blitz leuchtet auf und für ein paar Sekunden können alle nichts mehr sehen.

Als das grelle Licht abklingt, ist Alex verschwunden. Nur noch seine Axt liegt auf den Boden. Daniel, Tanja und Sandra blicken entsetzt zu Liehnu, der lachend fragt, wer der nächste sein möchte. Sandra überlegt kurz und betet, dass es so ist, wie sie hofft. „Ihr mieses Schwein", brüllt sie. „Ich mach euch fertig!" Sie rennt mit ihrem

Streitkolben schreiend auf Liehnu zu. Der Hexenmeister gähnt und setzt denselben Magietrick wie bei Alex ein. Ein heller Strahl trifft sie am Oberkörper und wiedererscheint ein greller Blitz. Auch Sandra verschwindet wie vom Erdboden. Liehnu lacht sich kaputt: „Wieso hab' ich bloß meine ganzen Zauberer ausgesandt, um euch zu finden? Zum Glück weiß niemand, dass ich die Magie nur im direkten Kontakt mit dieser Kugel anwenden kann. Solange sie bei mir ist, werden alle anderen mit ausreichend Magie versorgt." Tanja und Daniel schauen sich verzweifelt an.

Plötzlich kommen Helene und Jess herein und erheben die Hände. Liehnu schaut überrascht zu Jess und fängt wieder an zu lachen: „Wenn das nicht die süße Tochter des Königs ist. Ihr seid echt feige. Zuerst opfert ihr eure Freunde und dann wollt ihr euch ergeben? Wer ist denn eigentlich die andere zierliche Frau, die nicht einmal eine Waffe dabeihat? Ich verstehe nicht, wie ihr es bis hierhergeschafft habt. Jetzt lasst die Waffen fallen!" Alle gehorchen und erheben ihre Hände. Daraufhin nimmt er seine Hand von der Kugel und klatscht triumphierend in die Hände.

Plötzlich kommen Alex und Sandra hinter seinem Tisch hervor und schubsen ihn von der Kugel weg. Er kommt ins Taumeln und landet ungeschickt auf dem Boden. Daniel, Tanja und Jess heben schnell ihre Waffen auf und schauen grinsend zu Liehnu, der nichtmehr allzu böse dreinblickt. Jess und Tanja zielen mit Armbrust und Bogen auf seinen Kopf. Sandra wirft Alex die Axt zu und hebt ihren Streitkolben auf. „Dumm gelaufen", sagt Jess. „Dank dem heiligen Zauberschutztrank ist den beiden nichts passiert und sie konnten sich bei dem grellen Blitz schnell hinter dem großen Tisch verstecken. Jetzt seid ihr nicht mehr so mutig, was? Danke auch, dass ihr euer Plappermaul nicht halten konntet. Jetzt müssen wir nur noch die Kugel vernichten und sämtliche Schwarze Magie löst sich in Luft auf." Liehnu flucht: „Dafür seid ihr doch zu schwach. Bald werden sowieso die Zauberer aus dem Trainingslager da sein. Wenn ich sterbe, begleitet ihr mich in die Hölle."

Da sich alle auf Liehnu konzentrieren, merken sie nicht, wie drei bewaffnete Personen den Raum betreten. Helene spürt es erschrocken und dreht sich um. Sie blickt direkt in einen glitzernden Dolch.

Hinter ihr stehen Flo, Silke und Elke. Um die Gruppe nicht allzu sehr zu erschrecken, sagt Flo leise: „Wow, hier hat es Frauen, die ich noch gar nicht kenne. Passt trotzdem auf diesen Bösewicht am Boden auf."

„Flo! Silke! Elke! Ihr seid wieder da. Es hat wirklich funktioniert", rufen alle wie aus einem Munde. Während Alex und Sandra bei Liehnu bleiben, umarmen sich die anderen kurz. Tanja sagt: „Jetzt sollten wir aber schnell schauen, wie wir diese Kugel zerstören können, bevor seine Verstärkung kommt."

Daniel blickt auf die große leuchtende Kugel. „Ich glaube nicht, dass wir das Ding zerschlagen können. Glaubt ihr, wir schaffen es, sie aus dem Fenster zu werfen?" Silke denkt kurz nach und hat eine Idee: „Wie wäre es, wenn wir aus dem Holz der Tische und Schränke eine Rampe nach oben bauen? Dann rollen wir die Kugel ganz nach oben und schauen zu, wie sie sich von allem verabschiedet." – „Gute Idee, Schwesterherz", antwortet Alex und schlägt mit seiner Axt alles kurz und klein. „Das werdet ihr nicht schaffen, ihr werdet alle sterben!" – „Halt's Maul, Billighexer", sagt Jess, nimmt die Armbrust und schießt Liehnu ins Bein. „Noch ein falsches Wort und ich ziele woanders hin!"

Als genügend Bretter vorhanden sind, bauen sie eine schöne Rampe nach draußen. Alle bis auf Jess, die Liehnu bewacht, rollen die Kugel langsam, aber zielsicher gen Fenster. „Guten Flug", sagt Elke und gibt ihr den letzten Schubs. Sie sehen, wie die Kugel mit rasendem Tempo Richtung Boden fliegt und dann in unzählige Splitter zerschellt. Eine gigantische Lichtwelle schwebt über das gesamte Land.

„Ich glaube, wir haben es geschafft. Sämtliche Schwarze Magie ist für immer und ewig aus diesem Land verschwunden", freut sich Helene. Plötzlich fällt ihr etwas ein und blickt zu Jess. Sie bittet Alex, gut auf Liehnu aufzupassen und zieht Jess und Elke etwas zur Seite. Sie spricht leise: „Wenn jetzt die komplette Schwarze Magie verschwunden ist, könnt ihr dann überhaupt noch eure Magie einsetzen?"

Zuerst einmal sind die beiden über diese Frage erschrocken. „Wir testen es gleich mal", sagt Elke und beide versuchen, ein kleines Feuer zu entzünden. Liehnu hat die Frage ebenfalls gehört und lacht verbittert: „Pech gehabt. Ihr habt sämtliche Schwarze Magie aus dem Land verbannt. Jetzt müsst ihr wieder eure Feuersteine nehmen. Muahahaha." Liehnus Gerede geht Silke nun endgültig auf den Sack. Sie nimmt ihren Morgenstern und schlägt ihn auf seinen rechten Fuß. Das Splittern der Knochen und seinen Aufschrei kann jeder gut hören. Als Helene zu Liehnu geht, um ihn zu heilen, sagt Daniel: „Warte noch kurz. Nur so lernt er, dass er mal die Schnauze halten sollte."

Sie schauen auf das Papier, welches sie entzünden wollten: Es brennt! „Wie kann das sein?!", brüllt Liehnu mit schmerzverzerrtem Gesicht. „Das ist unmöglich!" Jess erlaubt Helene, den Heilzauber an ihm durchzuführen und sagt ihm ins Gesicht: „Vielleicht sind wir ja keine bösen Gestalten, sodass wir die Magie weiterhin nutzen dürfen", und streckt ihm gehässig die Zunge heraus. Helene sagt, dass der Heilzauber abgeschlossen sei. „Was sollen wir jetzt eigentlich mit dem Penner machen?", fragt Daniel. „Wir sollten ihn besser nicht in diesem Land lassen. Am Ende kreiert er wieder so eine Kugel und der Blödsinn geht von vorne los."

Plötzlich schnippt Elke mit den Fingern: „Ich hab' eine großartige Idee. Lasst uns zu Melinda, Hartmut und Anastasia reiten. Ich denke und hoffe, dass sie die Pferde in der Höhle nicht gefunden haben. Wir binden ihn einfach an den Gaul." Die Gruppe ist begeistert und alle machen sich auf den Weg zum Hinterausgang. Damit Liehnu nicht um Hilfe rufen kann, setzt Elke den Stummzauber ein.

Als sie unten ankommen, freuen sie sich sehr, dass die Pferde noch da sind. Sie binden Liehnu mit einem dicken Seil ans Pferd und der Ritt zu Melinda beginnt. Da der Kraftzauber noch anhält, kommen sie recht schnell dort an. Liehnu wundert sich, dass die Gruppe in dieser trostlosen Gegend anhält. Alle bis auf den Hexenmeister sehen Melindas schönes Gebäude. Alex und Sandra bleiben beim machtlosen Zauberer und schauen zu, wie die anderen im Gebäude verschwinden.

Drinnen kommen ihnen Hartmut, Melinda und Anastasia entgegen. Nach einer kurzen Begrüßung sind alle aus tiefstem Herzen vom Sieg über Liehnu begeistert. Sie sind überglücklich. Melinda geht zu Flo und flüstert ihm etwas ins Ohr; er nickt lächelnd. Jess und Helene konnten das kurze Gespräch hören und schütteln entsetzt den Kopf. *Die werden doch jetzt nicht hier...*, denken sich die beiden. Den anderen sagen sie nur, dass Flo und Melinda etwas Wichtiges unter vier Augen zu besprechen hätten. Bevor Daniel näher nachfragen kann, schaut ihn Jess an und zieht lächelnd mehrmals die Augenbrauen nach oben. „Flo will sich bei Melinda für die Wiederbelebung bedanken. Du kannst dir ja ausrechnen, wie er das machen soll." Nachdem es alle mitbekommen haben, gehen sie nach draußen und rufen hinterher: „Wenn eure *Besprechung* fertig ist, könnt ihr euch gerne melden."

Elke unterzieht Liehnu zusätzlich einem Taubheitszauber, damit sie in Ruhe und ungestört erzählen können. Hartmut findet die Geschichte mit Siggi, dem Schwein, so rührend, dass er seine Tochter fragt, ob sie eins als Haustier haben möchte. „Also, wenn, dann nur Siggi. Aber er ist ja jetzt in guten Händen." Sie dreht sich zu allen um und sagt in einem bezaubernden Tonfall: „Außerdem habe ich jetzt einen wunderbaren Freundeskreis, den ich niemals verlieren möchte, gefunden." Sie geht zu Daniel und nimmt seine Hand. „Zusätzlich habe ich meinen Schatz gefunden: Ich will ihn heiraten." – „Aaaaaw", hauchen alle wie verzaubert. Nur Hartmut schaut ziemlich ernst und schüttelt den Kopf: „Jessica. Bist du dir wirklich sicher, dass du ihn zu deinem Mann…" Aber er kann seinen Gesichtsausdruck nicht länger halten und beginnt zu lächeln: „Natürlich gebe ich euch meinen Segen für diese wundervolle Entscheidung. Ich freu' mich schon auf die Hochzeit." Daraufhin klatschen alle und sehen, wie sich Jess und Daniel einen innigen Kuss geben.

Nun kommen auch Flo und Melinda leicht verschwitzt wieder zurück. Sie haben gerade noch die gute Nachricht mitbekommen und freuen sich ebenfalls sehr darüber. Etwas außer Atem wünschen sie den beiden alles erdenklich Gute für ihre gemeinsame Zukunft. Hartmut flüstert mit einem Grinsen im Gesicht zu Jess: „Ich glaube, sie haben gerade eure Hochzeitsnacht vorgespielt. War das das Flos *Dankschön*, dass er wieder am Leben ist?" Jess zuckt nur mit den Schultern und lächelt vielsagend.

Tanja fragt Elke, was sie jetzt eigentlich mit Liehnu machen sollten. Elke schaut grinsend zu Anastasia, die sich schon längst wieder zurückverwandelt hat. „Anastasia, alte Freundin. Ich habe ein Geschenk für dich!" Die Köchin weiß genau, dass sich hinter diesem Ton etwas Kurioses verbirgt und verdreht die Augen: „Was kommt jetzt auf mich zu?" – „Du wirst bald jemanden in der Kantine haben, der die Klos für dich putzt und die Kotze vom Boden wischt." Elke dreht sich beiläufig zu Liehnu, der sie nur fragend anschaut.

Anastasia kratzt sich am Kopf: „Das ist doch nicht dein Ernst, oder?" Elke nickt lächelnd. „So haben wir ihn rund um die Uhr unter Kontrolle und Gandulf kann ihn immer mit dem Gedächtniszauber im Zaum halten. Herbert freut sich bestimmt auch über diese Idee."

Jetzt kommt auch Alex zu Wort: „Wenn wir jetzt zurückreiten, will ich aber einen Abstecher bei Regina machen. Vielleicht gibt es dann eine Doppelhochzeit." Er dreht sich zu Flo und Melinda: „Oder gar noch eine dreifache??" Flo und Melinda schauen sich tief in die Augen. Melinda erwidert jedoch, dass sie hierbleiben würde. Die beiden geben sich unter Tränen einen liebevollen Abschiedskuss und umarmen sich nochmals innig.

Hartmut meint, dass sie sich nun langsam auf den Heimweg machen sollten. Das unbesiegbare Team steigt auf die Pferde, winkt Melinda zu und reitet in zügigem Tempo zurück nach Edelheim – zurück nach Hause.

Krieg ist nie fair – aber ein Buch sollte es sein.

Written by brain2206